W9-DBB-537

Nazarín

Benito Peréz Galdós:
Nazarín

El Libro de Bolsillo
Alianza Editorial
Madrid

®

Primera edición en «El Libro de Bolsillo»: 1984
Primera reimpresión en «El Libro de Bolsillo»: 1986

Calle Milán 38, 28043 Madrid; teféf. 200 00 45
ISBN: 84-206-0013-X
Depósito legal: M. 30.607-1986
Papel fabricado por Sniace, S. A.
Compuesto en Fernández Ciudad, S. L.
Impreso en Lavel. Los Llanos, nave 6. Humanes (Madrid)
Printed in Spain

1

A un periodista de los de nuevo cuño, de estos que designamos con el exótico nombre de *repórter,* de estos que corren tras la información, como el galgo a los alcances de la liebre, y persiguen el incendio, la bronca, el suicidio, el crimen cómico o trágico, el hundimiento de un edificio y cuantos sucesos afectan al orden público y a la Justicia en tiempos comunes, o a la higiene en días de epidemia, debo el descubrimiento de la casa de huéspedes de la *tía Chanfaina* (en la fe de bautismo *Estefanía),* situada en una calle cuya mezquindad y pobreza contrastan del modo más irónico con su altísono y coruscante nombre: *calle de las Amazonas.* Los que no estén hechos a la eterna *guasa* de Madrid, la ciudad (o villa) del sarcasmo y las mentiras maleantes, no pararán mientes en la tremenda fatuidad que supone rótulo tan sonoro en calle tan inmunda, ni se detendrán a investigar qué amazonas fueron esas que la bautizaron, ni de dónde vinieron, ni qué demonios se les había perdido en los Madroñales del Oso. He aquí un *vacío* que mi erudición se apresura a llenar, manifestando con orgullo de sagaz cronista que en aquellos lugares hubo en tiempos de Mari-Castaña un corral de la Villa, y que de él salieron a caballo, aderezadas al estilo de las heroínas mitológicas, unas comparsas de mujeronas que concurrieron a los festejos con que celebró Madrid la entrada de la reina doña Isabel de Valois. Y dice el ingenuo *avisador* coetáneo, a quien debo estas profundas sabidurías: «Aquellas hembras, buscadas *ad hoc,* hicieron prodigios de valor en las plazas y calles de la Villa, por lo arriesgado de sus juegos, equilibrios y volteretas, figurando los guerreros cogerlas del cabello y arrancarlas del arzón para precipitarlas al suelo.» Memorable debió ser este divertimento, porque el corral se llamó desde entonces de *las Amazonas,* y aquí tenéis el glorioso abolengo de la calle, ilustrada en nuestros días por el establecimiento hospitalario y benéfico de la *tía Chanfaina.*

Tengo yo para mí que las amazonas de que habla el cronista de Felipe II, muy señor mío, eran unas desvergonzadas chulapas del siglo XVI; mas no sé con qué vocablo las designaba entonces el vulgo. Lo que sí puedo asegurar es que desciende de ellas, por línea de bastardía, o sea por sucesión directa de hembras marimachos sin padre conocido, la terrible *Estefanía la del Peñón, Chanfaina,* o como demonios se llame. Porque digo con toda verdad que se me despega la pluma, cuando quiero aplicárselo, el apacible nombre de mujer, y que me bastará dar conocimiento a mis lectores de su facha, andares, vozarrón, lenguaje y modos para que reconozcan en ella la más formidable tarasca que vieron los antiguos Madriles y esperan ver los venideros.

No obstante, me pueden creer que doy gracias a Dios, y al reportero, mi amigo, por haberme encarado con aquella fiera, pues debo a su barbarie el germen de la presente historia, y el hallazgo del singularísimo personaje que le da nombre. No tome nadie al pie de la letra lo de *casa de huéspedes* que al principio se ha dicho, pues entre las varias industrias de alojamiento que la *tía*

Chanfaina ejercía en aquel rincón, y las del centro de
Madrid, que todos hemos conocido en edad estudiantil,
y aun después de ella, no hay otra semejanza que la del
nombre. El portal del edificio era como de mesón, ancho, con todo el revoco desconchado en mil fantásticos
dibujos, dejando ver aquí y allí el hueso de la pared
desnudo y con una faja de suciedad a un lado y otro,
señal del roce continuo de personas más que de caballe-
rías. Un puesto de bebidas —botellas y garrafas, caja de
polvoriento vidrio llena de azucarillos y asediada de moscas, todo sobre una mesa cojitranca y sucia—, reducía
la entrada a proporciones regulares. El patio, mal empe-
drado y peor barrido, como el portal, y con hoyos pro-
fundos, a trechos hierba raquítica, charcos, barrizales o
cascotes de pucheros y botijos, era de una irregularidad
más que pintoresca, fantástica. El lienzo del Sur debió
de pertenecer a los antiguos edificios del corral famoso:
lo demás, de diferentes épocas, pudiera pasar por una
broma arquitectónica: ventanas que querían bajar, puertas que se estiraban para subir, barandillas convertidas
en tabiques, paredes rezumadas por la humedad, canalo-
nes oxidados y torcidos, tejas en los alféizares, planchas
de cinc claveteadas sobre podridas maderas para cerrar
un hueco, ángulos chafados, paramentos con cruces y
garabatos de cal fresca, caballetes erizados de vidrios
y cascos de botellas para amedrentar a la ratería; por un
lado, pies derechos carcomidos sustentando una galería
que se inclina como un barco varado; por otro, puertas
de cuarterones con gateras tan grandes que por ellas ca-
brían tigres si allí los hubiese; rejas de color canela;
trozos de ladrillo amoratado, como coágulos de sangre;
y, por fin, los escarceos de la luz y la sombra en todos
aquellos ángulos cortantes y oquedades siniestras.

Un martes de Carnaval, bien lo recuerdo, tuvo el buen
reportero la humorada de dar conmigo en aquellos sitios.
En el aguaducho del portal vi una tuerta andrajosa que
despachaba, y lo primero que nos echamos a la cara, al
penetrar en el patio, fue una ruidosa patulea de gitanos,
que allí tenían aquel día su alojamiento: ellos espatarra-

gos, componiendo albardas; ellas, despulgándose y aliñándose las greñas; los churumbeles medio desnudos, de negros ojos y rizosos cabellos, jugando con vidrios y cascotes. Volviéronse hacia nosotros las expresivas caras de barro cocido, y oímos el lenguaje dengoso y las ofertas de echarnos la buenaventura. Dos burros y un gitano viejo con patillas, semejantes al pelo sedoso y apelmazado de aquellos pacientes animales, completaban el cuadro, en el cual no faltaban ruido y músicas para caracterizarlo mejor, los canticos de una gitana, y los tijeretazos del viejo pelando el anca de un pollino.

Aparecieron luego por una cavidad, que no sé si era puerta, aposento o boca de una cueva, dos mieleros enjutos, con las piernas embutidas en paño pardo y medias negras, abarcas con correas, chaleco ajustado, pañuelo a la cabeza, tipos de raza castellana, como cecina forrada en yesca. Alguna despreciativa chanza hubieron de soltar a los gitanos, y salieron con sus pesas y pucheretes para vender por Madrid la miel sabrosa. Vimos luego dos ciegos, palpando paredes: el uno, gordinflón y rollizo, con parda montera de piel, capa de flecos, y guitarra terciada a la espalda; el otro, con un violín, que no tenía más de dos cuerdas, bufanda y gorra teresiana sin galones. Unióseles una niña descalza, que abrazaba una pandereta, y salieron deteniéndose en el portal a beber la indispensable copa.

Allí se enzarzaron en coloquio muy vivo con otros que llegaron también a la cata del aguardiente. Eran dos máscaras: la una toda vestida de esteras asquerosas, si se puede llamar vestirse el llevarlas colgadas de los hombros; la cara, tiznada de hollín, sin careta, con una caña de pescar y un pañuelo cogido por las cuatro puntas, lleno de higos que más bien boñigas parecían. La otra llevaba la careta en la mano, horrible figurón que representaba al presidente del Consejo, y su cuerpo desaparecía bajo una colcha remendada, de colorines y trapos diferentes. Bebieron y se desbocaron en soeces dicharachos, y corriéndose al patio, subieron por una escalera mitad de gastado ladrillo, mitad de madera podrida. Arri-

ba sonó entonces gran escándalo de risas y toque de
castañuelas; luego bajaron hasta una docena de máscaras,
entre ellas dos que por sus abultadas formas y corta
estatura revelaban ser mujeres vestidas de hombre; otras,
con trajes feísimos de comparsas de teatro, y alguno sin
careta, pintorreado del almazarrón el rostro. Al propio
tiempo, dos hombres sacaron en brazos a una vieja para-
lítica, que llevaba colgado del pecho un cartel donde
constaba su edad, de más de cien años, buen reclamo
para implorar la caridad pública, y se la llevaron a la
calle para ponerla en la esquina de la Arganzuela. Era
el rostro de la anciana ampliación de una castaña pilonga,
y se la habría tomado por momia efectiva si sus ojuelos
claros no revelaran un resto de vida en aquel lío de huesos y piel, olvidado por la muerte.

Vimos que sacaban luego un cadáver de niño como de
dos años, en ataúd forrado de percal color de rosa y
adornado con flores de trapo. Salió sin aparato de lágrimas ni despedida maternal, como si nadie existiera en el
mundo que con pena le viera salir. El hombre que le
llevaba echó también su trinquis en la puerta, y sólo las
gitanas tuvieron una palabra de lástima para aquel ser
que tan de prisa pasaba por nuestro mundo. Chicos ves-
tidos de máscara, sin más que un ropón de percalina o
un sombrero de cartón adornado con tiras de papel; niñas
con mantón de talle y flor a la cabeza, a estilo chulesco,
atravesaban el patio, deteniéndose a oír las burlas de los
gitanos o a enredar con los pollinos, en los cuales se habrían montado de buena gana si los dueños de ellos lo
permitieran.

Antes de internarnos, diome el reportero noticias preciosas, que en vez de satisfacer mi curiosidad excitáronla
más. La señora *Chanfaina* aposentaba en otros tiempos
gentes de mejor pelo: estudiantes de Veterinaria, trajine-
ros tan brutos como buenos pagadores; pero como el
movimiento se iba de aquel barrio en derechura de la
plaza de la Cebada, la calidad de sus inquilinos desme-
recía visiblemente. A unos les tenía por el pago exclu-
sivo de la llamada habitación, comiendo por cuenta de

ellos; a otros les alojaba y mantenía. En la cocina del
piso alto, cada cual se arreglaba con sus pucheros, a
excepción de los gitanos, que hacían sus guisotes en el
patio, sobre trébedes de piedras y ladrillos. Subimos, al
fin, deseando ver todos los escondrijos de la extraña
mansión, guarida de una tan fecunda y lastimosa parte
de la Humanidad, y en un cuartucho, cuyo piso de rotos
baldosines imitaba en las subidas y bajadas a las olas
de un proceloso mar, vimos a Estefanía, en chancletas,
lavándose las manazas, que después se enjugó en su de-
lantal de arpillera; la panza voluminosa, los brazos her-
cúleos, el seno emulando en proporciones a la barriga y
cargando sobre ella, por no avenirse con apreturas de
corsé, el cuello ancho, carnoso y con un morrillo como
el de un toro, la cara encendida y con restos bien marca-
dos de una belleza de brocha gorda, abultada, barroca,
llamativa, como la de una ninfa de pintura de techos,
dibujada para ser vista de lejos, y que se ve de cerca.

2

El cabello era gris, bien peinado con sinfín de garabatos, ondas y sortijillas. Lo demás de la persona anun-
ciaba desaliño y falta absoluta de coquetería y arreglo.
Nos saludó con franca risa, y a las preguntas de mi amigo
contestó que se hallaba muy harta de aquel trajín y que
el mejor día lo abandonaba todo para meterse en las
Hermanitas, o donde almas caritativas quisieran recoger-
la; que su negocio era una pura esclavitud, pues no hay
cosa peor que bregar con gente pobre, mayormente si se
tiene un natural compasivo, como el suyo. Porque ella,
según nos dijo, nunca tuvo cara para pedir lo que se le
debía, y así toda aquella gentualla estaba en su casa como
en país conquistado; unos le pagaban; otros, no, y alguno se marchaba quitándole plato, cuchara o pieza de
ropa. Lo que hacía ella era gritar, eso sí, chillar mucho,
por lo cual espantaba a la gente; pero las obras no co-
rrespondían al grito ni al gesto, pues si despotricando,

era un suponer, no había garganta tan sonora como la
suya, ni vocablos más tremebundos, luego se dejaba quitar el pan de la boca y el más tonto la llevaba y la traía
atada con una hebra de seda. Hizo, en fin, la descripción
de su carácter con una sinceridad que parecía de ley, no
fingida, y el último argumento que expuso fue que después de veintitantos años en aquel nidal de ratas, apo-
sentando gente de todos pelos, no había podido guardar
dos pesetas para contar con algún respiro en caso de
enfermedad.

Esto decía, cuando entraron alborotando cuatro mujeres con careta, entendiéndose por ello no el antifaz de
cartón o trapo, prenda de Carnaval, sino la mano de pintura que se habían dado aquellas indinas con blanquete,
chapas de carmín en los carrillos, los labios como ensan-
grentados y otros asquerosos afeites, falsos lunares, cejas
ennegrecidas, y *la caída de ojos* también con algo de mano
de gato, para poetizar la mirada. Despedían las tales de
sus manos y ropas un perfume barato, que daba el quién
vive a nuestras narices, y por esto y por su lenguaje al
punto comprendimos que nos hallábamos en medio de
lo más abyecto y zarrapastroso de la especie humana. Al
pronto, habría podido creerse que eran máscaras y el
colorete una forma extravagante de disfraz carnavalesco.
Tal fue mi primera impresión; pero no tardé en conocer
que la pintura era para ellas por todos estilos *ordinaria,*
o que vivían siempre en Carnestolendas. Yo no sé qué
demonios de enredo se traían, pues como las cuatro y
Chanfa hablaban a un tiempo con voces desaforadas y
ademanes ridículos, tan pronto furiosas como risueñas,
no pudimos enterarnos. Pero ello era cosa de un papel
de alfileres y de un hombre. ¿Qué había pasado con los
alfileres? ¿Quién era el hombre?

Aburridos de aquel guirigay, salimos a un corredor
que daba al patio, en el cual vi un cajón de tierra con
hierba callejera, ruda, claveles y otros vegetales casi
agostados, y sobre el barandal zaleas y felpudos puestos
a secar. Nos paseábamos por allí, temerosos de que la
desvencijada armazón que nos sustentaba se rindiese a

nuestro peso, cuando vimos que se abría una ventana
estrecha que al corredor daba, y en el marco de ella
apareció una figura, que al pronto me pareció de mujer.
Era un hombre. La voz, más que el rostro, nos lo declaró. Sin reparar en los que a cierta distancia le mirábamos,
empezó a llamar a la *señá Chanfaina,* quien no le hizo
ningún caso en los primeros instantes, dándonos tiempo
para que le examináramos a nuestro gusto mi compañero
y yo.

Era de mediana edad, o más bien joven prematura-
mente envejecido, rostro enjuto tirando a escuálido, nariz
aguileña, ojos negros, trigueño color, la barba rapada, el
tipo semítico más perfecto que fuera de la Morería he
visto: un castizo árabe sin barbas. Vestía traje negro, que
al pronto me pareció balandrán; mas luego vi que era
sotana.

—¿Pero es cura este hombre? —pregunté a mi amigo.

Y la respuesta afirmativa me incitó a una observación
más atenta. Por cierto que la visita a la que llamaré *casa
de las Amazonas* iba resultando de grande utilidad para
un estudio etnográfico, por la diversidad de castas humanas que allí se reunían: los gitanos, los mieleros, las
mujeronas, que sin duda venían de alguna ignorada rama
jimiosa, y, por último, el árabe aquel de la hopalanda
negra, eran la mayor confusión de tipos que yo había
visto en mi vida. Y para colmo de confusión, el árabe...
decía misa.

En breves palabras me explicó mi compañero que el
clérigo semítico vivía en la parte de la casa que daba a la
calle; mucho mejor que todo lo demás, aunque no buena, con escalera independiente por el portal, y sin más
comunicación con los dominios de la señora Estefanía
que aquella ventanucha en que asomado le vimos, y una
puerta impracticable, porque estaba clavada. No pertenecía, pues, el sacerdote a la familia hospederil de la formidable amazona. Enteróse, al fin, ésta de que su vecino
la llamaba, acudió allá, y oímos un diálogo que mi excelente memoria me permite transcribir sin perder una
sílaba.

—*Señá Chanfa*, ¿sabe lo que me pasa?

—¡Ay, que nos coja confesados! ¿Qué más calamidades tiene que contarme?

—Pues que me han robado. No queda duda de que me han robado. Lo sospeché esta mañana, porque sentí a la Siona revolviéndome los baúles. Salió a la compra, y a las diez, viendo que no volvía, sospeché más, digo que casi se fueron confirmando mis sospechas. Ahora que son las once, o así lo calculo, porque también se llevó mi reloj, acabo de comprender que el robo es un hecho, porque he registrado los baúles y me falta la ropa interior, toda, todita, y la exterior también, menos las prendas de eclesiástico. Pues del dinero, que estaba en el cajón de la cómoda, en esta bolsita de cuero, mírela, no me ha dejado ni una triste perra. Y lo peor..., esta es la más negra, *señá Chanfa*..., lo peor es que lo poco que había en la despensa voló, y de la cocina volaron el carbón y las astillas. De forma y manera, señora mía, que he tratado de hacer algo con que alimentarme, y no encuentro ni provisiones, ni un pedazo de pan duro, ni plato, ni escudilla. No ha dejado más que las tenazas y el fuelle, un colador, el cacillo y dos o tres pucheros rotos. Ha sido una mudanza en toda regla, *señá Chanfa*, y aquí me tiene todavía en ayunas, con una debilidad muy grande, sin saber de dónde sacarlo y... Conque ya ve: a mí, con tal de tomar algún alimento para poder tenerme de pie, me basta. Lo demás nada me importa, bien lo sabe usted.

—¡Maldita sea la leche que mamó, padre Nazarín, y maldito sea el minuto pindongo en que dijeron: «¡Un aquel de hombre ha nacido!» Porque otro de más mala sombra, otro más simple y *saborío* no creo que ande por el mundo como persona natural...

—Pero hija, ¿qué quiere usted?... Yo...

—¡Yo, yo! Usted tiene la culpa, y es el que mismamente se roba y se perjudica, ¡so candungas, alma de mieles, don ajo!

La retahíla de frases indecentes que siguió la suprimimos por respeto a los que esto leyeren. Gesticulaba y vociferaba la fiera en la ventana, con medio cuerpo metido dentro de la estancia, y el clérigo árabe se paseaba tan tranquilo, cual si oyese piropos y finezas, un poquito triste, eso sí, pero sin parecer muy afectado por sus desdichas ni por la rociada de denuestos con que su vecina le consolaba.

—Si no fuera porque me da cortedad de pegarle a un hombre, mayormente sacerdote, ahora mismo entraba y le levantaba las faldas negras y le daba una mano de azotes... ¡So criatura, más inocente que los que todavía maman!... ¡Y ahora quiere que yo le llene el buche!... Y van tres, y van cuatro... Si es usted pájaro, váyase al campo a comer lo que encuentre, o pósese en la rama de un árbol, piando, hasta que le entren moscas... Y si está loco, es un suponer, que le lleven al *manicómelo*.

—Señora *Chanfa* —dijo el clérigo con serenidad pasmosa, acercándose a la ventana—, bien poco necesita este triste cuerpo para alimentarse: con un pedazo de pan, si no hay otra cosa, me basta. Se lo pido a usted porque la tengo por vecina. Pero si no quiere dármelo, a otra parte iré donde me lo den, que no hay tan pocas almas caritativas como usted cree.

—¡Váyase a la posada del Cuerno, o a la cocina del Nuncio *arzopostólico,* donde guisan para los sacrosantos gandules, verbigracia clérigos lambiones!... Y otra cosa, padre Nazarín: ¿está seguro de que fue la Siona quien le ha robado? Porque es usted el espíritu de la confianza y de la bobería, y en su casa entran Lepe y Lepijo; entran también hijas de malas madres, unas para contarle a usted sus pecados, es un suponer; otras para que las empeñe o desempeñe, y pedirle limosna, y volverle loco. No repara en quién entra a verle, y a todos y a todas les pone buena cara y les echa las bienaventuranzas. ¿Qué sucede? Que éste le engaña, la otra se ríe, y entre todos le quitan hasta los pañales.

—Ha sido la Siona. No hay que echar la culpa a nadie más que a la Siona. Vaya con Dios, y que le valga de lo que le valiere, pues yo no he de perseguirla.

Asombrado estaba yo de lo que veía y oía, y mi amigo, aunque no presenciaba por primera vez tales escenas, también se maravilló de aquélla. Pedíle antecedentes del para mí extrañísimo e incomprensible Nazarín, en quien a cada momento se me acentuaba más el tipo musulmán, y me dijo:

—Este es un árabe manchego, natural del mismísimo Miguelturra, y se llama don Nazario Zaharín o Zajarín. No sé de él más que el nombre y la patria; pero, si a usted le parece, le interrogaremos para conocer su historia y su carácter, que pienso han de ser muy singulares, tan singulares como su tipo, y lo que de sus propios labios hace poco hemos escuchado. En esta vecindad muchos le tienen por un santo, y otros por un simple. ¿Qué será? Creo que tratándole se ha de saber con toda certeza.

3

Faltaba la más negra. Oyeron las cuatro tarascas amigas de Estefanía que se acusaba a la Siona, de quien una de ellas era sobrina carnal, y acudieron como leonas o panteras a la ventana, con la buena intención de defender a la culpada. Pero lo hicieron en forma tan brutal y canallesca, que hubimos de intervenir para poner un freno a sus inmundas bocas. No hubo insolencia que no vomitaran sobre el sacerdote árabe y manchego, ni vocablo malsonante que no le dispararan a quemarropa...

—¡Miren el estafermo, el muy puerco y estropajoso, mal comido, alcuza de las ánimas! ¡Acusar a Siona, la *señora* de más conciencia que hay en todita la cristiandad! ¡Sí, señor; de más conciencia que los curánganos, que no hacen más que engañar a la gente honrada con las mentiras que inventan!... ¿Quién es él, ni qué significan sus hábitos negros de ala de mosca, si no hace más que vivir de gorra y no sabe ganarlo? ¿Por qué el muy simple no se agencia bautizos y funerales, como otros clerigones que andan por Madrid con muy buen pelo?...

Misas a granel salen para todos, y para él nada: miseria,
y chocolate de a tres reales, hígado y un poco de acelga,
de lo que no quieren las cabras... ¡Y luego decir que le
roban!... Como no le roben los huesos del esqueleto, y la
coronilla, y la nuez, y los codos, no sé qué le van a robar... ¡Si ni ropa tiene, ni sábanas, ni más *prenda* que
una ramita de romero, a la cabecera, para espantar a los
demonios!... Estos serán los que le han robado, éstos
los que le han quitado los Evangelios y la crisma, y el
Santo Oleo de la misa, y el *ora pro nobis*... ¡robarle!
¿Qué? Dos estampas de la Virgen Santísima, y el Señor
crucificado con la peana llena de cucarachas... Ja, ja...
¡Vaya con el señor *Domino vobisco,* asaltado por los ladrones!... ¡Ni que fuera el Sacratísimo Nuncio pascual,
o la Minerva del cordero *quitólico,* con todo el monu-
mento de Dios en su casa, y el Santo Sepulcro de las
once mil vírgenes! ¡Anda y que le den morcilla!... ¡Anda
y que le mate el Tato!... ¡Anda y que...!

—¡*Arza!* —les dijo mi amigo, echándolas de allí con
empujones más que con palabras, pues ya era repugnante
ver a una persona de respetabilidad, por lo menos aparente, injuriada por tan vil gentuza.

Costó trabajo echarlas: por la escalera abajo iban soltando veneno y perfume, y en el patio tuvieron algo que
despotricar con los gitanos y hasta con los burros. Des-
pejado el terreno, ya no pensamos más que en trabar
conocimiento con Nazarín, y pidiéndole permiso nos co-
lamos en su morada, subiendo por la angosta escalera
que a ella conducía desde el portal. Cuanto se diga de lo
mísero y desamparado de aquella casa es poco. En la
salita no vimos más que un sofá de paja muy viejo, dos
baúles, una mesa donde estaba el breviario y dos libros
más y una cómoda; junto a la sala otra pieza, que llamaremos alcoba porque en ella se veía la cama, de tarima,
con jergón, una flácida almohada y ni rastros de sábanas
ni colchas. Tres láminas de asunto religioso, y un Cruci-
fijo sobre una mesilla, completaban el ajuar, con dos pares de botas de mucho uso puestas en fila, y algunos
otros objetos insignificantes.

Recibiónos el padre Nazarín con una afabilidad fría,
sin mostrar despego ni tampoco extremada finura, como
si le fuera indiferente nuestra visita o si creyese que no
nos debía más cumplimientos que los elementales de la
buena educación. Ocupamos el sofá mi amigo y yo, y él
se sentó en la banqueta frente a nosotros. Le mirábamos
con viva curiosidad, y él a nosotros como si mil veces
nos hubiera visto. Naturalmente, hablamos del robo, único tema a que podíamos echar mano, y como le dijéra-
mos que lo urgente era dar parte sin dilación al delegado
de Policía, nos contestó con la mayor tranquilidad del
mundo:

—No, señores; yo no acostumbro denunciar...

—¡Pues qué!... ¿Le han robado a usted tantas veces
que ya el ser robado ha venido a ser para usted una costumbre?

—Sí, señor; muchas, siempre...

—¿Y lo dice tan fresco?

—¿No ven ustedes que yo no guardo nada? No sé lo
que son llaves. Además, lo poco que poseo, es decir, lo
que poseía, no vale el corto esfuerzo que se emplea para
dar vueltas a una llave.

—No obstante, señor cura, la propiedad es propiedad,
y lo que relativamente, según los cálculos de don Hermó-
genes, para otro sería poco, para usted podrá ser mucho.
Ya ve, hoy le han dejado hasta sin su modesto desayuno
y sin camisa.

—Y hasta sin jabón para lavarme las manos... Paciencia y calma. Ya vendrán de alguna parte la camisa,
el desayuno y el jabón. Además, señores míos, yo tengo
mis ideas, las profeso con una convicción tan profunda
como la fe en Cristo nuestro Padre. ¡La propiedad! Para
mí no es más que un nombre vano, inventado por el
egoísmo. Nada es de nadie. Todo es del primero que
lo necesita.

—¡Bonita sociedad tendríamos si esas ideas prevale-
cieran! ¿Y cómo sabríamos quién era el primer nece-
sitado? Habríamos de disputarnos, cuchillo en mano,
ese derecho de primacía en la necesidad.

Sonriendo bondadosamente y con un poquitín de desdén, el clérigo me replicó en estos o parecidos términos:

—Si mira usted las cosas desde el punto de vista en que ahora estamos, claro que parece absurdo; pero hay que colocarse en las alturas, señor mío, para ver bien desde ellas. Desde abajo, rodeados de tantos artificios, nada vemos. En fin, como no trato de convencer a nadie, no sigo, y ustedes me dispensarán que...

En este punto vimos que *señá Chanfa* oscurecía la habitación ocupando con su corpacho toda la ventana, por la cual largó un plato con media docena de sardinas y un gran pedazo de pan de picos, con más un tenedor de peltre. Tomólo en sus manos el clérigo, y después de ofrecernos se puso a comer con gana. ¡Pobrecillo! No había entrado cosa alguna en su cuerpo en todo el santo día. Ya fuese por respeto a nosotros, ya porque la compasión había vencido a sus hábitos groseros, ello es que la *Chanfaina* no acompañó el obsequio con ningún lenguarajo. Dando tiempo al curita para que satisficiera su necesidad, volvimos a interrogarle del modo más discreto. De pregunta en pregunta, y después que supimos su edad, entre los treinta y los cuarenta, su origen, que era humilde, de familia de pastores, sus estudios, etc., me arranqué a explorarle en terreno más delicado.

—Si tuviera yo la seguridad, padre Nazarín, de que no me tenía usted por impertinente, yo me permitiría hacerle dos o tres preguntillas.

—Todo lo que usted quiera.

—Usted me contesta o no me contesta, según le acomode. Y si me meto en lo que no me importa, me manda usted a paseo, y hemos concluido.

—Diga usted.

—¿Hablo con un sacerdote católico?

—Sí, señor.

—¿Es usted ortodoxo, puramente ortodoxo? ¿No hay en sus ideas o en sus costumbres algo que le separe de la doctrina inmutable de la Iglesia?

—No, señor —me respondió con sencillez que revelaba su sinceridad y sin mostrarse sorprendido de la pregunta—. Jamás me he desviado de las enseñanzas de la Iglesia. Profeso la fe de Cristo en toda su pureza, y nada hay en mí por donde pueda tildárseme.

—¿Alguna vez ha sufrido usted correctivo de sus superiores, de los que están encargados de definir esa doctrina y de aplicar los sagrados cánones?

—Jamás. Ni sospeché nunca que pudiera merecer correctivo ni admonición...

—Otra pregunta. ¿Predica usted?

—No, señor. Rarísimas veces he subido al púlpito. Hablo en voz baja y familiarmente con los que quieren escucharme, y les digo lo que pienso.

—¿Y sus compañeros no han encontrado en usted algún vislumbre de herejía?

—No, señor. Poco hablo yo con ellos, porque rara vez me hablan ellos a mí, y los que lo hacen me conocen lo bastante para saber que no hay en mi mente visos de herejía.

—¿Y posee usted sus licencias?

—Sí, señor, y nunca, que yo sepa, se ha pensado en quitármelas.

—¿Dice usted misa?

—Siempre que me la encargan. No tengo costumbre de ir en busca de misas a las parroquias donde no conozco a nadie. La digo en San Cayetano cuando la hay para mí, y a veces en el Oratorio del Olivar. Pero no es todos los días, ni mucho menos.

—¿Vive usted exclusivamente de eso?

—Sí, señor.

—Su vida de usted, y no se ofenda, paréceme muy precaria.

—Bastante; pero mi conformidad le quita toda amargura. En absoluto me falta la ambición de bienestar. El día que tengo qué comer, como; y el día que no tengo qué comer, no como.

Dijo esto con tan sencilla ingenuidad, sin ningún dejo de afectación, que nos conmovimos mi amigo y yo...,

¡vaya si nos conmovimos! Pero aún faltaba mucho más
que oír.

4

No nos hartábamos de preguntarle, y él a todo nos
respondía sin mostrar fastidio de nuestra pesadez. Tampoco manifestaba la presunción natural en quien se ve
objeto de un interrogatorio o *interview,* como ahora se
dice. Trájole Estefanía, después de las sardinas, una chu-
leta al parecer de vaca y de no muy buena traza; mas
él no la quiso, a pesar de las instancias de la amazona,
que volvió a descomponerse y a soltarle mil perrerías.
Pero ni por éstas ni por lo que nosotros cortésmente le
dijimos para estimularle más a comer se dio el hombre
a partido, y rechazó también el vino que le ofreciera la
tarasca. Con agua y un bollo de a cuarto puso fin a su
almuerzo, declarando que daba gracias al Señor por el
sustento de aquel día.

—¿Y mañana? —le dijimos.

—Pues mañana no me faltará tampoco, y si me falta
esperaremos al otro día, que nunca hay dos días seguidos rematadamente malos.

Empeñóse el reportero en convidarle a café; pero él,
confesándonos que le gustaba, no quiso aceptar. Fue
preciso que le instáramos los dos en los términos más
afectuosos para que se decidiera; lo pedimos al cafetín
más próximo, nos lo trajo la tuerta que vendía licores
en el portal, y tomándolo con la comodidad que la estrecha mesa y el mal servicio nos permitían hablamos
de multitud de cosas y le oímos varios conceptos por
donde colegimos que era hombre de luces.

—Dispénseme usted —le dije— si le hago una observación que en este momento se me ocurre. Bien se
conoce que es usted persona de ilustración. Me sorprende mucho no ver libros en su casa. O no le gustan o
ha tenido, sin duda, que deshacerse de ellos en algún
grave aprieto de su vida.

—Los tuve, sí, señor, y los fui regalando hasta que
no me quedaron más que los tres que ustedes ven ahí.
Declaro con toda verdad que, fuera de los de rezo, ningún libro malo ni bueno me interesa, porque de ellos
sacan el alma y la inteligencia poca sustancia. Lo tocante a la Fe lo tengo bien remachado en mi espíritu,
y ni comentarios ni paráfrasis de la doctrina me ense-
ñan nada. Lo demás, ¿para qué sirve? Cuando uno ha
podido añadir al saber innato unas cuantas ideas, apren-
didas en el conocimiento de los hombres, y en la observación de la sociedad y de la Naturaleza, no hay que
pedir a los libros ni mejor enseñanza ni nuevas ideas
que confundan y enmarañen las que uno tiene ya. Nada
quiero con libros ni con periódicos. Todo lo que sé bien
sabido lo tengo, y en mis convicciones hay una firmeza
inquebrantable; como que son sentimientos que tienen
su raíz en la conciencia, y en la razón la flor, y el fruto
en la conducta. ¿Les parezco pedante? Pues no digo
más. Sólo añado que los libros son para mí lo mismo
que los adoquines de las calles o el polvo de los caminos. Y cuando paso por las librerías y veo tanto papel
impreso, doblado y cosido, y por las calles tal lluvia de
periódicos un día y otro, me da pena de los pobrecitos
que se queman las cejas escribiendo cosas tan inútiles,
y más pena todavía de la engañada Humanidad que dia-
riamente se impone la obligación de leerlas. Y tanto
se escribe y tanto se publica, que la Humanidad, ahoga-
da por el monstruo de la Imprenta, se verá en el caso
imprescindible de suprimir todo lo pasado. Una de las
cosas que han de ser abolidas es la gloria profana, el
lauro que dan los escritos literarios, porque llegará día
en que sea tanto, tanto lo almacenado en las bibliotecas,
que no habrá la posibilidad material de guardarlo y sos-
tenerlo. Ya verá entonces el que lo viere el caso que
hace la Humanidad de tanto poema, de tanta novela
mentirosa, de tanta historia que nos refiere hechos cuyo
interés se desgasta con el tiempo y acabará por perderse
en absoluto. La memoria humana es ya pajar chico para
tanto fárrago de Historia. Señores míos, se aproxima la

edad en que el presente absorberá toda la vida, y en que
los hombres no conservarán de lo pasado más que las
verdades eternas adquiridas por la revelación. Todo lo
demás será escoria, un detritus que ocupará demasiado
espacio en las inteligencias y en los edificios. En esa
edad —añadió, en tono que no vacilo en llamar profé-
tico—, el César, o quienquiera que ejerza la autoridad,
dará un decreto que diga lo siguiente: «Todo el contenido de las bibliotecas públicas y particulares se declara
baldío, inútil y sin otro valor que el de su composición
material. Resultando del dictamen de los químicos que
la sustancia papirácea adobada por el tiempo es el mejor
de los abonos para las tierras, venimos en disponer que
se apilen los libros antiguos y modernos en grandes eji-
dos a la entrada de las poblaciones, para que los vecinos
de la clase agrícola vayan tomando de tan preciosa materia la parte que les corresponda, según las tierras que
les toque labrar.» No duden ustedes que así será, y que
la materia papirácea formará un yacimiento colosal, así
como los de guano en las islas Chinchas; se explotará
mezclándola con otras sustancias que aviven la fermen-
tación, y será transportada en ferrocarriles y buques de
vapor desde nuestra Europa a los países nuevos, donde
nunca hubo literatura, ni imprentas, ni cosa tal.

Grandemente nos reímos celebrando la ocurrencia. Mi
amigo, a juzgar por las miradas recelosas que oyéndole
me echaba, debió de formar opinión muy desfavorable
del estado mental del clérigo. Yo le tenía más bien por
un humorista de los que cultivan la originalidad. Nuestra charla llevaba trazas de ser interminable, y ya picá-
bamos en este asunto, ya en el otro. Tan pronto el buen
Nazarín me parecía un budista, tan pronto un imitador
de Diógenes.

—Todo eso está muy bien —le dije—, pero podría
usted, padre, vivir mejor de lo que vive. Ni esto es casa,
ni éstos son muebles, ni por lo visto tiene usted más
ropa que la puesta. ¿Por qué no pretende usted, dentro
de su estado religioso, una posición que le permita vivir
con modesta holgura? Este amigo mío tiene mucho me-

timiento en ambos Cuerpos colegisladores y en todos los ministerios, y no le sería difícil, ayudándole yo con mis buenas relaciones, conseguir para usted una canonjía.

Sonrió el clérigo con cierta sorna y nos dijo que ninguna falta le hacían a él canonjías y que la vida boba de coro no cuadraba a su natural independiente. También le propusimos agenciarle alguna plaza de coadjutor en las parroquias de Madrid o un curato de pueblo, a lo que respondió que si le daban tal plaza la tomaría por obediencia y acatamiento incondicional a sus superiores.

—Pero tengan por seguro que no me la dan —añadía con seguridad exenta de amargura—. Y con plazo y sin plaza, siempre me verían ustedes tal como ahora me ven, porque es condición mía esencialísima la pobreza, y si me lo permiten les diré que el no poseer es mi suprema aspiración. Así como otros son felices en sueños, soñando que adquieren riquezas, mi felicidad consiste en soñar la pobreza, en recrearme pensando en ella y en imaginar, cuando me encuentro en mal estado, un estado peor. Ambición es ésta que nunca se sacia, pues cuanto más se tiene más se quiere tener, o, hablando propiamente, cuanto menos, menos. Presumo que no me entienden ustedes o que me miran con lástima piadosa. Si es lo primero, no me esforzaré en convencerles; si lo segundo, agradezco la compasión y celebro que mi absoluta carencia de bienes haya servido para inspirar ese cristiano sentimiento.

—¿Y qué piensa usted —le preguntamos con pedantería, resueltos a apurar la *interview*— de los problemas pendientes, del estado actual de la sociedad?

—Yo no sé nada de eso —respondió, encongiéndose de hombros—. No sé más sino que a medida que avanza lo que ustedes entienden por cultura, y cunde el llamado progreso, y se aumenta la maquinaria, y se acumulan riquezas, es mayor el número de pobres y la pobreza es más negra, más triste, más displicente. Eso es lo que yo quisiera evitar: que los pobres, es decir, los míos, se hallen tan tocados de la maldita misantropía. Crean ustedes que entre todo lo que se ha perdido, ninguna pérdida es tan lamentable como la de la paciencia. Alguna existe aún desperdigada por ahí, y el día que se agote, adiós mundo. Que se descubra un nuevo filón de esa gran virtud, la primera y más hermosa que nos enseñó Jesucristo, y verán ustedes qué pronto se arregla todo.

—Por lo visto es usted un apóstol de la paciencia.

—Yo no soy apóstol, señor mío, ni tengo tales pretensiones.

—Enseña usted con el ejemplo.

—Hago lo que me inspira mi conciencia, y si de ello, de mis acciones, resulta algún ejemplo y alguien quiere tomarlo, mejor.

—Su credo de usted, en la relación social es, según veo, la pasividad.

—Usted lo ha dicho.

—Porque usted se deja robar, y no protesta.

—Sí, señor; me dejo robar y no protesto.

—Porque usted no pretende mejorar de posición ni pide a sus superiores que le den medio de vivir dentro de su estado religioso.

—Así es; yo no pretendo, yo no pido.

—Usted come cuando tiene qué comer, y cuando no, no come.

—Justamente..., no como.

—¿Y si le arrojan de la casa?

—Me voy.

—¿Y si no encuentra quien le dé otra?

—Duermo en el campo. No es la primera vez.

—¿Y si no hay quien le alimente?

—El campo, el campo...

—Y, por lo que he visto, le injurian a usted mujerzuelas, y usted se calla y aguanta.

—Sí, señor; callo y aguanto. No sé lo que es enfadarme. El enemigo es desconocido para mí.

—¿Y si le ultrajasen de obra, si le abofetearan...?

—Sufriría con paciencia.

—¿Y si le acusaran de falsos delitos...?

—No me defendería. Absuelto en mi conciencia, nada me importarían las acusaciones.

—Pero ¿usted no sabe que hay leyes y Tribunales que le defenderían de los malvados?

—Dudo que haya tales cosas; dudo que amparen al débil contra el fuerte; pero aunque existiera todo eso que usted dice, mi tribunal es el de Dios, y para ganar mis litigios en ése no necesito papel sellado, ni abogados, ni pedir tarjetas de recomendación.

—En esa pasividad, llevada a tal extremo, veo un valor heroico.

—No sé... Para mí no es mérito.

—Porque usted desafía los ultrajes, el hambre, la miseria, las persecuciones, las calumnias y cuantos males nos rodean, ya provengan de la Naturaleza, ya de la sociedad.

—Yo no los desafío, los aguanto.

—¿Y no piensa usted en el día de mañana?

—Jamás.

—¿Ni se aflige al considerar que mañana no tendrá cama en que dormir ni un pedazo de pan que llevar a la boca?

—No, señor; no me aflijo por eso.

—¿Cuenta usted con almas caritativas como esta señora *Chanfaina,* que parece un demonio y no lo es?

—No, señor; no lo es.

—¿Y no cree usted que la dignidad de un sacerdote es incompatible con la humillación de recibir limosna?

—No, señor; la limosna no envilece al que la recibe ni en nada vulnera su dignidad.

—¿De modo que usted no siente herido su amor propio cuando le dan algún socorro?

—No, señor.

—Y es de presumir que algo de lo que usted reciba pasará a manos de otros más necesitados o que lo parezcan.

—Alguna vez.

—¿Y usted recibe socorros, para usted exclusivamente, cuando los necesita?

—¿Qué duda tiene?

—¿Y no se sonroja al recibirlos?

—Nunca. ¿Por qué había de sonrojarme?

—¿De modo que si nosotros, ahora..., pongo por caso..., condolidos de su triste situación, pusiéramos en manos de usted... parte de lo que llevamos en el bolsillo...?

—Lo tomaría.

Lo dijo con tal candor y naturalidad, que no podríamos sospechar que le movieran a pensar y expresarse de tal manera ni el cinismo ni la afectación de humildad, máscara de un desmedido orgullo. Ya era hora de que termináramos nuestro interrogatorio, que más bien iba tocando en fisgoneo importuno, y nos despedimos de don Nazario celebrando con frases sinceras la feliz casualidad a que debíamos su conocimiento. El nos agradeció mucho la visita y nuestras afectuosas manifestaciones, y nos acompañó hasta la puerta. Mi amigo y yo habíamos dejado sobre la mesa algunas monedas de plata, que ni siquiera miramos, incapaces de calcular las necesidades de aquel ambicioso de la pobreza: a bulto nos desprendimos de aquella corta suma, que en total pasaría de dos duros sin llegar a tres.

5

—Este hombre es un sinvergüenza —me dijo el reportero—, un cínico de mucho talento, que ha encontrado la piedra filosofal de la gandulería; un pillo de grande imaginación que cultiva el parasitismo con arte.

—No nos precipitemos, amigo mío, a formar juicios temerarios, que la realidad podría desmentir. Si usted no lo tiene a mal, volveremos y observaremos despacio sus acciones. Por mi parte, no me atrevo aún a opinar categóricamente sobre el sujeto que acabamos de ver, y que sigue pareciéndome tan árabe como en el primer instante, aunque de su partida de bautismo resulte, como usted ha dicho, moro manchego.

—Pues si no es un cínico, sostengo que no tiene la cabeza buena. Tanta pasividad traspasa los límites del ideal cristiano, sobre todo en estos tiempos en que cada cual es hijo de sus obras.

—También él es hijo de las suyas.

—Qué quiere usted: yo defino el carácter de ese hombre diciendo que es la ausencia de todo carácter y la negación de la personalidad humana.

—Pues yo, esperando aún más datos y mejor luz para conocerle y juzgarle, sospecho o adivino en el bienaventurado Nazarín una personalidad vigorosa.

—Según como se entienda el vigor de las personalidades. Un gandul, un vividor, un gorrón, puede llegar en el ejercicio de ciertas facultades hasta las alturas del genio; puede afinar y cultivar una aptitud, a expensas de las demás, resultando..., qué sé yo..., maravillas de inventiva y sagacidad que nosotros no podemos imaginar. Este hombre es un fanático, un vicioso del parasitismo, y bien puede afirmarse que no tiene ningún otro vicio, porque todas sus facultades se concentran en la cría y desarrollo de aquella aptitud. ¿Que ofrece novedad el caso? No lo dudo; pero a mí no me hace creer que le mueven fines puramente espirituales. ¿Que es, según usted, un místico, un padre del yermo, gastrónomo de las hierbas y del agua clara, un budista, un borracho del éxtasis, de la anulación, del *nirvana,* o como se llame eso? Pues si lo es, no me apeo de mi opinión. La sociedad, a fuer de tutora y enfermera, debe considerar estos tipos como corruptores de la Humanidad, en buena ley económico-política, y encerrarlos en un asilo benéfico. Y yo pregunto: ¿ese hombre, con su *altruismo* desenfrenado, hace algún bien a sus semejantes? Respondo: no. Comprendo las instituciones religiosas que ayudan a la Beneficencia en su obra grandiosa. La misericordia, virtud privada, es el mejor auxiliar de la Beneficencia, virtud pública. ¿Por ventura, estos misericordiosos sueltos, individuales, medievales, acaso contribuyen a labrar la vida del Estado? No. Lo que ellos cultivan es su propia viña, y de la limosna, cosa tan santa, dada con

método y repartida con criterio, hacen una granjería indecente. La ley social, y si se quiere cristiana, es que
todo el mundo trabaje, cada cual en su esfera. Trabajan
los presidiarios, los niños y ancianos en los asilos. Pues
este clérigo muslímico-manchego ha resuelto el problema de vivir sin ninguna especie de trabajo, ni aun el
descansado de decir misa. Nada, que a lo bóbilis bóbilis
resucita la Edad de Oro, propiamente la Edad de Oro.
Y me temo que saque discípulos, porque su doctrina es
de las que se cuelan sin sentirlo, y de fijo tendrá indecible seducción para tanto gandul como hay por esos
mundos. En fin, ¿qué puede esperarse de un hombre
que propone que los libros, el santo libro, y el periódico,
el sacratísimo periódico, todo el producto de la civili-
zadora Imprenta, esa palanca, esa milagrosa fuente...,
todo el saber antiguo y moderno, los poemas griegos,
los Vedas, las mil y mil historias, se dediquen a formar
pilas de abono para las tierras? ¡Homero, Cervantes,
Voltaire, Víctor Hugo, convertidos en guano ilustrado,
para criar buenas coles y pepinos! ¡No sé cómo no ha
profetizado también que las Universidades se converti-
rán en casas de vacas, y las Academias, los Ateneos y
Conservatorios en establecimientos de bebidas o en esta-
blos para burras de leche!

Ni mi amigo, con sus apreciaciones francamente re-
creativas, podía convencerme, ni yo le convencí a él.
Por lo menos, el juicio sobre Nazarín debía aplazarse.
Buscando nuevas fuentes de información entramos en la
cocina, donde campaba la *Chanfaina* frente a una batería
de pucheros y sartenes, friendo aquí, atizando allá, su-
dorosa, con los ricitos blancos tocados de hollín, las
manos infatigables, trajinando con la derecha, y con la
izquierda quitándose la moquita que se le caía. Al punto
comprendió lo que queríamos decirle, pues era mujer
de no común agudeza, y se adelantó a nuestras preguntas
diciéndonos:

—Es un santo, créanme, caballeros; es un santo. Pero
como a mí me cargan los santos..., ¡ay, no les puedo
ver!..., yo le daría de morradas al padre Nazarín si no

fuera por el aquel de que es clérigo, con perdón... ¿Para
qué sirve un santo? Para nada de Dios. Porque en otros
tiempos *paíce* que hacían milagros, y con el milagro
daban de comer, convirtiendo las piedras en peces, o
resucitaban los cadáveres de difuntos, y sacaban los demonios humanos del cuerpo. Pero ahora, en estos tiempos de tanta sabiduría con eso del *teléforo* o *teléforo,* y
las *ferros-carriles* y tanto infundio de cosas que van y
vienen por el mundo, ¿para qué sirve un santo más que
para divertir a los chiquillos de las calles?... Este cui-
tado que ustedes han visto tiene el corazón de paloma,
la conciencia limpia y blanca como la nieve, la boca de
ángel, pues jamás se le oyó expresión fea, y todo él
está como cuando nació, quiere decirse que le enterra-
rán con palma..., eso téngalo por cierto... Por más que
le escarben no encontrarán en él ningún pecado mayor
ni menor, como no sea el pecado de dar todo lo que
tiene... Yo le trato como a una criatura, y le riño todo
lo que me da la gana. ¿Enfadarse él? Nunca. Si ustedes
le dan un palo, es un suponer, lo agradece... Es así...
Y si ustedes le dicen perro judío, se sonríe, como si le
echaran flores... Y mis noticias son que el creriguicio de
San Cayetano le trae entre ojos, por ser así, tan dejado,
y no le dan misas sino cuando las hay de sobra... De
forma y manera que lo que él gane con el *sacerdocio* me
lo claven a mí en la frente. Yo, como tengo este genio,
le digo: «Padrito Nazarín, métase en otro oficio, aunque sea para traer y llevar muertos en la *funebridad*...»,
y él se ríe... También le digo que para maestro de escuela está cortado, por aquello de la paciencia y el no
comer..., y él se ríe... Porque, eso sí..., hombre de
mejor boca no se hallaría ni buscándolo con un candil.
Lo mismo le come a usted un pedazo de pan tierno que
medio cuarterón de bofes. Si le da usted cordilla, se la
come, y a un troncho de berza no le hace ascos. ¡Ay, si
en vez de santo fuera hombre, la mujer que tuviera que
mantenerle ya podría dar gracias a Dios!...

Tuvimos que cortar la retahíla de la *tía Chanfa,* que
no llevaba trazas de acabar en seis horas. Y bajamos a

echar un párrafo con el gitano viejo, quien, adivinando
lo que queríamos preguntarle, se apresuró a ilustrarnos
con su autorizada opinión.

—Señores —nos dijo, sombrero en mano—, Dios les
guarde. Y si no es curiosidad, ¿se *pue sabé* si le dieron
guita a ese *venturao* de don Najarillo? Porque más va-
liera que lo diesen a *mujotros,* que así nos ahorrábamos
el trabajo de subir a pedírselo, o se quitaban de que
lo diera a malas manos... Que muchos hay, *¿ustés* me
entienden?, que le sonsacan la caridad, y le quitan hasta
el aire santísimo, antes de que lo dé a quien se lo merece... Eso sí, como bueno lo es, mejorando lo que me
escucha. Y yo le tengo por el príncipe de los serafines
coronados, ¡válgame la santísima cresta del gallo de la
Pasión!... Y con él me confesaría antes que con Su
Majestad el Papa de Dios... Porque bien vemos cómo
se le cae la baba del ángel que tiene en el cuerpo, y
cómo se le baila en los ojos la *minífica* estrella pastoral
de la Virgen benditísima que está en los Cielos... Conque, señores, mandar a un servidor de *ustés,* y de toda
la familia...

Ya no queríamos más informes, ni por el momento
nos hacían falta. En el portal hubimos de abrirnos paso
por entre un pelotón de máscaras inmundas, que asal-
taban el puesto de aguardiente. Salimos pisando fango,
andrajos caídos de aquellos cuerpos miserables, cáscaras
de naranja y pedazos de careta, y volvimos paso a paso
al Madrid alto, a nuestro Madrid, que otro pueblo de
mejor fuste nos parecía, a pesar de la grosera necedad
del Carnaval moderno y de las enfadosas comparsas de
pedigüeños que por todas las calles encontrábamos. No
hay para qué decir que todo el resto del día lo pasamos
comentando el singularísimo y aún no bien comprendi-
do personaje, con lo cual indirectamente demostrábamos
la importancia que en nuestra mente tenía. Corrió el
tiempo, y tanto el reportero como yo, solicitados de
otros asuntos, fuimos dando al olvido al clérigo árabe,
aunque de vez en cuando le traíamos a nuestras conver-
saciones. De la indiferencia desdeñosa con que mi amigo

hablaba de él colegí que poca o ninguna huella había dejado en su pensamiento. A mí me pasaba lo contrario, y días tuve de no pensar más que en Nazarín, y de deshacerlo y volverlo a formar en mi mente, pieza por pieza, como niño que desarma un juguete mecánico para entretenerse armándole de nuevo. ¿Concluí por construir un Nazarín de nueva planta con materiales extraídos de mis propias ideas, o llegué a posesionarme intelectualmente del verdadero y real personaje? No puedo contestar de un modo categórico. Lo que a renglón seguido se cuenta, ¿es verídica historia o una invención de esas que por la doble virtud del arte expeditivo de quien las escribe, y la credulidad de quien las lee, resultan como una ilusión de la realidad? Y oigo, además, otras preguntas: «¿Quién demonios ha escrito lo que sigue? ¿Ha sido usted, o el reportero, o la *tía Chanfaina,* o el gitano viejo?...» Nada puedo contestar, porque yo mismo me vería muy confuso si tratara de determinar quién ha escrito lo que escribo. No respondo del procedimiento; sí respondo de la exactitud de los hechos. El narrador se oculta. La narración, nutrida de sentimiento de las cosas y de histórica verdad, se manifiesta en sí misma clara, precisa, sincera.

Segunda parte

1

Una noche del mes de marzo, serena y fresquita, alumbrada por espléndida luna, hallábase el buen Nazarín en su modesta casa profundamente embebido en meditaciones deliciosas, y tan pronto se paseaba con las manos a la espalda, tan pronto descansaba su cuerpo en la incómoda banqueta para contemplar, al través de los empañados vidrios, el cielo y la luna y las nubes blanquísimas, en cuyos vellones el astro de la noche jugaba al escondite. Eran ya las doce; pero él no lo sabía ni le importaba, como hombre capaz de ver con absoluta indiferencia la desaparición de todos los relojes que en el mundo existen. Cuando eran pocas las campanadas de los que en edificios próximos sonaban solía enterarse; si eran muchas, su cabeza no tenía calma ni atención para cuentas tan largas. Su reloj nocturno era el sueño, las pocas veces que lo sentía de veras, y aquella noche no le había avisado aún el cuerpo su querencia del camastro en que reposarse por breve tiempo solía.

De pronto, cuando más extático se hallaba mi hombre diluyendo sus pensamientos en la preciosa claridad de la luna, se oscureció la ventana, tapándola casi toda entera un bulto que de la parte del corredor a ella se aproximara. Adiós claridad, adiós luna y adiós meditación dulcísima del padre Nazarín.

Al llegarse a la ventana oyó golpecitos que daban de afuera, como ordenando o pidiendo que abriese. «¿Quién será?..., ¡a estas horas!...» Otra vez el toque de nudillos, como redoblar de un tambor. «Pues por el bulto —se dijo Nazarín—, parece una mujer. ¡Ea!, abramos y veremos quién es esa señora y a santo de qué viene a buscarme.»

Abierta la ventana, oyó el clérigo una voz sofocada y fingida, como la de las máscaras, que con angustioso acento le dijo:

—Déjeme entrar, padrico, déjeme que me esconda..., que me vienen siguiendo, y en ninguna parte estaré tan segura como aquí.

—¡Pero mujer!... Y a todas éstas, ¿quién eres, quién es usted, qué le pasa?...

—Déjeme entrar le digo... De un brinco me meto dentro, y no se enfade. Usted, que es tan bueno, me esconderá..., hasta que... Entro, sí, señor; vaya si entro.

Y acompañando la acción a la palabra, con rápido salto de gata cazadora, se metió dentro de un brinco y cerró ella misma los cristales.

—Pero, señora..., ya comprende...

—Padre Nazarín, no se incomode... Usted es bueno, yo soy mala, y por lo mismo que soy tan remala, me dije digo...: «No hay más que el beato Nazarín que me dé amparo en este trance.» ¿No me ha conocido todavía, o es que se hace el tonto?... ¡Mal ajo!... Pues soy *Ándara*... ¿No sabe quién es *Ándara*?...

—Ya, ya..., una de las cuatro... señoras que estuvieron aquí el día que me robaron, y por consuelo me pusieron como hoja de perejil.

—Yo fui mismamente la que le insulté más y la que le dije cosas más puercas, porque... La Siona es mi tía... Pero ahora le digo que la Siona es más ladrona que Candelas, y usted un santo... Me da la real gana de decirlo porque es la realísima verdad... ¡Mal ajo!

—¿Conque Ándara?... Pero yo quiero saber...

—Nada, padrito de mi alma, que aquí donde me ve, ¡por vida del Verbo!, he hecho una muerte.

—¡Jesús!

—No sabe una lo que hace cuando le tocan a la *diznidá*... Un mal minuto *cualisquiera* lo tiene... Maté..., o si no maté, yo di bien fuerte... y estoy herida; sí, padre..., tenga compasión... La otra me tiró un bocado al brazo y me levantó la carne..., santísima: con el cuchillo de la cocina alcanzó a darme en este hombro, y me sale sangre.

Diciéndolo, se cayó al suelo como un saco, con muestras de desvanecimiento. El padrito la palpó, llamándola por su nombre. «Ándara, señora Ándara, vuelva en sí, y si no vuelve y se muere de esa tremenda herida, haga propósito mental de arrepentimiento, abomine de sus culpas para que el Señor se digne acogerla en su santo seno.»

Todo esto ocurría en oscuridad casi completa, pues la luna se había ocultado, cual si quisiera favorecer la evasión y escondite de la malaventurada mujer. Nazarín trató de incorporarla, cosa no difícil, por ser Ándara de pocas carnes; pero se le volvió a caer de entre las manos.

—Si tuviéramos luz —decía el clérigo, muy apurado—, ya veríamos...

—¿Pero no tiene luz? —murmuró al fin la tarasca herida, volviendo de su desmayo.

—Vela tengo; pero ¿con qué la enciendo, Virgen Santísima, si no hay mixtos en casa?

—Yo tengo...; búsquelos en mi bolsillo, que no puedo mover el brazo derecho.

Nazarín tocaba de abajo arriba en el cuerpo de la infeliz, como quien toca una pandereta, hasta que al fin sonó algo como un cascabel en medio de las ropas, impregnadas de una pestilencia con falsos honores de perfume. Revolviendo con no poco trabajo encontró la

caja mugrienta, y ya estaba el hombre raspando el fós-
foro para sacar lumbre cuando la mujerona se incorporó
asustada, diciéndole:

—Cierre antes las maderas. Podría verme algún vecino que ande por ahí, ¡contra!, y entonces buena la
hacíamos...

Cerradas las maderas y encendida luz, Nazarín pudo
cerciorarse del lastimoso estado de la infeliz mujer. El
brazo derecho lo tenía hecho una carnicería, de araña-
zos y mordiscos, y en la paletilla una herida de arma
blanca, de donde brotaba sangre, que le teñía la camisa
y el cuerpo del vestido. Lo primero que hizo el curita
fue desembarazarla del mantón, y luego le abrió o des-
garró, conforme pudo, el cuerpo de la bata de tartán.
Para que estuviese más cómoda le trajo la única almohada que en su cama tenía, y procedió a la primera cura
con los medios más primitivos, lavar la herida, resta-
ñarla con trapos, para lo cual hubo de hacer trizas una
camisa que le regalan aquel mismo día unos amigos de
la vecindad.

Y la tarasca, en tanto, no paraba de hablar, refiriendo
el trágico lance que a tal extremidad la había traído.

—Ha sido con la *Tiñosa*.

—¿Qué dices, mujer?

—Que la bronca fue con la *Tiñosa,* y la *Tiñosa* es la
que he matado, si es que la maté, pues ya voy dudando.
¡Contro!, cuando yo la agarré por el moño y la tiré al
suelo, ¡ay!, le di el navajazo con toda mi alma, para
partirle la suya..., ¡mal ajo!; pero ahora... me alegraría
de saber que no la había matado...

—Tal para cual. ¿Conque la *Tiñosa?*... ¿Y quién es
esa señora?

—Una de las que conmigo estuvieron aquí aquella
mañana, ¿sabe?; la más fea de las cuatro, con unos ojos
de carnero a medio morir, el labio partido, la oreja
rajada, de un tirón que le dieron para arrancarle el pendiente, y la garganta llena de costurones. ¡Mal ajo!, si
el premio de horrorosa no hay quien se lo quite, y yo
mismamente, al par de ella, soy como... las diosas del

Olímpido. Conque…, fue todo por un papel de alfileres de cabeza negra que le dio el *Tripita*…, y de ahí saltó la *quistión*… De donde vinimos a una muy fuerte *despótrica* sobre si el *Tripita* es caballero o no es caballero… Y porque yo dije que es un lambión y un carnerazo vino la gorda, y el decirme que yo era esto y lo otro, que lo que no hay para qué decírselo a una. Mire, padre, yo soy muy loba, tan loba como la primera, pero no quiero que me lo digan, y menos ella, loba vieja y tan zurrida que ni los gatos la quieren ya…

—Cállate, boca infame, cállate, si no quieres que te abandone a tu suerte desdichada —le dijo el clérigo con severidad—. Arroja de ti el rencor, miserable, y considera que has añadido a tus horribles pecados el de homicidio, para que tu alma no tenga un punto, un solo punto por donde pueda ser cogida para sustraerla a las llamas del infierno.

—Es que…, verá, padrito… Si lo que digo es que yo, cuando me tocan la *diznidá*…, ¡mal ajo!… Porque aunque una sea un guiñapo, cada cual tiene su aquel de vergüenza propia y quiere que la respeten…

—Cállate, repito…, y no hagas comentarios. Cuéntame el caso liso y mondo, para saber yo si debo ampararte o entregarte a la Justicia. ¿Y cómo escapaste del tumulto que en tu casa, en la calle o en donde fuera debió de formarse?… ¿Cómo conseguiste que no te prendieran inmediatamente? ¿Cómo pudiste llegar aquí sin ser vista y guarecerte en mi casa y por qué razón me has puesto en el compromiso de tener que esconderte?

—Todo se lo contaré como desea; pero antes me ha de dar agua, si la tiene, y si no la tiene váyase a buscarla, porque me está abrasando una sed, que ni el infierno…

—Agua tengo, por fortuna. Bebe y cuenta, si el hablar no te debilita y trastorna.

—No, señor; yo estoy hablando, si me dejan, hasta el día del *Perjuicio* final, y cuando me muera hablaré hasta un poquito después de dar la última boqueada.

Pues verá usted..., la tiré con la navaja en semejante
parte y en semejante otra, con perdón..., y si no me
desapartan, la mecho... La mitad del pelo de ella me lo
traje entre las uñas, y estos dos dedos se los metí por
un ojo... Total, que me la quitaron y quisieron *asuje-
tarme;* pero yo, braceando como una leona, me zafé,
tiré el cuchillo y salí a la calle, y de una carrerita, antes
que pudieran seguirme, fui a parar a la calle del Peñón.
Luego volví pasito a paso..., oí ruido de voces..., me
agazapé. La Roma y *Virginia* chillaban, y la tía Gerun-
dia decía: «Ha sido Ándara, ha sido Ándara...» Y el
sereno y otros hombres..., que dónde me habría metido, que por aquí, que por allá..., y que me buscarían
para llevarme a la Galera y al patíbulo... Yo que oí
esto, ¡contro!, me voy escurriendo, escurriendo, pega-
dita a la pared, buscando la sombra, hasta que me entré
por esta calle de las Amazonas, sin que nadie me viera.
Toda la gente allí, y por aquí ni una rata. Yo iba preguntando a qué santo me encomendaría, y buscaba un
agujero donde meterme, aunque fueran los de la alcan-
tarilla. ¡Pero no cabía, por mucho que me estirara; no
cabía, Señor!... ¡Y doliéndome el brazo y soltando sangre de la herida! ¡Mal ajo! Me arrimé al quicio del portalón de esta casa, que hace mucha sombra..., empujé
para adentro y vi que se abría... ¡Oh, qué gusto! ¡Suerte
como ella!... Los gitanos suelen dejarlo abierto, ¿sabe?... Entréme despacito, como un soplo de viento, y
me fui escabullendo, pensando que si me veían los gitanos era perdida... Pero no me vieron los condenados.
Dormían como cestos, y el perro se había salido a la
calle... ¡Bendita sea la perra que fue la causante de que
saliera!... Pues, señor, me fui colando por el patio como
una babosa, y para entre mí decía: «¿Pero dónde me
meto yo ahora? ¿A quién le pido yo que me esconda?»
A la *Chanfa,* ni pensarlo. A Jesusita y la *Pelada,* menos.
Pues si me veían los *Cumplidos,* peor... En esto me
pasó por el pensamiento que si no me salvaba el padre
Nazarín, no me salvaba nadie. Y de cuatro brincos me
subí al corredor. Yo me acordé entonces de que el día

de Carnaval le había dicho cuatro frescas, por mor del
enfado natural de una. De la conciencia, ¡mal ajo!, sentí
que me corría la sangre, como de la herida. Pero dije:
«El es un santorro muy simplón y muy buenazo, y no
se acordará de aquellas palabritas, ¡contro!», y me corrí
hacia la ventana y llamé, y... ¡Ay, cómo me duele ahora..., ay, ay!... Padrito, ¿usted tiene por casualidad vinagre?

—No, hija; ya sabes que aquí no hay lujo, ni en mi
despensa ningún alimento nutritivo ni estimulante. ¡Vinagre! ¿Crees tú que has entrado en Jauja?

2

A la madrugada se puso tan mala la pobre, que Nazario (pues no siempre hemos de llamarle Nazarín, familiarmente) no sabía qué hacerle ni qué medidas tomar
para salir con ventura de aquel grave conflicto en que
su cacareada y popular bondad en mal hora le puso. La
tal Ándara (a quien llamaban así por contracción de Ana
de Ara) cayó en extenuación alarmante, con frecuentes
colapsos y delirio. Para colmo de desdicha, aunque el
buen cura comprendió que todo el mal provenía de extenuación, motivada por la pérdida de tanta sangre, no
podía ponerle inmediato remedio por no tener en su
casa más vituallas que un poco de pan, un pedazo de
queso de Villalón y como una docena de nueces, sustancias impropias para un enfermo traumático. Pero
pues no había otra cosa, forzoso fue apencar con el pan
y las nueces hasta que viniera el día y pudiese Nazarín
procurarse mejor alimento. Hubiérale dado él de muy
buena gana un poco de vino, que era lo que ella prin-
cipalmente apetecía; mas en casa tan pobre y modesta
no entraba jamás aquel líquido. Ya que no podía aten-
der al reparo de fuerzas, trató de acomodar el cuerpo
de la miserable en cama menos dura que el santo suelo,
donde yacía desde que entró; y viendo la imposibilidad,
después de infructuosos ensayos, de que Ándara se mo-

viera de aquel sitio, porque sus músculos habían venido
a ser como trapos y sus huesos de plomo, no tuvo el
buen Nazarín más remedio que sacar fuerzas de flaqueza
y echarse a cuestas, con descomunal trabajo, aquel fardo
execrable. Afortunadamente, el peso de Ándara era es-
caso, porque andaba mal de carnes (la mayor desgracia
en su condición), y para cualquier hombre de medianos
bríos el levantarla habría sido como cargar un pellejo
de arroba a medio llenar.

Así y todo, sudó la gota gorda el pobre cura, y por
poco se cae en mitad del camino. Pero al fin pudo soltar su farda, y al caer los molidos huesos y flojas huma-
nidades en el colchón, dijo la moza:

—Dios se lo pague.

Ya cerca del día, y hallándose en un momento lúcido,
después de haber desembuchado mil desatinos, tocantes al *Tripita,* la *Tiñosa* y demás gentuza con que ordi-
nariamente trataba, la tarasca dijo a su bienhechor:

—Señor Nazarín, si no tiene comida, supongo que
no le faltará dinero.

—No tengo más que lo de la misa de hoy, que aún
no lo he tocado ni me lo ha pedido nadie.

—Mejor... Pues en cuanto amanezca traerá media li-
brita de carne para ponerme un puchero. Y tráigase
también medio cuartillo de vino... Pero mire, venga
acá. Usted no tiene malicia y hace las cosas a lo santo,
con lo cual perjudica sin querer. Mire, oiga lo que le
digo. Haga caso de mí, que tengo más... gramática. No
compre el vino en la taberna del hermano de Jesusa,
ni en la de José Cumplido, donde le conocen. «¡Anda,
anda —dirían—, el bendito Nazarín comprando vino,
él que no lo cata!» Y empezarían a chismorrear, y que
torna, que vira, y alguien se metería en averiguaciones
y, ¡contro!, me descubrirían... ¡Y qué cosas dirían de
usted!... ¡Váyase a comprarlo a la taberna de la calle
del Oso, o a la de los Abadales, donde no le conocen,
y, además, hay más conciencia que por aquí, vamos al
decir, que no bautizan tanto.

—No necesitas decirme lo que tengo que hacer —repitió el clérigo—. Sobre que la opinión del mundo no significa nada para mí, no es bien que yo tome tus consejos, ni que tú te atrevas a dármelos. Ni tengas por seguro tampoco, desdichada Ándara, que esta pobre morada mía es escondite de criminales y que a mi sombra vas a encontrar la impunidad. Yo no te denunciaré; pero tampoco puedo, porque no debo, ¿entiendes?, burlar a tus perseguidores, si con justicia te persiguen, ni librarte de la expiación a que el Señor, antes que los Tribunales, sin duda, te sentencia. Yo no te entregaré a la Justicia; mientras aquí estés, te haré todo el bien que pueda. Si no te descubren, allá Dios y tú.

—Bueno, señor, bueno —replicó la tarasca entre hondos suspiros—. Eso no quita para que compre el vino donde le digo, porque es menos cristiano allá que acá. Y si no tuviere bastante guita, busque en el bolsillo de mi bata, donde debe de haber una peseta y tres o cuatro perras. Cójalo todo, que yo para nada lo necesito ahora, y de paso que va por el vino tráigase una cajetilla para usted.

—¡Para mí! —exclamó el sacerdote con espanto—. ¡Si sabes que no fumo!... Y aunque fumara... Guárdate tu dinero, que bien podrías necesitarlo pronto.

—Pues el vicio del tabaco, ése nada más, bien lo podría tener, ¡mal ajo! Vamos, que el no tener ningún vicio, ninguno, lo que se dice ninguno, vicio también es. Pero no se enfade...

—No me enfado. Lo que te digo es que las vanas palabras y la distracción del espíritu son un nuevo mal que añades a los que ya tienes sobre ti. Reconcentra tus pensamientos, infeliz mujer; pide el fervor de Dios y de la Virgen, sondea tu conciencia, reflexiona en lo mucho malo que has hecho, y en la posibilidad de la enmienda y del perdón, si con fe y amor procuras una y otro. Aquí me tienes para ayudarte si piensas en cosas más serias que el escondite, la peseta, el vino y la cajetilla..., a no ser que ésta la quieras para ti, en tal caso...

—No, no, señor...; yo no... —refunfuñó la moza—.
Era que... Total, que si quiere coger la peseta, cójala,
pues no es bien que todo el gasto sea de su cuenta.

—Yo no necesito de tu peseta. Si la necesitara te la
pediría... ¡Ea!, a pensar en tu alma, en tu arrepentimiento. Repara que estás herida, que yo no puedo curarte
bien, que el Señor puede mandarte, a la hora menos
pensada, una gangrena, un tifus o cualquier otra pestilencia. ¡Ah!, nunca sería tanto como lo que mereces, ni
tan grave como la podredumbre que devora tu alma. En
eso es en lo que tienes que pensar. Ándara infeliz; que
si en todo caso estamos a merced de la muerte, a ti
ahora te anda rondando, y como venga de súbito, que
puede venir, y te coja desprevenida, ya sabes a dónde
vas a parar.

Ni mientras Nazarín hablaba, ni mucho después, dijo
Ándara esta boca es mía, demostrando con su silencio el
vago temor que la exhortación produjo en su alma. Pasado un largo rato volvió a echar suspiros y más suspiros,
manifestando con voz quejumbrosa que si era preciso
morir, no tendría más remedio que conformarse. Pero
bien podía suceder que viviese, tomando algún alimento,
un poco de vino, y aplicándoselo también a las heridas.
Y como llegase el caso, ella no dejaría de procurarse todo
el arrepentimiento posible, a fin de que el trance final
la cogiera en buena disposición y con mucho cristianismo
en toda su alma. Fuera de esto, si el padrito no se enfa-
daba, le diría que ella no creía en el Infierno. *Tripita,*
que era persona muy leída y compraba todas las noches
La Correspondencia, le había dicho que eso del Infierno
y el Purgatorio es papa, y también se lo había dicho
Bálsamo.

—¿Y quién es *Bálsamo,* hija mía?

—Pues uno que fue sacristán, y estudió para cura, y
sabe todo el canticio del coro y el responso inclusive.
Después se quedó ciego, y se puso a cantar por las calles
con una guitarra, y de una canción muy chusca que acababa siempre con el estribillo de *el bálsamo del amor* le
vino y se le quedó para siempre el nombre de *Bálsamo.*

—Pues escoge entre la opinión del señor de *Bálsamo* y la mía.

—No, no, padrito... Usted sabe más... ¡Qué cosas tiene! ¡Cómo se va a comparar!... Si ese de que le hablo es un perdido, más malo que la sarna. Vive con una que la llamamos la *Camella,* alta y zancuda, mucho hueso. Le viene este nombre de que antes, cuando pintaba algo, le decían *la dama de las Camelias.*

—No quiero saber nada de *camellas ni camelias,* ¿entiendes? Aleja de tu mente la idea de todo ese personal inmundo y piensa en sanar tu alma, que no es floja tarea. Ahora procura conciliar el sueño; y yo aquí, en esta banqueta, apoyadito en la pared, espero el día, que ya no ha de tardar en enviarnos sus primeros resplandores.

Durmiéranse o no, ello es que ambos callaron, y silenciosos permanecían cuando penetraban por las rendijas de la ventana y de la clavada puerta los primeros flechazos de la luz matutina. Aún tardaron un ratito en iluminar toda aquella pobreza y en diseñar los contornos de los objetos, poniendo a cada uno su natural color. Ándara se durmió profundamente al amanecer, y cuando despertó, bien entrado el día, encontróse sola. Como notara ruido en la casa, entrar y salir de gente en el patio, el barullo de los huéspedes, la voz tormentosa de la *Chanfaina* en la cocina, tuvo miedo. Aunque bien pudieran ser aquellos rumores el movimiento común y ordinario de la casa, la infeliz no las tenía todas consigo, y en su zozobra hizo propósito firme de permanecer *achantadita* en el flaco jergón, cuidando de no hacer ruido, de no moverse, ni toser, ni respirar más que lo preciso para no ahogarse, a fin de que ningún descuido suyo delatara su presencia en la casa del sacerdote.

Más que el miedo para desvelarla, podía la extenuación para adormecerla, y segunda vez cayó en un letargo pesadísimo, del cual la sacó Nazarín, sacudiéndole la cabeza, para ofrecerle vino. ¡Ay, con qué ansia lo tomó y qué bien le supo! Después le aplicó a las heridas el mismo medicamento que empleara para uso interno, y tanta fe en esta terapéutica tenía la mujerona, sin duda por haber presenciado ejemplos mil de su eficacia, que sólo con aquella fe, a falta de otra, se mejoró la condenada. La conciencia de su desamparo ante el peligro le inspiraba mil precauciones ingeniosas, entre ellas el no hablar con don Nazario más que por señas, para que ninguna voz suya llegase a los oídos de la refistolera vecindad. Con visajes y garatusas se dijeron todo cuanto tenían que decirse; y por cierto que pasó Ándara grandes apuros para indicarle con tan imperfecto lenguaje algunas cosas pertinentes al puchero que el buen curita pensaba poner. No hubo más remedio que emplear la palabra, reduciéndola a un susurro apenas perceptible; al fin, se entendieron. Nazarín adquirió preciosas nociones de arte culinario, y la enferma tomó un caldo, que no sería ciertamente de mucha sustancia, mas para ella bueno estaba; y con unas sopas que comió después se fue reponiendo y entrando en caja. Cumplidos estos deberes de hospitalidad caritativa, Nazarín salió, dejando la casa cerrada y a la moza herida sin más compañía que la de sus alborotados pensamientos y la de algún ratón, que, a la husma de las migas de pan, andaba por debajo de la cama.

3

Todo el resto del día estuvo sola la buena pieza, pues el padrito no se daba prisa en volver a su domicilio. Recelos y desconfianzas de criminal acometieron por la tarde a la malaventurada mujer. «¡Si me denunciará este buen señor! —se decía, no pudiendo pensar más que en la anhelada impunidad—. No sé, no sé..., porque unos lo tienen por santo y otros por un pillete muy largo, pero muy largo... No sabe una a qué carta quedarse... ¡Contro!, ¡mal ajo! Pero no, no creo que me denuncie... El cuento es que si me descubren y le preguntan si estoy aquí, contestará que sí, porque él no miente ni aun para salvar a una persona. ¡Vaya con la santidad! Si es cierto que hay Infiernos con mucha lumbre y tizonazos, allá debían ir los que dicen verdades que a un pobre le cuestan la vida o le zampan en una cárcel.»

Por la tarde pasó un rato de horrible pavura oyendo la voz de la *Chanfa* junto a la ventana. Hablaba con otra mujer que, por el habla gargajosa y carraspeante, parecía la *Camella*. ¡Y la *Camella* era tan mala, tan amiga de meter en todo las narices, y llevar y traer cuentos! Después que picotearon bien, Estefanía llamó con los nudillos en el cristal; pero como el padre no estaba allí para responderle, se fueron las muy indinas. Otras personas, y algunos chicuelos de la vecindad, llamaron también en el curso del día, cosa muy natural y que no debía ser motivo de alarma, porque la pobretería de aquellos lugares visitaba con frecuencia al que era amigo y consuelo de los pobres. Al anochecer, ya no podía la mujerzuela con su congoja y susto, y anhelaba que volviese el clérigo, para saber si podía contar o no con el sigilo en aquella oscura reclusión. Los minutos se le hicieron horas; al fin, cuando le vio entrar ya cerca de anochecido, a punto estuvo de reñirle por su tardanza, y si no lo hizo fue porque el gozo de verle le quitó el enfado.

—Yo no tengo que darte a ti cuenta de dónde voy ni de dónde vengo, ni en qué empleo mis horas —le dijo Nazarín, contestando a las primeras preguntas impertinentes y oficiosas de la que bien podía llamarse su protegida—. ¿Y que tál? ¿Vamos bien? ¿Te duele menos la herida? ¿Vas tomando fuerzas?

—Sí, hombre sí... Pero el *canguelo* no me deja vivir... A cada instante me parece que entran para cogerme y llevarme a la cárcel. ¿Estaré segura? Dígamelo con verdad, a lo hombre, más que a lo santo.

—Ya sabes —repuso el sacerdote desembarazándose del manteo y la teja—, yo no te denuncio... Procura tú no hacer aquí nada por donde te descubran... y chitón, que anda gente por el corredor.

—Vaya que está hoy mi beato muy paseante en Corte —decía la amazona—. ¿Qué pasa? ¿Ha ido a bailarle el agua al Obispo, como lo aconsejé? Como no adule, no le darán nada. ¿Y qué? ¿Hubo misa hoy? Bueno. Así, aplicarse, ir a las parroquias con cara de poca vergüenza, darse pisto... Verá cómo caen misas. Oiga, padrito, yo siento…, me parece que sale por esta ventana un olor… así como de esa perfumería condenada que gastan las mujeronas… ¿Pero usted no huele? ¡Si es un tufo que tira para atrás!… Claro, no es novedad. Como entran a verle a usted personas de todas castas, y usted no distingue, ni sabe a quién socorre…

—Eso será —replicó Nazarín sin inmutarse—. Entra aquí mucha y diversa gente. Unos huelen y otros no.

—Y también me da olor a vinazo… ¿Se nos está su reverencia echando a perder?… Porque el de la misa no será.

—Lo del otro olor —dijo el clérigo con suprema sinceridad— no lo niego. Aroma o pestilencia, ello es que existe en mi casa. Yo lo siento, y lo sentirá todo el que tenga olfato. Pero olor a vino no lo noto, francamente, no noto nada, y esto no es decir que no lo haya habido en casa hoy… Pudo haberlo; mas no huele, señora, no huele.

—Pues yo digo que trasciende… Pero no hay que disputar, porque no tendrán la misma *trascendencia* sus narices y las mías.

Ofrecióle después comida la señora *Chanfa,* y él rehusó, limitándose a recibir, tras repetidas instancias, un bollo de canela y dos chorizos de Salamanca. Con esto se acabó la conversación y el horroroso susto de la reclusa.

—Ya me barrunté yo —decía, inconsolable, al sentir que se alejaba la amazona— que esta *perfumación* indecente de mi ropa me iba a denunciar. La quemaría toda, si pudiera salir de aquí en camisa. Lo que menos pensaba yo, echándome esos olores, era que me habían de traer tal perjuicio. Y es buena esencia, ¿verdad padrito? ¿no le gusta a usted olerla?

—A mí no. Sólo me agrada el olor de las flores.

—A mí también. Pero van caras, y no puede una tenerlas más que de vista en los jardines. Pues hace tiempo, tenía yo un amigo que me llevaba muchas flores, de las mejores; sólo que estaban algo sucias.

—¿De qué?

—De la porquería de las calles. Este amigo era barrendero, de los que recogen las basuras todas las mañanas. Y a veces, por el Carnaval o en tiempo de baile, barría en la puerta de los teatros y casas grandes, y con la escoba recogía muchas *camellas*.

—Camelias, se dice.

—Camelias, y hasta rosas. Lo ponía todo en un papel con mucho cuidadito, y me lo llevaba.

—¡Qué fino!... ¿Dejarás, al fin, de pensar tonterías, y mirarás a lo importante, a la purificación de tu alma?

—Todo lo que usted quiera aunque me parece que de ésta no expiro. Yo tengo siete vidas, como los gatos. Dos veces estuve en el *espital* con la sábana por la cara, creyendo todos que me iba, y volví, y me curé.

—No hay que fiar, señora mía, de feliz circunstancia de haber escapado una y otra vez. En toda ocasión la muerte es nuestra inseparable compañera y amiga. En nosotros mismos la llevamos desde el nacer, y los achaques, las miserias, la debilidad y el continuo sufrir son las caricias que nos hace dentro de nuestro ser. Y no sé por qué ha de aterrarnos la imagen de ella cuando la vemos fuera de nosotros, pues esa imagen en nosotros está de continuo. De seguro que tú te espantas cuando ves una calavera, y más si ves un esqueleto...

—¡Ah, sí, qué miedo!

—Pues la calavera que tanto te asusta, ahí la llevas tú: es tu cabeza...

—Pero no será tan fea como la de los cementerios.

—Lo mismo, sólo que está vestida de carne.

—¿De modo, padrito, que yo soy mi calavera? ¿Y el esqueleto mío es todos estos huesos, armados como los que vi yo una vez en el teatro, en la función de los fantoches? ¿Y cuando yo bailo, baila mi esqueleto?¿Y cuando duermo, duerme mi esqueleto? ¡Mal ajo! ¿Y al morirme, cogen mi esqueletito salado y lo tiran a la tierra?

—Exactamente, como cosa que ya no sirve para nada.

—Y cuando se muere una, ¿sigue una sabiendo que se ha muerto, y acordándose de que vivía? ¿Y en qué parte del cuerpo tiene una el alma? ¡En la cabeza o en el pe-

cho? Cuando una se pelea con otra, digo yo, ¿el alma se
sale a la boca y a las manos?

Contestóle Nazarín, sobre esto del alma, en la forma
más elemental y comprensible para tan ruda inteligencia,
y siguieron departiendo en voz baja, a prima noche, después de cenar algo, sin cuidarse de la vecindad, que, por
fortuna, de ellos tampoco se cuidaba. Ándara, por causa,
sin duda, de la forzada quietud que le excitaba la imaginación, todo quería saberlo, demostrando una curiosidad
hasta cierto punto científica, que el buen eclesiástico sa-
tisfacía en unos casos y en otros no. Anhelaba saber cómo
es esto de *nacer una,* y cómo salen los pollos de un
huevo igualitos al gallo y a la gallina... En qué consiste
que el número trece es muy malo, y por qué causa trae
buena sombra el recoger una herradura en mitad de un
camino... Cosa inexplicable era para ella la salida del sol
todos los días, y que las horas fueran siempre iguales, y
el tamaño de los días de un año, en cada estación, igual
a los días de los otros años... ¿Dónde se metían los ángeles de la guarda cuando *una es niña,* y qué razón hay
para que las golondrinas se larguen en invierno y vuelvan
en verano, y acierten con el mismo nido?... También es
muy raro que el número dos traiga siempre buena suerte,
y que la traiga mala el tener dos velas encendidas en las
habitaciones... ¿Por qué tienen tanto talento los ratones,
siendo tan chicos, y a un toro, que es tan grande, se le
engaña con un pedazo de trapo?... Y las pulgas y otros
bichos pequeños, ¿tienen su alma a su modo?... ¿Por
qué la luna crece y mengua, y qué razón hay para que
cuando *una* va por la calle y encuentra a una persona
parecida a otra, al poco rato encuentre a la otra?... También es cosa muy rara que el corazón le diga a *una* lo
que va a pasar, y que cuando las mujeres embarazadas
tienen antojo de una cosa, verbigracia, de berenjenas,
salga luego el crío con una berenjena en la nariz. Tampoco entendía ella por qué las almas del Purgatorio salen
cuando se les da a los curas unas perras para responsos,
y por qué el jabón quita la porquería, y por qué el martes es día tan malo que no se puede hacer nada en él.

Fácilmente contestaba Nazarín a no pocas de sus dudas, pero otras no se las podía satisfacer, y las proposiciones que pertenecían al orden de la superstición estúpida se las negaba rotundamente, exhortándole a echar de su mente ideas tan desatinadas. Con esto pasaron la velada, y una noche tranquila y sin ningún accidente permitió a la enferma reparar sus fuerzas. De este modo transcurrieron tres días, cuatro; Ándara restableciéndose rápidamente de sus heridas y cobrando fuerzas; el buen don Nazario saliendo todas las mañanas a decir su misita, y regresando tarde a casa, sin que ningún suceso alterase esta monotonía, ni se descubriera el escondite de la mala mujer. Aunque ésta se creía segura, no se descuidaba en sus minuciosas precauciones para que no llegara al exterior de la casa rumor ni indicio alguno de su presencia. A los tres días abandonó el ocioso jergón; mas no se atrevía a salir de la alcoba, y como sintiera voces, contenía templando la respiración. Pero no quiso la voluble suerte favorecerla más tiempo, y al quinto día fueron inútiles ya todas las cautelas, y la infame se vio en peligro inminente de caer en poder de la Justicia.

Al anochecer se llegó la Estefanía a la ventana, y llamando al padrito, que acababa de entrar, le dijo:

—¡Eh, so babieca, que ya no valen pamplinas, que ya se sabe todo, y quién es la mala rata que esconde usted en su madriguera! Abrame la puerta por allá, que quiero entrar y hablarle sin que se enteren los vecinos.

4

Ándara, que tal oyera, se quedó más blanca que la pared, lo cual, en verdad, no era extremada blancura, y ya se consideró en la Galera con grillos en los pies y esposas en las manos. Daba diente con diente cuando sintió entrar a la *Chanfaina,* que se metió de rondón en la alcoba diciendo:

—Se acabaron las pamemas. Mira, tú, trasto: desde el primer día entendí que estabas aquí. Te saqué por el olor. Pero no quise decir nada, no por ti, sino por no comprometer al padrico, que se mete en estos fregados con buena intención y toda su sosería de ángel. Y ahora, sepan los dos que si no hacen lo que voy a decirles, están perdidos.

—¿Se murió la *Tiñosa?* —le preguntó Ándara, aguijoneada por la curiosidad, más poderosa en aquel instante que el miedo.

—No se ha muerto. En el *espital* la tienes de *interfezta,* y, según dicen, no comerá la tierra por esta vez. Pues si se muriera, tú no te escapabas de ponerte el corbatín. Conque... ya sales de aquí *espirando.* Vete adonde quieras, que de esta noche no pasa que venga aquí el excelentísimo Juzgado.

—¿Pero quién...?

—¡Ay, qué tonta! ¡La *Camella* tiene un olfato...! La otra noche vino a esta ventana, y pegaba las narices al quicio como los perros ratoneros cuando rastrean el ratón. *Golía, golía,* y sus resoplidos se oían desde el portal. Pues ella y otras te han descubierto, y ya no hay escape. Lárgate pronto de aquí y escóndete donde puedas.

—Ahora mismo —dijo Ándara, envolviéndose en su mantón.

—No, no —agregó la *Chanfa,* quitándoselo—. Voy a darte uno mío, el más viejo, para que te disfraces mejor. Y también te daré una bata vieja. Aquí dejas toda la ropa manchada de sangre, que yo la esconderé... Y que *coste* que esto no lo hago por tí, *feróstica,* sino por el padruco, que está en el compromiso de que le tengan o no le tengan por un peine como tú. Que la Justicia es muy perra y en todo ha de meter el hocico. Ahora, este *serófico* tiene que hacer lo que yo le diga; si no, le empapelan también, y que vengan los angelitos a librarle de ir a la cárcel.

—¿Qué tengo yo que hacer?... sepámoslo —preguntó el sacerdote, que si al principio parecía sereno, luego se le vio un tanto pensativo.

—Pues usted, negar, negar y negar siempre. Esta pájara se va de aquí, y se enconde donde pueda. Se quita todo, *solutamente* todo el rastro de ella: yo limpiaré la salita, lavaré los baldosines, y usted, señor Nazarillo de mis pecados, cuando vengan los de la Justicia, dice a todo que no, y que aquí no ha estado ella, y que es mentira. Y que lo prueben, ¡contro!, que lo prueben.

El curita callaba; mas la diabólica Ándara apoyó con calor las enérgicas razones de la Estefanía.

—Es una gaita —prosiguió ésta— que no se pueda quitar el condenado olor... ¿Pero cómo lo quitamos?... ¡Ah, mala sangre, hija de la gran loba, pelleja maldita! ¿Por qué en vez de traerte acá este *pachulí* que trasciende a demonios no te trajiste toda la perfumería de los estercoleros de Madrid, grandísima puerca?

Acordada la *najencia* de Ándara, la hombruna patrona, que era toda actividad en los momentos de apuro, trajo sin tardanza las ropas que la criminal debía ponerse en sustitución de las ensangrentadas, para favorecer con algún disfraz su escapatoria en busca de mejor escondite.

—¿Vendrán pronto? —preguntó a la *Chanfa,* con resolución de acelerar su partida.

—Aún tenemos tiempo de arreglar esto —replicó la otra—, porque ahora van con la denuncia, y lo menos hasta las diez o diez y media no llegarán aquí los *caifases.* Me lo ha dicho Blas Portela, que está al tanto de todos estos líos de justicia y sabe cuándo les pica una pulga a los señores de las Salesas. Tenemos tiempo de lavar y de quitar hasta el último rastro de esta sinvergonzona... Y usted, señor *San Cándido,* ahora no sirve aquí más que de estorbo. Váyase a dar un paseo.

—No, si yo tengo que salir a un asunto —dijo don Nazario, poniéndose la teja—. Me ha citado el señor Rubín, el de San Cayetano, después de la novena.

—Pues aire... Traeremos un cubo de agua... Y tú mira bien por todos los lados, no se te quede aquí una liga, o botón, una peina del pelo, u otra *cualisquiera* inmundicia de tu persona, cintajo, cigarrillo... No es mal compromiso el que le cae a este bendito por tu causa... ¡Ea!, rico, don Nazarín, a la calle. Nosotras arreglaremos esto.

Fuese el clérigo, y las dos mujeronas se quedaron trajinando.

—Busca bien, revuelve todo el jergón, a ver si dejas algo —decía la *Chanfa*.

Y la otra:

—Mira, Estefa, yo tengo la culpa, yo soy la causante..., y pues el padrico me amparó, no quiero que por mí y por este arrastrado perfume le digan el día de mañana que si tal o cual... Pues yo la hice, yo trabajaré aquí hasta que no quede la menor *trascendencia* del olor que gasto... Y ya que tenemos tiempo..., ¿dices que a las diez?..., vete a tus quehaceres y déjame sola. Verás cómo lo pongo todo como la plata...

—Bueno, yo tengo que dar de cenar a los mieleros y a los cuatro tíos esos de Villaviciosa... Te traeré el agua, y tú...

—No te molestes, mujer. ¿Pues no puedo yo misma traer el agua de la fuente de la esquina? Aquí hay un cubo. Me echo mi mantón por la cabeza, y ¿quién me va a conocer?

—Ello es verdad: vete tú, y yo a mi cocina. Volveré dentro de media hora. La llave de la casa está en la puerta.

—Para nada la quiero. Quédese donde está. Yo voy y traigo el agua de Dios en menos que canta un gallo... Y otra cosa: ahora que me acuerdo..., dame una peseta.

—¿Para qué la quieres, arrastrada?

—¿La tienes o no? Dámela, préstamela, que ya sabes que cumplo. La quiero para echar un trago y comprarme una cajetilla. ¿Miento yo alguna vez?

—Alguna vez, no; siempre. Vaya, toma la jeringada peseta y no se hable más. Ya sabes lo que tienes que hacer. Al avío. Me voy. Espérame aquí.

Salió la terrible amazona, y tras ella, con dos minutos de diferencia, la otra tarasca, después de juntar con su peseta la que le diera su amiga y de coger en la cocina uña botella y una zafra no muy grande. La calle estaba oscura como boca de lobo. Desapareció en las tinieblas, y cruzando a la calle de Santa Ana, al poco rato volvió

con los mismos cacharros agazapados entre los pliegues
de su mantón. Con presteza de ardilla subió la angosta
escalera y se metió en la casa.

En poquísimo tiempo, que seguramente no pasaría de
siete u ocho minutos, entró Ándara en un cuartucho
próximo a la cocina, sacó un montón de paja de maíz de
un colchón deshecho, lo llevó todo a la alcoba, envuelto
en la misma tela del jergón, y extendiólo debajo de la
cama, derramando encima todo el petróleo que había
traído en la botella y en la zafrilla. Aún le parecía poco,
y rasgando de arriba abajo con un cuchillo el otro colchón, también de maíz, en cuyas blanduras había dormido
algunas noches, acumuló paja sobre paja; y para mayor
seguridad, puso encima la tela de ambos colchones y
cuanto trapo encontró a mano, y sobre la cama la banqueta y hasta el sofá de Vitoria. Formada la pira, sacó
su caja de mixtos, y ¡zas!... Como la pura pólvora, ¡contro! Abierta la ventana para que entrara la onda de aire,
esperó un instante contemplando su obra, y no se puso
en salvo hasta que el espeso humo que del montón de
combustible salía le impidió respirar. Tras de la puerta,
en el peldaño más alto de la escalerilla, observó un rato
cómo crecía con furor la llama, cómo bufaba el aire entre
ella, cómo se llenaba de humazo negro la vivienda del
buen Nazarín, y bajó escapada y escabullóse por el portal
más pronta que la vista, diciendo para su mantón: «¡que
busquen ahora el olor..., mal ajo!»

Por el cerrillo del Rastro bajó a la calle del Carnero;
después, a la Mira el Río, y parose allí mirando al sitio
donde, a su parecer, entre los tejados, caía el mesón de
la *Chanfaina*. No tenía sosiego hasta no ver la columna
de humo, que anunciarle debía el éxito de su ensayo de
fumigación. Si no subía pronto el humo, señal era de que
los vecinos sofocaban el fuego... Pero no, ¡cualquiera
apagaba aquel infiernito que armara ella en menos de un
credo! Intranquila estuvo como unos diez minutos, mirando para el cielo y pensando que si la lumbre no pren-
día bien, su hazaña, lejos de ser salvadora y decisiva, la
comprometería más. Por todo pasaba, aun por ir ella a pu-

drirse en la Galera; pero no consentía que acusaran al divino Nazarín de cosas falsas, verbigracia, de que tuvo o no tuvo que ver con una mujer mala... Por fin, ¡bendito Dios!, vio salir por encima de los tejados una columna de humo negro, más negro que el alma de Judas, y a los cielos subía retorciéndose con tremendos espirales, y creeríase que la humareda hablaba y que decía al par de ella: «¡Que aplique la *Camella* sus narices de perra pachona!... Anda, ¿no queríais tufo, señores caifases de la *incuria?* Pues ya no huele más que a cuerno quemado..., ¡contro!, y el guapo que ahora quiera descubrir el olor..., que meta las uñas en el rescoldo..., y verá... que le *ajuma...*»

Alejóse más, y desde lo bajo de la Arganzuela vio llamas. Todo el grupo de tejados aparecía con una cresta de claridad rojiza que la tarasca contempló con salvaje orgullo. «Puede una ser una birria, pero tiene conciencia, y por conciencia no quiere una que al bueno le digan que es malo, y se lo prueben con un olor de peineta, con una *jediondez* de la ropa que una se pone... No..., la conciencia es lo primero. ¡Arda Troya!... Estáte tranquilo, Nazarín, que si pierdes tu casa, poco pierdes, y otra ratonera no te ha de faltar...»

El incendio tomaba formidables proporciones. Vio Ándara que hacia allá corría presurosa la gente; oyó campanas. Pudo llegar a creer, en el desvarío de su imaginación, que las tocaba ella misma. Tan, tarán, tan...

—¡Qué burra es esa *Chanfaina*! ¡Crees que lavando se quita el aire malo! No, ¡contro!, eso no va con agua, como el otro que dijo... ¡El aire malo se lava con fuego, sí, ¡mal ajo!, con fuego!

5

Al cuarto de hora de salir la diabólica mujer de la vivienda de don Nazario, ya era ésta un horno, y las llamas se paseaban por el recinto estrecho devorando cuanto encontraban. Acudieron aterrados los vecinos; pero antes

de que trajeran los primeros cubos de agua, providencia
elemental contra incendios leves, ya por la ventana salía
una bocanada de fuego y humo que no dejaba acercarse
a ningún cristiano. Corrían los inquilinos de aquí para
allá, y subían y bajaban sin saber qué partido tomar; las
mujeres chillaban, los hombres maldecían. Hubo un momento en que las llamas parecieron extinguirse o achicarse dentro de la estancia, y algunos se aventuraron a entrar por la escalerilla del portal, y otros derramaron cán-
taros de agua por la ventana del corredor. Con una buena bomba, bien cebada de agua, habríase cortado el incendio en aquel instante; pero mientras llegaba el socorro de bombas y bomberos, tiempo había para arder toda
la casa y achicharrarse en ella sus habitantes si no se
daban prisa a ponerse en salvo. A la media hora vieron
que salían velloncitos de humo por entre las tejas (el piso
era principal y sotabanco, todo en una pieza), y ya no
quedó duda de que se había extendido el fuego solapa-
damente a las vigas altas. ¿Y las bombas? ¡Ay, Dios
mío! Cuando llegó la primera, ya ardía como zarzal re-
seco la desvencijada techumbre, y el corredor, y el ala
norte del patio. Creyérase que toda aquella construcción
era yesca salpimentada de pólvora; el fuego se cebaba
en ella famélico y brutal, la devoraba; ardían las maderas
apolilladas, el yeso mismo y hasta el ladrillo, pues todo
se hallaba podrido y deshecho, con una costra de mugre
secular. Ardían con gana, con furor. La combustión era
un júbilo del aire, que daba en obsequio de sí mismo
función de pirotecnia.

No hay para qué describir el pánico horrible del indi-
gente vecindario. Ante la formidable intensidad y extensión de la quema, debía creerse que pronto el edificio
entero ardería por los cuatro costados sin que se salvara
ni una astilla. Apagar tal infierno era imposible, ni aunque vomitaran agua sobre él todas las mangas del orbe
católico. A las diez y media nadie pensaba más que en
salvar la pelleja y los pocos trastos que componían el
mueblaje de las viviendas míseras. Viéronse, pues, salir
de estampía de los corredores al patio, y de éste a la

calle, hombres, mujeres y chiquillos, y escaparon también los gitanescos burros, los gatos y perros, y hasta las ratas que, entre el viguetaje y en agujeros de arriba y abajo, tenían sus guaridas.

Y pronto se llenó la calle de catres, cofres, cómodas y trebejos mil, como el aire de un clamor de miseria y desesperación, al cual se unía el fragoroso aventeo de las llamas para formar un conjunto siniestro. Cuidábanse exclusivamente vecinos y auxiliares de salvar trastos y personas, entre las cuales había algunos impedidos, cojos y ciegos. A excepción de uno de éstos, que salió con las barbas chamuscadas, el salvamento se verificó sin ningún detrimento en las vidas humanas. Desaparecieron, sí, bastantes aves, más bien que por muerte por haber variado de dueño en aquellos apuros, y alguno de los asnos fue a parar, de la primera carrera, a la calle de los Estudios. A última hora trabajaron los bomberos para impedir que el incendio saltara a las casas inmediatas, y, conseguido esto, aquí paz y después gloria.

No hay para qué decir que la *Chanfaina,* desde que recibió en sus narizotas el tufo de la quemazón, no pensó más que en poner en salvo su ajuar, que con no valer en sí más que para leña, era lo mejor de la casa. Ayudada de los mieleros y de otros huéspedes diligentes, fue sacando *sus cosas,* y puso bazar de ellas en la calle. Sus manos y pies no descansaban un momento, ni tampoco su agresiva lengua, que rociaba sus palabras bárbaras y sucias a todo el gentío, y a los bomberos y al fuego mismo. El reflejo de las llamaradas enrojecía su rostro, tanto como el hervor de su condenada sangre.

Y he aquí que cuando ya tuvo todos sus chismes en la calle, menos una parte de la batería de cocina que no pudo salvar, y se ocupaba en custodiarlos y defenderlos de la pillería, se le puso delante el padre Nazarín, tan fresco, Señor, pero tan fresco, como si nada hubiera pasado, y con aspecto angelical le dijo:

—¿Conque es cierto que nos hemos quedado sin albergue, señora *Chanfa?*

—Sí, pavito de Dios, ¡mala centella nos parta a todos!... ¡Y con qué desahogo lo dice!... Claro, como usted nada tenía que perder y Dios le ha hecho el favor de consumirle sus miserias, no repara en los pudientes, que tenemos que sacar los trastos a la calle. Pues esta noche dormirá usted al raso, como un caballero. ¿Qué me dice de esta chamusquina espantosa? ¿No sabe que empezó por su casa, como si mismamente hubiera reventado un polvorín?... A mí que no me digan, esto no ha sido natural. Esto ha sido función artificial, sí, señor, un fuego que..., vamos..., no quiero decirlo. La suerte es que el amo de la finca se alegrará, porque todo ello no valía dos ochavos, y el seguro algo le ha de pagar, que si no, de esta *catastrofa* se había de hablar mucho en los papeles, y alguien lo había de sentir, alguno que me callo por no comprometer.

Encogióse de hombros el buen don Nazario, sin mostrar aflicción ni desconsuelo por la pérdida de su menguada propiedad, y terciándose el manteo se puso a disposición de los vecinos para ayudarles a ordenar los cachivaches, y a moverlos de un lado para otro. Trabajando estuvo hasta muy avanzada la noche, y al fin, rendido y sin fuerzas, aceptó la hospitalidad que le ofreció en la próxima calle de las Maldonadas un sacerdote joven, amigo suyo, que acertó a pasar por el *lugar del siniestro,* y al verle en faenas tan impropias, y así se lo dijo, de un ministro del altar.

Cinco días pasó en la casa y compañía de su amigo, en la placidez ociosa de quien no tiene que cavilar por las materialidades de la existencia; contento en su libre pobreza, aceptando sin violencia lo que le daban y no pidiendo cosa alguna; sintiendo huir de su vida las necesidades y los apetitos; no deseando nada terrenal ni echando de menos lo que a tantos inquieta; con la ropa puesta por toda propiedad y un breviario que le regaló su amigo. Hallábase en las puras glorias, con todo aquel descuido del vivir asentado sobre el cimiento de su conciencia pura como el diamante, sin acordarse de su destruido albergue, ni de Ándara, ni de Estefanía, ni de cosa alguna que con tal gente y casa se relacionara, cuando una mañanita le llamaron del Juzgado a declarar en causa que se formaba a una mujer de mal vivir, llamada Ana de Ara, y tal y qué sé yo.

—Vamos —se dijo cogiendo manteo y teja, dispuesto a cumplir sin tardanza el mandato judicial—, ya pareció aquello. ¿Qué habrá sido de la tal Ándara? ¿La habrán cogido? Allá voy a decir todita la verdad en lo que me atañe, sin meterme en lo que no me consta, ni tiene nada que ver con la hospitalidad que di a esa desgraciada mujer.

Por cierto que su amigo, a quien informó del caso en breves palabras, no puso buena cara cuando le oía, ni dejó de mostrarse un tanto pesimista en la apreciación de la marcha y consecuencias de aquel feo negocio. No por esto entró en recelo Nazarín, y se fue a ver al representante de la Justicia, que le recibió muy fino, y le tomó declaración con todos los miramientos que al estado eclesiástico del declarante correspondía. Incapaz de decir, en asunto grave ni leve, cosa ninguna contraria a la verdad, norma de su conciencia; resuelto a ser veraz no sólo por obligación, como cristiano y sacerdote, sino por el inefable gozo que en ello sentía, refirió puntualmente al juez lo sucedido, y a cuantas preguntas se le hicieron dio respuesta categórica, firmando su declaración y quedándose después de ella tan tranquilo. Acerca del crimen de Ándara, hecho en el cual no había intervenido, se expresó con generosa reserva, sin acusar ni defender a nadie, añadiendo que nada sabía del paradero de la mala mujer, la cual debió salir de su escondite la misma noche del incendio.

Retiróse del Juzgado muy satisfecho, sin reparar, tan abstraído estaba mirando a su conciencia, que el juez no le había tratado, después de la declaración, tan benévolamente como antes de ella, que le miraba con lástima, con desdén, con prevención quizá… Poco le habría importado esto, aun habiéndolo advertido. En casa de su amigo, éste renovó sus comentarios pesimistas acerca del amparo dado a la bribona, insistiendo en que el vulgo y la

curia no verían en don Nazario al hombre abrasado en
fuego de caridad, sino al amparador de criminales, por
lo cual convenía tomar precauciones contra el escándalo,
o ver de sortearlo cuando viniese. Con estas cosas, el
dichoso cleriguito no le dejaba vivir en paz. Era hombre
entrometido y oficioso, con muchas y buenas relaciones
en Madrid, y de una actividad lamentable cuando tomaba de su cuenta un asunto que no le incumbía. Se
avistó con el juez, y por la noche tuvo la indecible satisfacción de espetar a don Nazario el siguiente discurso:

—Mire usted, compañero, cuanto más amigos más
claros. A usted se le pasea el alma por el cuerpo y no
ve el peligro que se *cierne* a su alrededor..., se cierne,
sí, señor. Pues el juez, que es todo un caballero, lo
primero que me preguntó fue si usted está loco. Respon-
díle que no sabía... No me atreví a negarlo, pues siendo
usted cuerdo, resulta más inexplicable su conducta. ¿En
qué demonios pensaba usted al recibir en su domicilio
a una pelandusca semejante, a una criminal, a una?...
¡Por Dios, don Nazario! ¿Sabe usted de qué le acusan
los que llevaron el cuento al juez? Pues de que usted
sostenía relaciones escandalosas, vitandas y deshonestas
con esa y otras *ejusdem fúrfuris*. ¡Qué bochorno, amigo
querido! Bien sé que es mentira. ¡Si nos conocemos!...
Usted es incapaz..., y si se dejara tentar por el demonio
de la concupiscencia, lo haría sin duda, con *féminas* de
mejor pelaje... ¡Si estamos conformes!... ¡Si yo doy
de barato que todo es calumnia!... ¿Pero usted sabe la
que le viene encima? Fácil es a sus calumniadores des-
honrarle; difícil, dificilísimo le será a usted destruir el
error; que la maledicencia encuentra calor en todos los
corazones, transmisión en todas las bocas, mientras que
la justificación nadie la cree, nadie la propaga. El mundo
es muy malo, la Humanidad, inicua, traidora, y no hace
más que pedir eternamente que le suelten a Barrabás
y que crucifiquen a Jesús... Y otra cosa que decirle:
también quieren complicarle en el incendio.

—¡En el incendio!... ¡Yo! —exclamó don Nazario
más sorprendido que aterrado.

—Sí, señor; dicen que ese infernal basilisco fue quien prendió fuego a la casa de usted, el cual fuego, por las leyes de la física, se propagó a todo el edificio. Yo bien sé que usted es inocente de éste como de otros desafueros; pero prepárese para que le traigan y le lleven de Herodes a Pilatos, tomándole declaraciones, complicándole en asuntos viles, cuya sola mención pone los pelos de punta.

En efecto; a él, con sólo decirlo, parecía que se le erizaba el cabello de terror y vergüenza, mientras que el otro, oyendo tan fatídicos augurios, se mostraba sereno.

—Y finalmente, mi querido Nazario, ya sabe que somos amigos, *ex toto corde,* que le tengo a usted por hombre impecable, por hombre puro, *pulchérrimo viro.* Pero vive usted en pleno Limbo, y esto no sólo le perjudica a usted sino a los amigos con quienes tiene relación tan íntima como es el vivir bajo un mismo techo. No es esto echarle, compañero; pero yo no vivo solo. Mi señora madre, que le aprecia a usted mucho, no tiene tranquilidad desde que se ha enterado de estos trotes judiciales en que anda metido nuestro huésped. Y no crea que ella y yo solos lo sabemos. Anoche se habló latamente de esto en la tertulia de Manolita, la hermana del señor provisor del Obispado. Unas le acusaban, otras le defendían a usted. Pero lo que dice mamá: «Basta que suenen las hablillas, aun siendo injustas, para que no podamos tener a ese bendito en casa...»

6

—No diga usted más, compañero —replicó don Nazario en el reposado tono que usaba siempre—. De todos modos pensaba yo marcharme de hoy a mañana. No me gusta ser gravoso a los amigos, ni he pensado en abusar de la hidalga hospitalidad que usted y su señora madre, la bonísima doña María de la Concordia, me han dado. Ahora mismo me voy... ¿Qué más tiene usted que decirme? ¿Me pregunta que cuál es mi contestación a las viles calumnias? Pues ya debe usted suponerla, amigo y compañero mío. Contesto que Cristo nos enseñó a padecer, y que la mejor prueba de aplicación de los que aspiran a ser sus discípulos es aceptar con calma y hasta con gozo el sufrimiento que por los varios caminos de la maldad humana nos viniere. No tengo nada más que decir.

Como era de tan fácil arreglo su equipaje, porque todo lo llevaba sobre su mismo cuerpo, a los cinco minutos de oír el discurso despidióse del cleriquito y de doña María de la Concordia, y se puso en la calle, encaminando sus pasos hacia la de Calatrava, donde tenía unos amigos, que seguramente le darían hospitalidad por pocos días. Eran marido y mujer, ancianos, establecidos allí desde el año 50 con el negocio de alpargatas, cordelería, bagazo de aceitunas, arreos de mulas, tapones de corcho, varas de fresno y algo de cacharrería. Recibiéronle como él esperaba, y le aposentaron en un cuarto estrecho, en el fondo del patio, arreglándole una regular cama, entre rimeros de albardas, collarines y rollos de sogas... Era gente pobre, y suplía el lujo con la buena voluntad.

En tres semanas largas que allí vivió el angélico Nazario ocurrieron sucesos tan desgraciados y se acumularon sobre su cabeza con tanta rapidez las calamidades, como si Dios quisiera someterle a prueba decisiva. Por de pronto, no había misas para él en ninguna parroquia. En todas se le recibía mal, con desdeñosa lástima, y aunque jamás pronunció palabra inconveniente, hubo de oírlas ásperas y crueles en esta y la otra sacristía. Nadie le daba explicaciones de tal proceder, ni él las pedía tampoco. De todo ello resultó una vida imposible para el pobre curita, pues habiendo concertado con *los Peludos* (que así se llamaban sus amigos de la calle de Calatrava) abonarles un tanto diario por hospedaje, no podía de ninguna manera satisfacerles. Ultimamente renunció a más correrías por iglesias y oratorios buscando misas que ya no existían para él, y se encerró en su oscura morada, pasando día y noche en meditaciones y tristezas.

Visitóle un día un clérigo viejo, amigo suyo, empleado en la Vicaría, el cual se condolió de su mísera suerte, y por la tarde le llevó una muda de ropa. Díjole el tal que no le convenía en modo alguno achicarse, sino dirigirse resueltamente al provisor y relatarle con leal franqueza sus cuitas y el motivo de ellas, procurando recobrar el concepto perdido por su indolencia y la maldad de gentecillas infames que no le querían bien. Añadió que ya estaba extendido el oficio retirándole las licencias y llamándole a la Oficina episcopal para imponerle correctivo, si de sus declaraciones resultaba motivo de corrección. Tantos y tantos golpes abatieron un poco el ánimo valiente de aquel hombre tan apocado en apariencia y en su interior tan bien robustecido de cristianas virtudes. No volvió a recibir la visita del clérigo anciano, y su residencia oscura se rodeaba de una soledad melancólica y de un lúgubre quietismo. Pero la tétrica soledad fue el ambiente en que resurgió su gran espíritu con pujantes bríos, decidiéndose a afrontar la situación en que le ponían los hechos humanos y determinando en su voluntad la querencia de mejor vivir, conforme a inveterados anhelos de su alma.

No salía ya de su oscura madriguera sino al amanecer, y se encaminaba por la Puerta de Toledo, ávido de ver y gozar los campos de Dios, de contemplar el cielo, de oír el canto matutino de las graciosas avecillas, de respirar el fresco ambiente y recrear sus ojos en el verdor risueño de árboles y praderas, que por abril y mayo, aun en Madrid, encantan y embelesan la vista. Se alejaba, se alejaba, buscando más campo, más horizonte y echándose en brazos de la Naturaleza, desde cuyo regazo podía ver a Dios a sus anchas. ¡Cuán hermosa la Naturaleza, cuán fea la Humanidad!... Sus paseos matinales, andando aquí, sentándose allá, le confirmaron plenamente en la idea de que Dios, hablando a su espíritu, le ordenaba el abandono de todo interés mundano, la adopción de la pobreza y el romper abiertamente con cuantos artificios constituyen lo que llamamos civilización. Su anhelo de semejante vida era de tal modo irresistible, que no podía

vencerlo más. Vivir en la Naturaleza, lejos de las ciuda-
des opulentas y corrompidas, ¡qué encanto! Sólo así creía
obedecer el mandato divino que en su alma se manifestaba continuamente; sólo así llegaría a toda la purificación posible dentro de lo humano, y a realizar los bienes
eternos, y a practicar la caridad en la forma que ambi-
cionaba con tanto ardor.

De vuelta a su casa, ya entrado el día, ¡qué tristeza,
qué hastío y cómo se le desvirtuaba su idea con las con-
tingencias de la realidad! Porque él, de buen grado, re-
nunciando a todas las ventajas materiales de su profesión
eclesiástica, dejaría de ser gravoso a los infelices y honrados *Peludos,* y ya por la limosna, ya por el trabajo, se
buscaría su pan. ¿Pero cómo intentar ni el trabajo ni la
mendicidad con aquellas ropas de cura que le denuncia-
rían por loco o malvado? De esta idea le vino la aversión
del traje, de las horribles e incómodas ropas negras, que
habría cambiado más gustosamente por un hábito de más
grosero tejido. Y un día, encontrándose con su calzado
lleno de roturas y sin recursos para mandar que se lo
remendaran, imaginó que la mejor y más barata compos-
tura de botas era no usarlas. Decidido a ensayar el sistema, se pasó todo el día descalzo, andando por el patio
sobre guijarros y humedades, porque llovió abundante-
mente. Satisfecho quedó; pero considerando que a la
descalcez, como a todo, hay que acostumbrarse, hizo
propósito de darse la misma lección un día y otro, hasta
llegar a la completa invención del calzado permanente,
que era uno de sus ideales de vida, en el orden positivo.

Una mañana que salió, poco después del alba, a su
excursión por las afueras de la Puerta de Toledo, habién-
dose sentado a descansar como a un kilómetro más allá
del puente, caminito de los Carabancheles, vio que hacia
él se llegaba un hombre muy mal encarado, flaco de
cuerpo, cetrino de rostro, condecorado con más de una
cicatriz, vestido pobremente y con todas las trazas de
matutero, chalán o cosa tal. Y respetuosamente, así como
suena, con un respeto que Nazarín ni como hombre ni
como sacerdote acostumbraba ver en los que a su perso-

na se dirigían, aquel desagradable sujeto le endilgó lo siguiente:

—Señor, ¿usted no me conoce?

—No, señor..., no tengo el gusto...

—Yo soy el que llaman Paco Pardo, el hijo de la *Canóniga,* ¿sabe?

—Muy señor mío...

—Y vivimos en aquella casa que se ve más acá del propio cementerio... Pues allí está la Ándara. Le hemos visto a su reverencia varias mañanas sentadico en esta piedra, y Ándara dijo, dice, que le da vergüenza de venir a hablarle... Pues hoy me *ensalzó* a que viniera yo... con respeto, y vea cómo vengo, y... con respeto le digo que dice Ándara que le lavará a usted toda la ropa que tenga..., porque si no es por su reverencia estaría en el convento de las monjas de la calle de Quiñones, alias la *Galera*... Y más le digo..., con respeto. Que como mi hermana trae de Madrid basuras y desperdicios y otras cosas *sustanciales,* con lo que criamos cerdos y gallinas, y de ello vivimos todos, es el caso que hace dos días..., digo mal tres, trajo una teja de cura eclesiástico que le dieron en una casa... La cual es, a saber, la teja, aunque de procedencia de un difunto, está más nueva que el sol, y Ándara dijo que si usted la quería usar no tenga *escrófulo,* y se la llevaré adonde me mande..., con respeto...

—Inocentes, ¿qué decís? ¿Teja? ¿Para qué quiero yo tejas ni tejados? —replicó el clérigo con energía—. Guardaos la prenda para quien la quiera o usadla para algún espantajo, si tenéis allí, como parece, sembrado de hortalizas, guisantes o cosa que queráis defender de los pajarillos..., y basta. Muchas gracias. A más ver... ¡Ah!, y lo de lavarme la ropa, se estima —esto lo decía ya retirándose—, pero no tengo ropa que lavar, a Dios gracias..., pues la muda que me quité cuando me dieron la que llevo puesta... ¿te enteras?, la lavé yo mismo en un charco del patio, y créete que quedó que ni pintada. Yo mismo la tendí de unas sogas, pues allí de todo se carece menos de sogas... Conque..., adiós.

Y de vuelta a su casa, empleó todo el día en el ejercicio de andar descalzo, que a la quinta o sexta lección le daba ya desembarazo y alegría. Por la noche, cenando unas acelgas fritas y un poco de pan y queso, habló con sus buenos amigos y protectores de la imposibilidad de pagar su cuenta como no le designaran alguna ocupación u oficio en que pudiera ganar algo, aunque fuese de los más bajos y miserables. Escandalizóse el *Peludo* de oírle tal despropósito.

—¡Un señor eclesiástico! ¡Dios nos libre!... ¡Qué diría la *sociedaz,* qué el santo cleriguicio!...

La señora *Peluda* no tomó por lo sentimental los planes de su huésped, y como mujer práctica, manifestó que el trabajo no deshonra a nadie, pues el mismo Dios *trabajó* para fabricar el mundo, y que ella sabía que en la estación de las Pulgas daban cinco reales a todo el que fuera al acarreo del carbón. Si el curita manso quería ahorcar los hábitos para ganarse honradamente una santa peseta, ella le procuraría una *casa* donde pagaban con largueza el lavado de tripas de carnero. Uno y otro, plenamente convencidos ya de la miseria que abrumaba al desdichado sacerdote, y viendo en él un alma de Dios incapaz de ganarse el sustento, dijéronle que no se afanase por el pago de la corta deuda, pues ellos, como gente muy cristiana y con su poquito de santidad en el cuerpo, le hacían donación del *comestible* devengado. Donde comían dos, comían tres, y gatos y perros había en la vecindad que hacían más *consumo* que el padre Nazarín... Lo *cual* que no debía tener recelo por *quedar a deberles* tal porquería, pues todo se perdonaba por amor de Dios, o por aquello de no saber nunca *a la que estamos,* y que el que hoy da, mañana tiene que pedirlo.

Manifestóles su agradecimiento don Nazario, añadiendo que aquélla era la última noche que tendrían en la casa el estorbo de su inútil persona, a lo que contestaron ambos disuadiéndole de salir a correr aventuras, él con verdadera sinceridad y calor, ella con medias palabras, sin duda porque deseaba verle marchar con viento fresco.

—No, no: es resolución muy pensada, y no podrán ustedes, con toda su bondad que tanto estimo, disuadirme de ella —les dijo el clérigo—. Y ahora, amigo *Peludo,* ¿tiene usted un capote viejo, inservible, y quiere dármelo?

—¿Un capote?...

—Esa prenda que no es más que un gran pedazo de tela gorda, con un agujero en el centro, por donde se mete la cabeza.

—¿Una manta? Sí que la tengo.

—Pues si no la necesita, le agradeceré que me la ceda. Por cierto que no creo exista prenda más cómoda, ni que al propio tiempo dé más abrigo y desembarazo... ¿Y tiene una gorra de pelo?

—Monteras nuevas verá en la tienda.

—No, la quiero vieja.

—También las hay usadas, hombre —indicó la *Peluda*—. Acuérdate: la que puesta traías cuando viniste de tu tierra a casarte conmigo. Pues de ello no hace más de cuarenta y cinco años.

—Esa montera quiero yo, la vieja.

—Pues será para usted... Pero le vendrá mejor estotra de pelo de conejo que yo usaba cuando iba de zaguero a Trujillo...

—Venga.

—¿Quiere usted una faja?

—También me sirve.

—¿Y este chalequito de Bayona, que se podría poner en un escaparate si no tuviera los codos agujereados?

—Es mío.

Fueron dándole las prendas y él recogiéndolas con entusiasmo, Acostáronse todos, y a la mañana siguiente, el bendito Nazarín, descalzo, ceñida la faja sobre el chaleco de Bayona, encima el capote, encasquetada la montera, y un palo en la mano, despidióse de sus honrados bienhechores, y con el corazón lleno de júbilo, el pie ligero, puesta la mente en Dios, en el cielo los ojos, salió de la casa en dirección a la Puerta de Toledo: al traspasarla creyó que salía de una sombría cárcel para entrar en el reino dichoso y libre, del cual su espíritu anhelaba ser ciudadano.

Tercera parte

1

Avivó el paso, ya fuera de la Puerta, ansioso de alejarse la más pronto posible de la populosa villa y de llegar adonde no viera su apretado caserío, ni oyese el tumulto de su inquieto vecindario, que ya en aquella temprana hora empezaba a bullir, como enjambre de abejas saliendo de la colmena. Hermosa era la mañana. La imaginación del fugitivo centuplicaba los encantos de cielo y tierra, y en ellos veía, como en un espejo, la imagen de su dicha, por la libertad que al fin gozaba, sin más dueño que su Dios. No sin trabajo había hecho efectiva aquella rebelión, pues rebelión era, y en ningún caso hubiérala realizado, él tan sumiso y obediente, si no sintiera que en su conciencia la voz de su Maestro y Señor con imperioso acento se lo ordenaba. De esto no podía tener duda. Pero su rebelión, admitiendo que tan feo nombre en realidad mereciese, era puramente formal; consistía tan sólo en evadir la reprimenda del superior, y en esquivar los dimes y diretes y vejámenes de una jus-

ticia que ni es justicia ni cosa que lo valga... ¿Qué tenía
él que ver con un juez que prestaba atención a delacio-
nes infames de gentezuela sin conciencia? A Dios, que
veía en su interior, le constaba que ni del provisor, ni
del juez huía por miedo, pues jamás conoció la cobardía
su alma valerosa, ni los sufrimientos y dolores, de cualquier clase que fueran, torcían su recta voluntad, como
hombre que de antiguo saboreaba el misterioso placer de
ser víctima de la injusticia y maldad de los hombres.

No huía de las penalidades, sino que iba en busca de
ellas; no huía del malestar y la pobreza, sino que tras
de la miseria y de los trabajos más rudos caminaba. Huía,
sí, de un mundo y de una vida que no cuadraban a su
espíritu, embriagado, si así puede decirse, con la ilusión
de la vida ascética y penitente. Y para confirmarse en la
venialidad y casi inocencia de su rebeldía, pensaba que
en el orden dogmático sus ideas no se apartaban ni el
grueso de un cabello de la eterna doctrina ni de las enseñanzas de la Iglesia, que tenía bien estudiadas y sabidas
al dedillo. No era, pues, hereje, ni de la más leve hete-
rodoxia podían acusarle, aunque a él las acusaciones le
tenían sin cuidados, y todo el Santo Oficio del mundo
lo llevaba en su propia conciencia. Satisfecho de ésta,
no vacilaba en su resolución, y entraba con paso decidido
en el *yermo;* que tal le parecieron aquellos solitarios
campos.

Al pasar el puente, unos mendigos que allí ejercían su
libérrima industria le miraron sorprendidos y recelosos,
como diciendo: «¿Qué pájaro es éste que viene por nuestros dominios sin que le hayamos dado la patente? Habrá
que ver...» Saludóles Nazarín con un afable movimiento
de cabeza, y sin entrar en conversación con ellos siguió
su camino, deseoso de alejarse antes de que picara el sol.
Andando, andando, no cesaba de analizar en su mente la
nueva existencia que emprendía, y su dialéctica la cogía
y la soltaba por diferentes lados, apreciándola en todas
las fases y perspectivas imaginables, ya favorables, ya
adversas, para llegar, como en un juicio contradictorio,
a la verdad bien depurada. Concluía por absolverse de

toda culpa de insubordinación, y sólo quedaba en pie
un argumento de sus imaginarios acusadores, al cual no
daba satisfactoria respuesta. «¿Por qué no solicita usted
entrar en la Orden Tercera?» Y conociendo la fuerza de
esta observación, se decía: «Dios sabe que si encontrara
yo en este caminito una casa de la Orden Tercera, pediría que me admitiesen en ella, y entraría con júbilo,
aunque me impusieran el noviciado más penoso. Porque
la libertad que yo apetezco lo mismo la tendría vagando
solo por laderas y barrancos que sujeto a la disciplina
severa de un santo instituto. Quedamos en que escojo
esta vida porque es la más propia para mí y la que me
señala el Señor en mi conciencia, con la claridad imperativa que no puedo desconocer.»

Sintiéndose un poco fatigado, a la mitad del camino
de Carabanchel Bajo se sentó a comer un mendrugo de
pan, del bueno y abundante que en el morral le puso la
Peluda, y en esto se le acercó un perro flaco, humilde
y melancólico, que participó del festín, y que por sólo
aquellas migajas se hizo amigo suyo y le acompañó todo
el tiempo que estuvo allí reposando el frugal almuerzo.
Puesto de nuevo en marcha, seguido del can, antes de
llegar al pueblo sintió sed, y en el primer ventorrillo pidió agua. Mientras bebía, tres hombres que de la casa
salieron hablando jovialmente le observaron con importuna curiosidad. Sin duda había en su persona algo que
denunciaba el mendigo supuesto o improvisado, y esto le
produjo alguna inquietud. Al decir «Dios se lo pague»
a la mujer que le había dado el agua, acercósele uno de
los tres hombres y le dijo:

—Señor Nazarín, le he conocido por el metal de voz.
Vaya que está bien disfrazado. ¿Se puede saber..., con
respeto, a dónde va vestidito de pobre?

—Amigo, voy en busca de lo que me falta.

—Que sea con salud... ¿Y usted a mí no me conoce?
Yo soy aquel...

—Sí, aquel... Pero no caigo...

—Que le habló no hace muchos días más abajo... y le
brindó..., con respeto, un sombrero de teja.

—¡Ah, sí!..., teja que yo rehusé.

—Pues aquí estamos para servirle. ¿Quiere su reverencia ver a la Ándara?

—No señor... Dile de mi parte que sea buena, o que haga todo lo posible por serlo.

—Mírela... ¿Ve usted aquellas tres mujeres que están allí, al otro lado de la carretera *propiamente,* cogiendo cardillo y verdolaga? Pues la de la enagua colorada es Ándara.

—Por muchos años. ¡Ea!, quédate con Dios... ¡Ah!, un momento: ¿tendrías la bondad de indicarme algún atajo por donde yo pudiera pasar de este camino al de más allá, al que parte del puente de Segovia y va a tierra de Trujillo?...

—Pues por aquí, siguiendo por estas tapias, va usted derechito... Tira por junto al Campamento, y adelante, adelante..., la vereda no le engaña..., hasta que llega *propiamente* a las casas de Brugadas. Allí cruza la carretera de Extremadura.

—Muchas gracias, y adiós.

Echó a andar, seguido del perro, que por lo visto se ajustaba con él para toda la jornada, y no había recorrido cien metros cuando sintió tras de sí voces de mujer que con apremio le llamaban:

—¡Señor Nazarín, don Nazario!...

Paróse, y vio que hacia él corría desalada una falda roja, un cuerpo endeble, del cual salían dos brazos que se agitaban como aspas de molino.

«¿Apostamos a que ésta que corre es la dichosa Ándara?», se dijo, deteniéndose.

En efecto, ella era, y trabajillo le costara al caminante reconocerla si no supiese que andaba por aquellos campos. Al pronto, se habría podido creer que un espantajo de los que se arman con palitroques y ropas viejas para guardar de los gorriones un sembrado había tomado vida milagrosamente y corría y hablaba, pues la semejanza de la moza con uno de estos aparatos campestres era completa. El tiempo, que las cosas más sólidas destruye, había ido descostrando y arrancando de su rostro la capa

calcárea de colorete, dejando al descubierto la piel erisi-
pelatosa, arrugada en unas partes, en otras tumefacta.
Uno de los ojos había llegado a ser mayor que el otro,
y entrambos feos, aunque no tanto como la boca de
labios hemorroidales, mostrando gran parte de las rojas
encías y una dentadura desigual, descabalada y con muchas piezas carcomidas. No tenía el cuerpo ninguna re-
dondez, ni trazas de cosa magra; todo ángulos, atadijo
de osamenta..., ¡y qué manos negras, qué pies mal cal-
zados de sucias alpargatas! Pero lo que más asombro
causó a Nazarín fue que la mujercilla, al llegarse a él,
parecía vergonzosa, con cierta cortedad infantil, que era
lo más extraordinario y nuevo de su transformación. Si
el descubrimiento de la vergüenza en aquella cara sorprendió al clérigo andante, no le causó menos asombro
el notar que la Ándara no mostraba ninguna extrañeza
de verle en facha de mendigo. La transformación de él
no la sorprendía, como si ya la hubiese previsto o por
natural la tuviera.

—Señor —le dijo la criminal—, no quería que usted
pasara sin hablar conmigo..., sin hablar yo con él. Sepa
que estoy allí desde el día del fuego, y que nadie me ha
visto, ni tengo miedo a la Justicia.

—Bueno, Dios sea contigo. ¿Qué quieres de mí ahora?

—Nada más que decirle que la *Canóniga* es mi prima
y por eso me vine a esconder ahí, donde me han tratado
como a una princesa. Les ayudo en todo, y no quiero
volver a ese apestoso Madrid, que es la perdición de la
gente honrada. Conque...

—Buenos días... Adiós.

—Espérese un poquito. ¿Qué prisa lleva? Y dígame:
¿se han metido con usted los *caifases* del Juzgado? ¡Va-
lientes ladrones! Me da el corazón que algo le han hecho, y que la *Camella*, que es muy pendanga, habrá llevado la mar de cuentos a las Salesas.

—Nada me importan a mí ya *Camellas*, ni *caifases*, ni
nada. Déjalo... Y que lo pases bien.

—Aguarde...

—No puedo detenerme; tengo prisa. Lo único que te digo, Ándara corrompida, es que no olvides las advertencias que te hice en mi casa; que te enmiendes...

—¡Más enmendada que estoy!... Yo le juro que aunque volviera a ser guapa o tan siquiera pasable, que no me caerá esa breva, no me cogía otra vez el demonio. Ahora, como me tiene miedo de puro asquerosa que estoy, no se llega a mí el indino. *Lo cual* que, si no se enfada, le diré una cosa.

—¿Qué?

—Que yo quiero irme con usted..., adondequiera que vaya.

—No puede ser, hija mía. Pasarías muchos trabajos, sufrirías hambre, sed...

—No me importa. Déjeme que le acompañe.

—Tú no eres buena. Tu enmienda es engañosa; es un reflejo no más del despecho que te causa tu falta de atractivos personales; pero en tu corazón sigues dañada, y en una u otra forma llevas el mal dentro de ti.

—¿A que no?

—Yo te conozco... Tú pegaste fuego a la casa en que te di asilo.

—Es verdad, y no me pesa. ¿No querían descubrirme y perderle a usted por el olor? Pues el aire malo, con fuego se limpia.

—Eso te digo yo a ti, que te limpies con fuego.

—¿Qué fuego?

—El amor de Dios.

—Pues *diéndome* con usted..., se me pegarán esas llamas.

—No me fío... Eres mala, mala. Quédate sola. La soledad es una gran maestra para el alma. Yo la voy buscando. Piensa en Dios, y ofrécele tu corazón; acuérdate de tus pecados, y pásales revista para abominar de ellos y tomarlos en horror.

—Pues déjeme ir...

—Que no. Si eres buena algún día, me encontrarás.

—¿Dónde?

—Te digo que me encontrarás. Adiós.

Y sin esperar a más razones se alejó a buen paso. Quedóse Ándara sentada en un ribazo, cogiendo piedrecitas del suelo y arrojándolas a corta distancia, sin apartar sus ojos de la vereda por donde el clérigo se alejaba. Este miró para atrás dos o tres veces, y la última, muy de lejos ya, la veía tan sólo como un punto rojo en medio del verde campo.

2

Tuvo el fugitivo en aquel primer día de su peregrinación encuentros que no merecen verdaderamente ser relatados, y tan sólo se indican por ser los primeros, o sea el estreno de sus cristianas aventuras. A poco de separarse de Ándara oyó cañonazos, que a cada instante sonaban más cerca con estruendo formidable, que rasgaba los aires y ponía espanto en el corazón. Hacia la parte de donde venía todo aquel ruido vio pelotones de tropa que iban y venían, cual si estuvieran librando una batalla. Comprendió que se hallaba cerca del campo de maniobras donde nuestro Ejército se adiestra en la práctica de los combates. El perro le miró gravemente, como diciéndole: «No se asuste, señor amo mío, que esto es todo de mentirijillas, y así se están todo el año los de tropa, tirando tiros y corriendo unos en pos de otros. Por lo demás, si nos acercamos a la hora en que meriendan, crea que algo nos ha de tocar, que ésta es gente muy liberal y amiga de los pobres.»

Un ratito estuvo Nazarín contemplando aquel lindo juego y viendo cómo se deshacían en el aire los humos de los fogonazos, y a poco de seguir su camino encontró un pastor que conducía unas cincuenta cabras. Era viejo, al parecer muy ladino, y miró al aventurero con desconfianza. No por esto dejó el peregrino de saludarle cortésmente y de preguntarle si estaba lejos de la senda que buscaba.

—*Páice* que *seis* nuevo en el oficio —le dijo el pastor—, y que nunca *anduviéis* por acá. ¿De qué parte

viene el hombre? ¿De la tierra de Arganda? Pues pongo
en su conocimiento que los *ceviles* tienen orden de coger
a toda la mendicidad y de llevarla a los *recogimientos*
que hay en Madrid. Verdad que luego la sueltan otra
vez, porque no hay allá *mantención* para tanto vago...
Quede con Dios, hermano. Yo no tengo qué darle.

—Tengo pan —dijo Nazarín, metiendo la mano en su
morral—, y si usted quiere...

—¿A ver, buen hombre? —replicó el otro examinan-
do el medio pan que se le mostraba—. Pues éste es de
Madrid, del de picos, y de lo bueno.

—Partamos este pedazo, pues aún tengo otro, que me
puso la *Peluda* al salir.

—Estimando, buen amigo. Venga mi parte. Conque
siguiendo *palante,* siempre *palante,* llegará en veinte minutos al camino de Móstoles. Y, dígame, ¿vino bueno trae?

—No, señor; ni malo ni bueno.

—Milagro... Abur, paisano.

Encontró luego dos mujeres y un chico que venían
cargados de acelgas, lechugas y hojas de berza, de las
que se arrancan al pie de la planta para echar a los cerdos. Ensayó allí Nazarín su flamante oficio de pordiosero, y fueron las campesinas tan generosas, que apenas
oídas las primeras palabras, diéronle dos lechugas respin-
gadas y media docena de patatas nuevas, que una de
ellas sacó de un saco. Guardó el peregrino la limosna
en su morral, pensando que si por la noche encontraba
algún rescoldo en que le permitieran asar las patatas,
asegurada tenía ya, con las lechugas de añadidura, una
cena riquísima. En la carretera de Trujillo vio un carromato atascado, y tres hombres que forcejeaban por sacar
del bache la rueda. Sin que se lo mandaran les ayudó,
poniendo en ello toda su energía muscular, que no era
mucha, y cuando quedó terminada felizmente la opera-
ción, tiráronle al suelo una perra chica. Era el primer
dinero que recogía su mano de mendicante. Todo iba
bien hasta entonces, y la Humanidad que por aquellos
andurriales encontraba parecióle de naturaleza muy dis-

tinta de la que dejara en Madrid. Pensando en ello, concluía por reconocer que los sucesos del primer día no eran ley y que forzosamente habrían de sobrevenir extrañas emergencias y producirse más adelante las penalidades, dolores, tribulaciones y horribles padecimientos que su ardiente fantasía buscaba.

Avanzó por el polvoroso camino hasta el anochecer, en que vio casas que no sabía si eran de Móstoles ni le importaba saberlo. Bastábale con ver viviendas humanas, y a ellas se encaminó para solicitar que le permitieran dormir, aunque fuese en una leñera, corraliza o tejavana. La primera casa era grande, como de labor, con un ventorrillo muy pobre, o aguaducho, arrimado a la medianería. Ante el portalón, media docena de cerdos se revolcaban en el fango. Más allá vio el caminante un herradero de mulas, un carromato con las limoneras hacia arriba, gallinas que iban entrando una tras otra, una mujer lavando loza en una charca, una sarmentera y un árbol medio seco. Acercóse humildemente a un vejete barrigudo, de cara vinosa y regular vestimenta, que del portalón salía, y con formas humildes le pidió que le consintiera pasar la noche en un rincón del patio. Lo mismo fue oírlo, ¡María Santísima!, que empezar el hombre a echar venablos por aquella boca. El concepto más suave fue que ya estaba harto de albergar ladrones en su propiedad. No necesitó oír más don Nazario, y saludándole gorra en mano se alejó.

La mujer que lavaba en la charca le señaló un solar, en parte cercado de ruinosa tapia, en parte por un bardal de zarzas y ortigas. Se entraba por un boquete, y dentro había un principio de construcción, machones de ladrillo como de un metro, formando traza arquitectónica y festoneados de amarillas hierbas. En el suelo crecía cebadilla como de un palmo, y entre dos muros, apoyado en la pared alta del fondo, veíase un tejadillo mal dispuesto con palitroques, escajos, paja y barro, obra sumamente frágil, mas no completamente inútil, porque bajo ella se guarecían tres mendigos: una pareja o matrimonio, y otro más joven y con una pierna de palo. Cómodamente instalados en tan primitivo aposento, habían hecho lumbre y en ella tenían un puchero, que la mujer destapaba para revolver el contenido, mientras el hombre avivaba con furibundos resoplidos la lumbre. El cojitranco cortaba palitos con su navaja para cebar cuidadosamente el fuego.

Pidióles Nazarín permiso para cobijarse bajo aquel techo, y ellos respondieron que el tal nicho era de libre propiedad y que en él podía entrar o salir sin papeleta todo el que quisiere. No se oponían, pues, a que el recién venido ocupase un lugar, pero que no esperara participación en la cena caliente, pues ellos eran más pobres que el que inventó la pobreza, y estaban a recoger y no a dar. Apresuróse el penitente a tranquilizarles, diciéndoles que no pedía más que el permiso de arrimar unas patatitas a la lumbre, y luego les ofreció pan, que ellos tomaron sin hacerse los melindrosos.

—¿Y qué tal por Madrid? —le dijo el mendigo viejo—. Nosotros, después que *hagamos* todos estos poblachos, pensamos caer por allá en los días de San Isidro. ¿Cómo se presenta el año? ¿Hay miseria y siguen tan mal las cosas del comercio?... Me han dicho que cae Sagasta. ¿A quién tenemos ahora de alcalde?

Contestó don Nazario con buen modo que él no sabía nada del comercio, ni de negocios, ni le importaba que mandase Sagasta o no, y que conocía al señor alcalde casi tanto como al emperador de Trapisonda. Con esto acabó la tertulia; cenaron los otros en un cazolón, sin convidar al nuevo huésped; asó éste sus patatas, y ya no se pensó más que en tumbarse los cuatro, buscando el rincón más abrigado. Al novato le dejaron el peor sitio, casi fuera del amparo de la tejavana; pero nada de esto hacía mella en su espíritu fuerte. Buscó una piedra que le sirviera de almohada, y envolviéndose en su manta lo mejor que pudo se acostó tan ricamente, contando con la tranquilidad de su conciencia y el cansancio de su cuerpo para dormir bien. A sus pies se hizo un ovillo el perro.

A las altas horas de la noche despertáronle gruñidos

del animal, que pronto fue un ladrar estrepitoso, y alzando su cabeza de la durísima almohada vio Nazarín una figura, hombre o mujer, que esto no pudo determinarlo en el primer momento, y oyó una voz que le decía:

—No se asuste, padre; soy yo; soy Ándara, que, aunque usted no quiera, viene siguiéndole esta tarde.

—¿Qué buscas aquí, loca? Repara que estás molestando a estos... *señores*.

—No, déjeme acabar. El maldito perro se puso a ladrar..., pero yo, tan calladita. Pues vine siguiéndole y le vi entrar aquí... No se enfade... Yo quería obedecerle y no venir; pero las piernas solas me han traído. Es cosa de *sin pensarlo*... Yo no sé lo que me pasa. Tengo que ir con su reverencia hasta el fin del mundo, o si no, que me entierren... ¡Ea!, duérmase otra vez, que yo me echo aquí entre esta hierba, para descansar, no para dormir, pues no tengo maldito sueño, ¡mal ajo!

—Vete de aquí o cállate la boca —le dijo el buen clérigo, volviendo a poner su cabeza dolorida sobre la piedra—. ¡Qué dirán estos señores! ¿Oyes? Ya se quejan del ruido que haces.

En efecto, el de la pierna de palo, que era el más próximo, remuzgaba, y el perro volvió a llamar al orden a la importuna moza. Por fin reinó de nuevo un silencio que habría sido profundo si no lo turbaran los formidables ronquidos de la pareja mayor. Al alba se despertaron todos, incluso don Nazario, que se sorprendió de no ver a Ándara, por lo cual hubo de sospechar que había sido sueño su aparición en mitad de la noche. Charlaron un poco los tres mendigos de plantilla y el aspirante, y pintura tan lastimosa hicieron los ancianos de lo mal que aquel año les iba, que Nazarín tuvo gran lástima y les cedió todo su capital, o sea la perra chica que le habían dado los arrieros. A poco de esto entró Ándara en el solar, dándole explicaciones de su ausencia repentina poco antes de que él despertara. Y fue que como ella no podía dormir en cama tan dura, se despabiló antes de ser de día, y saliéndose a la carretera para reconocer el sitio

en que se encontraba vio que éste no era otro que la
gran villa de Móstoles, que conocía muy bien por haber
ido a ella varias veces desde su pueblo. Añadió que si
don Nazario le daba licencia, averiguaría si aún moraban
allí dos hermanas, amigas suyas, llamadas la Beatriz y la
Fabiana, una de las cuales tuvo trato en Madrid con un
matarife, y luego casaron y él puso taberna en aquel pueblo. No llevó a mal el sacerdote que buscara y reconocie-
ra sus amistades, aunque para ello tuviese que ir al fin
del mundo y no volver, pues no quería llevar tal mujer
consigo. Y una hora después, hallándose el peregrino de
palique con un cabrero que le obsequió rumbosamente
con sopas de leche, vio venir a su satélite muy aflijida,
y, *velis nolis,* tuvo que escuchar historias que al pronto
no despertaban ningún interés. El matarife tabernero se
había muerto de resultas de la cogida de un novillo en
las fiestas de Móstoles, dejando a su esposa en la miseria, con una niña de tres años. Vivían las dos hermanas
en un bodegón ruinoso, próximo a una cuadra, tan fal-
tas de recursos las pobres que ya se habrían ido a Madrid a buscarse la vida (cosa no difícil aún para Beatriz,
joven y de buena estampa) si no tuvieran a la niña muy
malita, con un tabardillo *perjuicioso,* que seguramente,
antes de veinticuatro horas, la mandaría para el Cielo.

—¡Angel de Dios! —exclamó el asceta cruzando las
manos—. ¡Desdichada madre!

—Y yo —prosiguió la correntona—, en cuanto vi
aquella miseria que traspasa, y a la madre llorando, y
a Beatriz moqueando, y a la niña con la defunción pintada en la cara..., pues me entró una pena..., y luego
me dio la corazonada gorda, aquella que es como si la
entraña me pegara cuatro gritos, ¿sabe?... ¡Ah!, ésta
no me falla... Pues me alegré al sentirla, y dije para
entre mí: «Voy a contárselo al padre Nazarín, a ver si
quiere ir, y ve a la niña y la cura.»

—¡Mujer! ¿Qué dices? ¿Soy yo médico?

—Médico, no... pero es otra cosa que vale más que
toda la mediquería. Si usted quiere, don Nazario, la
niña sanará.

3

—Iré —dijo el árabe manchego, después de oír por
tercera vez la súplica de Ándara—, iré, pero solamente
por dar a esas pobres mujeres un consuelo de palabras
piadosas... Mis facultades no alcanzan a más. La compasión, hija mía, el amor de Cristo y del prójimo no son
medicina para el cuerpo. Vamos, sí; enséñame el camino;
pero no a curar a la niña, que eso la ciencia puede hacerlo, y si el caso es desesperado, Dios Omnipotente.

—¿A mí me viene usted con esas incumbencias? —replicó la moza con el desgarro que usar solía en su prisión de la calle de las Amazonas—. No se haga su reverencia el chiquito conmigo; que a mí me consta que
es santo. Vaya, vaya. ¡A mí con ésas!... ¿Y qué trabajo
le ha de costar hacer un milagro, si quiere?

—No blasfemes, ignorante, mala cristiana, ¡milagros
yo!

—Pues si usted no los hace, ¿quién?

—¡Yo..., insensata; yo milagros, el último de los siervos de Dios! ¿De dónde sacas que a mí, que nada soy,
que nada valgo, pudo concederme Su Divina Majestad
el don maravilloso que sólo gozaron en la Tierra algunos, muy pocos elegidos, ángeles más que hombres?
Desdichada, quítate de mi presencia, que tus simplezas,
no hijas de la fe, sino de una credulidad supersticiosa,
me enfadan más de lo que yo quisiera.

Y, en efecto, tan enojado parecía que hasta llegó a
levantar el palo con ademán de pegarle, hecho muy raro
en él y que sólo ocurría en extraordinarios casos.

—¿Por quién me tomas, alma llena de errores, mente
viciada, naturaleza insana en cuerpo y espíritu? ¿Soy
acaso un impostor? ¿Trato de embaucar a la gente?...
Entra en razón y no me hables más de milagros, porque
creeré, o que te burlas de mí, o que tu ignorancia y des-
conocimiento de las leyes de Dios son hoy tan grandes
como lo fue tu perversidad.

No se dio Ándara por convencida, atribuyendo a mo-
destia las palabras de su protector; pero, sin volver a

mentar el milagro, insistió en llevarle a ver a sus amigas y a la niña moribunda.

—Eso, sí...; visitar a esa pobre gente, consolarla y
pedir al Señor que las conforte en su tribulación, lo
haré..., ¡ya lo creo! Es mi mayor gusto. Vamos allá.

Ni cinco minutos tardaron en llegar; con tanta prisa
le llevó la tarasca por callejuelas fangosas y llenas de
ortigas y guijarros. En un bodegón mísero, con suelo
de tierra, paredes agrietadas, que más bien parecían ce-
losías por donde se filtraba el aire y la luz, el techo casi
invisible de tanta telaraña, y por todas partes barricas
vacías, tinajas rotas, objetos informes, vio Nazarín a la
triste familia, dos mujeres arrebujadas en sus mantones,
con los ojos enrojecidos por el llanto y el insomnio, es-
calofriadas, trémulas. La Fabiana ceñía su frente con un
pañuelo muy apretado, al nivel de las cejas: era morena,
avejentada, de carnes enjutas, y vestía miserablemente.
La Beatriz, bastante más joven, si bien había cumplido
los veintisiete, llevaba el pañuelo a lo chulesco, puesto
con gracia, y su ropa, aunque pobre, revelaba hábitos
de presunción. Su rostro, sin ser bello, agradaba; era
bien proporcionada de formas, alta, esbelta, casi arrogante, de cabello negro, blanca tez y ojos garzos, rodeados de una intensa oscuridad rojiza. En las orejas lucía
pendientes de filigrana, y en las manos, más de ciudad
que de pueblo, bien cuidadas, sortijas de poco o ningún
valor.

En el fondo de la estancia habían tendido una cuerda,
de la cual pendía una cortina, como telón de teatro. Detrás estaba la alcoba, y en ella la cama, o más bien
cuna, de la niña enferma. Las dos mujeres recibieron
al ermitaño andante con muestras de grandísimo respeto, sin duda por lo que de él les había contado Ándara;
hiciéronle sentar en un banquillo y le sirvieron una taza
de leche de cabras con pan, que él tomó por no desairar-
las, partiendo la ración con la mujerona de Madrid, que
gozaba de un mediano apetito. Dos vecinas ancianas
se colaron, por refistolear, y acurrucadas en el suelo con-

templaban con más curiosidad que asombro al buen Nazarín.

Hablaron todos de la enfermedad de la pequeñuela, que desde el principio se presentó con mucha gravedad. El día en que cayó mala, su madre tuvo el barrunto desde el amanecer, porque al abrir la puerta vio dos cuervos volando y tres urracas posadas en un palo frente a la casa. Ya le hizo aquello malas tripas. Después salió al campo, y vio al chotocabras dando brinquitos delante de ella. Todo esto era de muy mala sombra. Al volver a casa, la niña con un calenturón que se abrasaba.

Habiéndoles preguntado don Nazario si la visitaba el médico, contestaron que sí. Don Sandalio, el titular del pueblo, había venido tres veces, y la última dijo que sólo Dios con un milagro podía salvar a la nena. Trajeron también a una saludadora, que hacía grandes curas. Púsole un emplasto de rabos de salamanquesas cogidas a las doce en punto de la noche... Con esto parecía que la criaturita entraba en reacción; pero la esperanza que cobraron duró bien poco. La saludadora, muy desconsolada, les había dicho que el no hacer efecto los rabos de salamanquesa consistía en que era el menguante de la luna. Siendo creciente, cosa segura, segurísima.

Con severidad y casi con enojo las reprendió Nazarín por su estúpida confianza en tales paparruchas, exhortándolas a no creer más que en la ciencia, y en Dios por encima de la ciencia y de todas las cosas. Hicieron ellas ardorosas demostraciones de acatamiento al buen sacerdote, y llorando y poniéndose de hinojos le suplicaron que viese a la niña y la curara.

—¿Pero, hijas mías, cómo pretendéis que yo la cure? No seáis locas. El cariño maternal os ciega. Yo no sé curar. Si Dios quiere quitaros a la niña, El sabrá lo que hace. Resignaos. Y si decide conserváosla, ya lo hará con sólo que se lo pidáis vosotras, aunque no está de más que yo también se lo pida.

Tanto le instaron a que la viera, que Nazarín pasó tras la cortinilla. Sentóse junto al lecho de la criatura,

y largo rato la observó en silencio. Tenía Carmencita el
rostro cadavérico, los labios casi negros, los ojos hundi-
dos, ardiente la piel y todo su cuerpo desmayado, inerte,
presagiando ya la inmovilidad del sepulcro. Las dos mujeres, madre y tía, se echaron a llorar otra vez como
Magdalenas, y las vecinas que allí entraron hicieron lo
propio, y en medio de aquel coro de femenil angustia,
Fabiana dijo al sacerdote:

—Pues si Dios quiere hacer un milagro, ¿qué mejor
ocasión? Sabemos que usted, padre, es de pasta de ángeles divinos, y que se ha puesto ese traje y anda descalzo y pide limosna por parecerse más a Nuestro Señor
Jesucristo, que también iba descalzo y no comía más que
lo que le daban. Pues yo digo que estos tiempos son
como los otros, y lo que el Señor hacía entonces, ¿por
qué no lo hace ahora? Total, que si usted quiere salvar-
nos a la niña, nos la salvará, como este es día. Yo así lo
creo y en sus manos pongo mi suerte, bendito señor.

Apartando sus manos para que no se las besaran, Nazarín, con reposado y firme acento, les dijo:

—Señoras mías, yo soy un triste pecador como vosotras, yo no soy perfecto, ni a cien mil leguas de la perfección estoy, y si me ven en este humilde traje, es por
gusto de la pobreza, porque creo servir a Dios de este
modo, y todo ello sin jactancia, sin creer que por andar
descalzo valgo más que los que llevan medias y botas,
ni figurarme que por ser pobre, pobrísimo, soy mejor
que los que atesoran riqueza. Yo no sé curar; yo no sé
hacer milagros, ni jamás me ha pasado por la cabeza
la idea de que por mediación mía los haga el Señor,
único que sabe alterar, cuando le plazca, las leyes que
ha dado a la Naturaleza.

—¡Sí puede, sí puede, sí puede! —clamaron a una
todas las mujeres, viejas y jóvenes, que presentes estaban.

—¡Que no puedo digo..., y conseguiréis que me enfade, vamos! No esperéis nunca que yo me presente ante
el mundo revestido de atribuciones que no tengo, ni
que usurpe un papel superior al oscuro y humilde que

me corresponde. Yo no soy nadie, yo no soy santo, ni
siquiera bueno...

—Que sí lo es, que sí lo es.

—¡Ea!, no me contradigáis, porque me marcharé de
vuestra casa... Ofendéis gravemente a Nuestro Señor
Jesucristo suponiendo que este pobre siervo suyo es capaz de igualarse, no digo a El, que esto sería delirio,
pero ni tan siquiera a los varones escogidos a quienes
dio facultades de hacer maravillas para edificación de
gentiles. No, no, hijas mías. Yo estimo vuestra simplicidad; pero no quiero fomentar en vuestras almas esperanzas que la realidad desvanecería. Si Dios tiene dispuesto que muera la niña, es porque la muerte le conviene, como os conviene a vosotras el consiguiente dolor. Aceptad con ánimo sereno la voluntad celestial, lo
cual no quita que roguéis con fe y amor, que oréis, que
pidáis fervorosamente al Señor y a su Santísima Madre
la salud de esta criatura. Y por mi parte, ¿sabéis lo
único que puedo hacer?

—¿Qué, señor, qué?... Pues hágalo pronto.

—Eso mismo: pedir a Dios que devuelva su ser sano
y hermoso a esta inocente niña, y ofrecerle mi salud, mi
vida, en la forma que quiera tomarlas; que a cambio
del favor que de El impetramos me dé a mí todas las
calamidades, todos los reveses, todos los achaques y
dolores que pueden afligir a la Humanidad sobre la
Tierra..., que descargue sobre mí la miseria en su más
horrible forma, la ceguera tristísima, la asquerosa le-
pra..., todo, todo sea para mí, a cambio de que devuelva
la vida a este tierno y cándido ser, y os conceda a vosotras el premio de vuestros afanes.

Dijo esto con tan ardoroso entusiasmo y convicción
tan honda y firme, fielmente traducidos por la palabra,
que las mujeres prorrumpieron en gritos, acometidas súbitamente de una exaltación insana. El entusiasmo del
sacerdote se les comunicó como chispa que cae en montón de pólvora, y allí fue el llorar sin tasa y el cruzar
de manos convulsivamente, confundiendo los alaridos de
súplica con los espasmos del dolor. El peregrino, en tan-

to, silencioso y grave, puso su mano sobre la frente de
la niña, como para apreciar el grado de calor que la
consumía, y dejó transcurrir en esta postura buen espacio de tiempo, sin parar mientes en las exclamaciones
de las desconsoladas mujeres. Despidióse de ellas poco
después, con promesa de volver, y preguntando hacia
dónde caía la iglesia del pueblo, Ándara se ofreció a en-
señarle, y fueron, y allá se estuvo todo el santo día. La
tarasca no entró en la iglesia.

4

Al anochecer, cuando salió del templo, las primeras
personas con que tropezó don Nazario fueron Ándara
y Beatriz, que iban a encontrarle.

—La niña no está peor —le dijeron—. Aun parece
que está algo despejadita... Abrió los ojos un rato, y
nos miraba... Veremos qué tal pasa la noche.

Añadieron que le habían preparado una modesta cena,
la cual aceptó por no parecer huraño y desagradecido.
Reunidos todos en el bodegón, la Fabiana parecía un
poquito más animada, por haber notado en la niña, hacia
el mediodía, algún despejo; pero a la tarde había vuelto
el recargo. Ordenóle Nazarín que siguiese dándole la
medicina prescrita por el médico.

Alumbrados por un candilejo fúnebre pendiente del
techo, cenaron, extremando el convidado su sobriedad
hasta el punto de no tomar más que medio huevo cocido y un platito de menestra con ración exigua de pan.
Vino, ni verlo. Aunque le habían preparado una cama
bien mullida con paja y unas mantas, se resistió a per-
noctar allí, y defendiéndose como pudo de las afables
instancias de aquella gente, determinó dormir con su
perro en el espacioso solar donde pasado había la anterior noche. Antes de retirarse al descanso estuvieron un
ratito de tertulia, sin poder hablar de otra cosa que de
la niña enferma y de cuán vanas son, en todo caso de
enfermedad, las esperanzas de alivio.

—Pues ésta —dijo Fabiana, señalando a Beatriz— también está malucha.

—Pues no lo parece —observó Nazarín, mirándola con más atención que lo había hecho hasta entonces.

—Son cosas —dijo Ándara— de los condenados nervios. Está así desde que vino de Madrid; pero no se le conoce en la cara, ¿verdad? Cada día más guapa... Todo es por un susto, por muchísimos sustos que le hizo pasar aquel *chavó*.

—Cállate, tonta.

—Pues no lo digo...

—Lo que tiene —agregó Fabiana— es pasmo de corazón, vamos al decir, maleficio, porque crea usted, padre Nazarín, que en los pueblos hay malos quereres, y gente que hace daño con sólo mirar por el rabo del ojo.

—No seáis supersticiosas os he dicho, y vuelvo a repetíroslo.

—Pues lo que tengo —afirmó Beatriz, no sin cierta cortedad— es que hace tres meses perdí las ganas de comer, pero tan en punto, que no entraba por mi boca ni el peso de un grano de trigo. Si me embrujaron o no me embrujaron, yo no lo sé. Y tras el no comer, vino el no dormir; y me pasaba las noches dando vueltas por la casa, con un bulto aquí, en la boca del estómago, como si tuviera atravesado un sillar de berroqueña de los más grandones.

—Después —añadió Fabiana— le daban unos ataques tan fuertes, pero tan fuertes, señor de Nazarín, que entre todos no la podíamos sujetar. Bramaba y espumarajeaba, y luego salía pegando gritos, y *pronunciando* cosas que la avergonzaban a una.

—No seáis simples —dijo Ándara con sincera convicción—; eso es tener los demonios metidos en el cuerpo. Yo también lo tuve cuando pasé la edad del pavo, y me curé con unos polvos que los llaman... cosa de *broma dura...,* o no sé qué.

—Fueran o no demonios —manifestó Beatriz—, yo padecía lo que *no hay idea,* señor cura, y cuando me daba, yo era capaz de matar a mi madre si la tuviera, y habría cogido un niño crudo o una pierna de persona para comérmela o destrozarla con los dientes... Y después, ¡qué angustias mortales, qué ganitas de morirme! A veces, no pensaba más que en la muerte y en las muchas maneras que hay de matarse una. Y lo peor era cuando me entraban los horrores de las cosas. No podía pasar por junto a la iglesia sin sentir que se me ponían los pelos de punta. ¿Entrar en ella? Antes morir... Ver a un cura con hábitos, ver un mirlo en su jaula, un jorobado o una cerda con crías eran las cosas que más me horrorizaban. ¿Y oír campanas? Esto me volvía loca.

—Pues eso —dijo Nazarín— no es brujería ni nada de demonios; es una enfermedad muy común y muy bien estudiada que se llama histerismo.

—*Esterismo,* cabal; eso decía el médico. Me entraba el ataque sin saber por qué, y se me pasaba sin saber cómo. ¿Tomar? ¡Dios mío, las cosas que he tomado! ¡Los palitos de saúco puestos de remojo un viernes, el suero de la vaca negra, las hormigas machacadas con cebolla! ¡Pues y las cruces, y medallas, y muelas de muerto que me he colgado del pescuezo!

—¿Y está usted curada ya? —le preguntó Nazarín, mirándola otra vez.

—Curada, no. Hace tres días que me dio la malquerencia, esto de aborrecer una; pero ya menos fuerte que antes. Voy mejorando.

—Pues la compadezco a usted. Esa dolencia debe de ser muy mala. ¿Cómo se cura? Mucha parte tiene en ella la imaginación, y con la imaginación debe intentarse el remedio.

—¿Cómo, señor?

—Procurando penetrarse bien de la idea de que tales trastornos son imaginarios. ¿No dice usted que le causaba horror la Santa Iglesia? Pues vencer ese horror y entrar en ella, y pedir fervorosamente al Señor el alivio. Yo le aseguro a usted que no tiene ya dentro del cuerpo ningún demonio, llamemos así a esas extrañas aberraciones de la sensibilidad que produce nuestro sistema nervioso. Persuádase usted de que esos fenómenos no significan lesión ni avería de ninguna entraña, y no volverá a padecerlos. Rechace usted la tristeza, pasee, distráigase, coma todo lo que pueda, aleje de su cerebro las cavilaciones, procure dormir, y ya está usted buena. ¡Ea!, señoras, que es tarde, y yo voy a recogerme.

Ándara y Beatriz le acompañaron hasta su domicilio, en el solar, y dejáronle allí, después de arreglarle con hierba y piedras el mejor lecho posible.

—No crea usted, padre —le dijo Beatriz, al despedirse—; me ha consolado mucho con lo que me ha dicho de este mal que padezco. Si son demonios, porque son demonios; si no, porque son nervios..., ello es que más fe tengo en usted que en todo el medicato facultativo del mundo entero... Conque..., buenas noches.

Rezó largo rato Nazarín, y después se durmió como un bendito hasta el amanecer. El canto gracioso de los pajarillos que en aquellos ásperos bardales tenían sus aposentos, le despertó, y a poco entraron Ándara y su amiga a darle las albricias. ¡La niña mejor! Había pasado la noche más tranquilita, y desde el alba tenía un despejo y un brillar de ojos que eran señales de mejoría.

—¡Si no es esto milagro, que venga Dios y lo vea!

—Milagro no es —les dijo con gravedad—. Dios se apiada de esa infeliz madre. Habríalo hecho quizá sin nuestras oraciones.

Fueron todos allá, y encontraron a Fabiana loca de contento. Echó al curita los brazos, y aun quiso besarle, a lo que él resueltamente se opuso. Había esperanzas, pero no motivo aún para confiar en la curación de la niña. Podía venir un retroceso, y entonces, ¡cuánto mayor sería la pena de la pobre madre! En fin, cualquiera que fuese el resultado, ya lo verían ellas, que él, si no mandaban otra cosa, se marchaba en aquel mismo momento, después de tomar un frugalísimo desayuno. Inútiles fueron las instancias y afabilidades de las tres hembras para detenerle. Nada tenía que hacer allí; estaba perdiendo el tiempo muy sin sustancia, y érale forzoso partir para dar cumplimiento a su peregrina y santa idea.

Tierna fue la despedida, y aunque reiteradamente exhortó a la feróstica de Madrid a que no le acompañara, ella dijo, en su tosco estilo, que hasta el fin del mundo le seguiría gozosa, pues se lo pedía el corazón de una manera tal, que su voluntad era impotente para resistir aquel mandato. Salieron, pues, juntos, y tras ellos, multitud de chiquillos y algunas vejanconas del lugar; tanto, que por librarse de una escolta que le desagradaba, Nazarín se apartó de la carretera, y metiéndose por el campo a la izquierda del camino real, siguió en derechura de una arboleda que a lo lejos se veía.

—¿No sabe? —le dijo Ándara, cuando se retiraron los últimos del séquito—. Me ha dicho anoche Beatriz que si la niña cura hará lo mismo que yo.

—¿Qué hará, pues?

—Pues seguirle a usted adondequiera que vaya.

—Que no piense en tal cosa. Yo no quiero que nadie me siga. Voy mejor solito.

—Pues ella lo desea. Dice que por penitencia.

—Si la llama la penitencia, adóptela en buena hora; pero para eso no necesita ir conmigo. Que abandone toda su hacienda, en lo cual paréceme que no hace un gran sacrificio, y que salga a pedir limosna..., pero solita. Cada cual con su conciencia, cada cual con su soledad.

—Pues yo le contesté que sí, que la llevaríamos...

—¿Y quién te mete a ti...?

—Me meto, sí, señor, porque quiero a la Beatriz, y sé que le probará esta vida. Como que le viene bien el ejercicio penitente para quitarse de lo que le está matando el alma, que es un mal hombre llamado el *Pinto,* o el *Pintón,* no estoy bien segura. Pero le conozco: buen mozo, viudo, con un lunar de pelo aquí. Pues ése es el que le sorbe el sentido, y el que le metió los demonios en el cuerpo. La tiene engañada; hoy la desprecia, mañana le hace mil figuras, y *vele* aquí por qué se ha puesto tan *estericada.* Le conviene, sí, señor, le con-

viene el echarse a peregrina, para limpiarse la cabeza de
maldades, que si no lleva los demonios en el vientre
y pecho, y en los vacíos, en la cabeza cerebral sí que
tiene sin fin de ellos. Y todo desde un mal parto; y por
la cuenta fueron dos...

—¿Para qué me traes a mí esas vanas historias, habladora, entrometida? —le dijo Nazarín con enfado—.
¿Qué tengo yo que ver con Beatriz, ni con el Pinto, ni
con...?

—Porque usted debe ampararla, que si no se mete
pronto a penitente con nosotros, mirando un poco para
lo del alma, se meterá a otra cosa mala, tocante a lo
del cuerpo, ¡mal ajo! ¡Si estuvo en un tris! Cuando la
niña cayó mala, ya tenía ella su ropa en el baúl para
marcharse a Madrid. Me enseñó la carta de la Seve llamándola y...

—Que no me cuentes historias, ¡ea!

—Acabo ya... La Seve le decía que se fuera pronto,
y que allá..., pues...

—¡Que te calles!... Vaya la Beatriz adonde quiera...
No; eso no; que no acuda al llamamiento de esa embau-
cadora..., que no muerda el anzuelo que el demonio le
tiende, cebado con vanidades ilusorias... Dile que no
vaya, que allí la esperan el pecado, la corrupción, el
vicio y una muerte ignominiosa, cuando ya no tenga
tiempo de arrepentirse.

—Pero ¿cómo le digo todas esas cosas, padrito, si
no volvemos a Móstoles?

5

—Puedes ir tú, yo te espero aquí.

—No se convencerá por lo que yo le hable. Yendo
usted en persona y parlándoselo bien, es seguro que no
se pierde. En usted tiene fe, pues con lo poquito que
le oyó explicar de su enfermedad, ya se tiene por curada, y no le entra más el arrechucho. Conque volvamos, si le parece bien.

—Déjame, déjame que lo piense.

—Y con eso sabremos si al fin se ha muerto la nena o vive.

—Me da el corazón que vive.

—Pues volvamos, señor..., para verlo.

—No; vas tú, y le dices a tu amiga... En fin, mañana lo determinaré.

En una corraliza hallaron albergue, después de procurarse cena con los pocos cuartos que les produjo la postulación de aquel día, y como al amanecer del día siguiente emprendiera Nazarín la marcha por el mismo derrotero que desde Móstoles traía, le dijo Ándara:

—Pero ¿usted sabe a dónde vamos?

—¿A dónde?

—A mi pueblo, ¡mal ajo!

—Te he dicho que no pronuncies más delante de mí ninguna fea palabra. Si una sola vez reincides, no te permito acompañarme. Bueno, ¿hacia dónde dices que caminamos?

—Hacia Polvoranca, que es mi pueblo, señor; y yo, la verdad, no quisiera ir a mi tierra, donde tengo parientes, algunos en buena posición, y mi hermana está casada con el del fielato. No se crea usted que Polvoranca es cualesquiera cosa, que allá tenemos gente muy rica, y los hay con seis pares... de mulas, quiere decirse.

—Comprendo que te sonrojes de entrar en tu patria —replicó el peregrino—. ¡Ahí tienes! Si fueras buena, a todas partes podrías ir sin sonrojarte. No iremos, pues, y encaminémonos por este otro lado, que para nuestro objeto es lo mismo.

Anduvieron todo aquel día, sin más ocurrencia digna de mencionarse que la deserción del perro que acompañaba a Nazarín desde Carabanchel. Bien porque el animal tuviese también parentela honrada en Polvoranca, bien porque no gustase de salir de su terreno, que era la zona de Madrid en un corto radio, ello es que al caer de la tarde *se despidió* como un criado descontento, tomando soleta para la Villa y Corte, en busca del mejor acomodo. Después de hacer noche en campo

raso, al pie de un fresno, los caminantes avistaron nue-
vamente a Móstoles, adonde Ándara guiaba, sin que don
Nazario se enterase del rumbo.

—¡Calle! ¿Ya estamos otra vez en el poblachón de
tus amigas? Pues mira, hija, yo no entro. Ve tú y enté-
rate de cómo está la niña, y de paso le dices de mi parte
a esa pobre Beatriz lo que ya sabes, que no haga caso
de las solicitudes del vicio, y que si quiere peregrinar
y hacer vida humilde, no necesita de mí para nada...
Anda, hija, anda. En aquella noria vieja, que allí se ve
entre dos árboles raquíticos, y que estará como a un
cuarto de legua del pueblo, te espero. No tardes.

Fuese a la noria despacio, bebió un poco de agua, descansó, y no habían pasado dos horas desde que se alejó
la andariega, cuando Nazarín la vio volver y no sola,
sino acompañada de otra que tal, en quien, cuando se
aproximaron, reconoció a la Beatriz. Seguíanlas algunos
chicos del pueblo. Antes de llegar adonde el mendigo
las esperaba, las dos mozas y los rapaces prorrumpieron
en gritos de alborozo.

—¿No sabe?... ¡La niña buena! ¡Viva el santo Nazarín! ¡Vivaaa!... La niña buena..., buena del todo. Habla, come, y parece resucitada.

—Hijas, no seáis locas. Para darme la buena noticia
no es preciso alborotar tanto.

—¡Sí que alborotamos! —gritaba Ándara, dando brincos.

—Queremos que lo sepan los pájaros del aire, los
peces del río, y hasta los lagartos que corren entre las
piedras —dijo la Beatriz radiante de júbilo, con los ojos
echando lumbre.

—Que es milagro, ¡contro!

—¡Silencio!

—No será milagro, padre Nazarín; pero usted es muy
bueno, y el Señor le concede todo lo que le pide.

—No me habléis de milagros ni me llaméis santo,
porque me meteré, avergonzado y corrido, donde jamás
volváis a verme.

Los muchachos alborotaban no menos que las mujeres, llenando el aire de graciosos chillidos.

—Si entra el señor en el pueblo, le llevan en volandas. Creen que la niña estaba muerta y que él, con sólo
ponerle la mano en la frente, la volvió a la vida.

—¡Jesús qué disparate! ¡Cuánto me alegro de no haber ido allá! En fin, alabemos la infinita misericordia
del Señor... Y la Fabiana, ¡qué contenta estará!

—Loca, señor, loca de alegría. Dice que si usted no
entra en su casa, la niña se muere. Y yo también lo
creo. ¿Y sabe usted lo que hacen las viejas del pueblo?
Entran en nuestra casucha, y nos piden, por favor, que
las dejemos sentar en la misma banqueta en que el bendito de Dios se sentó.

—¡Vaya un desatino! ¡Qué simplicidad! ¡Qué inocencia!

Reparó entonces don Nazario que Beatriz iba descalza, con falda negra, pañuelo corto cruzado en el busto,
un morral a la espalda, en la cabeza otro pañuelo liado
en redondo.

—¿Vas de viaje, mujer? —le preguntó; y no es de
extrañar que la tutease, pues ésta era en él añeja costumbre, hablando con gente del pueblo.

—Viene con nosotros —afirmó Ándara con desenfa-
do—. Ya ve, señor. No tiene más que dos caminos: el
que usted ya sabe, allá, con la Seve, y éste.

—Pues que emprenda solita su campaña piadosa. Idos
las dos juntas y dejadme a mí.

—Eso, nunca —respondió la de Móstoles—, pues no
es bien que usted vaya solo. Hay mucha gente mala en
este mundo. Llevándonos a nosotras, no tenga ningún
cuidado, que ya sabremos defenderle.

—No, si yo no tengo cuidado, ni temo nada.

—¿Pero en qué le estorbamos? ¡Vaya con el señor!...
—dijo la de Polvoranca, con cierto mimo—. Y si se nos
llena el cuerpo de demonios, ¿quién nos los echa? ¿Y
quién nos enseña las cosas buenas, lo del alma, de la
gloria divina, de la misericordia y de la pobreza? ¡Esta
y yo solas! ¡Apañadas estábamos! ¡Mire que...! ¡Vaya,

que quererle un tanto, sin malicia, todo por bien, y darle a una este pago!... Malas *semos,* pero si nos deja atrás, ¿qué va a ser de nosotras?

Beatriz nada decía, y se limpiaba las lágrimas con su pañuelo. Quedóse un rato meditabundo el buen Nazarín, haciendo rayas en el suelo con su palo, y, por fin, les dijo:

—Si me prometéis ser buenas y obedecerme en todo lo que os mande, venid.

Despedidos los chicuelos mostolenses, para lo cual fue preciso darles los poquísimos ochavos de la colecta de aquel día, emprendieron los tres penitentes su marcha, tomando un senderillo que hay a la derecha del camino real, conforme vamos a Navalcarnero. La tarde fue bochornosa; levantóse a la noche un fuerte viento que les daba de cara, pues iban hacia el Oeste; brillaron relámpagos espantosos, seguidos de formidables truenos, y descargó una violentísima lluvia que les puso perdidos. Felizmente, les deparó la suerte unas ruinas de antigua cabaña, y allí se guarecieron del furioso temporal. Ándara reunió leña y hojarasca. Beatriz, que, como mujer precavida, llevaba mixtos, prendió una hermosa hoguera, a la cual se arrimaron los tres para secar sus ropas. Resueltos a pasar allí la noche, pues no era probable encontraran sitio más cómodo y seguro, Nazarín les dio la primera conferencia sobre la Doctrina, que las pobres ignoraban o habían olvidado. Más de media hora las tuvo pendientes de su palabra persuasiva, sin retóricas ociosas, hablándoles de los principios del mundo, del pecado original, con todas sus consecuencias lamentables, hasta que la infinita misericordia de Dios dispuso sacar al Hombre del cautiverio del mal por medio de la redención. Estas nociones elementales las explicaba el ermitaño andante con lenguaje sencillo, dándoles más claridad a veces con la forma de ejemplos, y ellas le oían embobadas, sobre todo Beatriz, que no perdía sílaba, y todo se lo asimilaba fácilmente, grabándolo en su memoria. Después rezaron el rosario y letanías, y repitieron varias oraciones que el buen maestro quería que aprendiesen de corrido.

Al día siguiente, después de orar los tres de rodillas, emprendieron la marcha con buena fortuna; las dos mujeres, que se adelantaban a pedir en las aldeas o caseríos por donde pasaban, recogieron bastantes ochavos, hortalizas, zoquetes de pan y otras especies. Pensaba Nazarín que iban demasiado bien aquellas penitencias para ser tales penitencias, pues desde que salió de Madrid llovían sobre él las bienandanzas. Nadie le había tratado mal, no había tenido ningún tropiezo; le daban limosna casi siempre que la pedía, y éranle desconocidos el hambre y la sed. Y, a mayor abundamiento, gozaba de preciosa libertad, la alegría se desbordaba en su corazón y su salud se robustecía. Ni un triste dolor de muelas le había molestado desde que se echó a los caminos, y, además, ¡qué ventura no cuidarse del calzado ni de la ropa, ni inquietarse por si el sombrero era flamante o viejo, o por si iba bien o mal pergeñado! Como no se afeitaba, ni lo había hecho desde mucho antes de salir de Madrid, tenía ya la barba bastante crecida; era negra y canosa, terminada airosamente en punta. Y con el sol y el aire campesino, su tez iba tomando un color bronceado, caliente, hermoso. La fisonomía clerical habíase desvanecido por completo, y el tipo arábigo, libre ya de aquella máscara, resaltaba en toda su gallarda pureza.

Cortóles el paso el río Guadarrama, que con el reciente temporal venía bastante lleno; pero no les fue difícil encontrar más arriba sitio por donde vadearlo, y siguieron por una campiña menos solitaria y estéril que la de la orilla izquierda, pues de trecho en trecho veían casas, aldehuelas, tierras bien labradas, sin que faltaran árboles y bosquecillos muy amenos. A media tarde divisaron unas casonas grandes y blancas, rodeadas de verde floresta, destacándose entre ellas una gallarda torre, de ladrillo rojo, que parecía campanario de un monasterio. Acercándose más, vieron a la izquierda un caserío rastrero y pobre, del color de la tierra, con otra torrecilla, como de iglesia parroquial de aldea. Beatriz, que estaba fuerte en la geografía de la región que iba recorriendo, les dijo:

—Ese lugar es Sevilla la Nueva, de corto vecindario, y aquellas casas grandonas y blancas con arboleda y una torre, son la finca o estados que llaman la Coreja. Allí vive ahora su dueño, un tal don Pedro de Belmonte, rico, noble, no muy viejo, buen cazador, gran jinete, y el hombre de peor genio que hay en toda Castilla la Nueva. Quién dice que es persona muy mala, dada a todos los demonios; quién que se emborracha para olvidar penas, y, hallándose en estado peneque, pega a todo el mundo y hace mil tropelías... Tiene tanta fuerza, que un día, yendo de caza, porque un hombre que pasaba en su burra no quiso *desapartarse,* cogió burra y hombre, y, levantándolos en vilo, los tiró por un despeñadero... Y a un chico que le espantó unas liebres, le dio tantos palos que le sacaron de la Coreja entre cuatro, medio muerto. En Sevilla la Nueva le tienen tanto miedo, que cuando le ven venir aprietan todos a correr, santiguándose, porque una vez, no es broma, por no sé qué pendencia de unas aguas, entró mi don Pedro en el pueblo a la hora que salían de misa, y a bofetada limpia, a éste quiero, a éste no quiero, tumbó en el suelo a más de la mitad... En fin, señor, que me parece prudente que no nos acerquemos, porque suele andar el tal de caza por estos contornos, y fácil es que nos vea y nos dé el quién vive.

—¿Sabes que me pones en curiosidad —indicó Nazarín—, y que la pintura que has hecho de esa fiera más me mueve a seguir hacia allá que a retroceder?

6

—Señor, no busquemos tres pies al gato —dijo Ándara—, que si ese hombre tan bruto nos arrima una paliza, con ella hemos de quedarnos.

En esto llegaban a un caminito estrecho, con dos filas de chopos, el cual parecía la entrada de la finca, y lo

mismo fue poner su planta en él los tres peregrinos,
que se abalanzaron dos perrazos como leones, ladrando
desaforadamente, y antes de que pudieran huir les em-
bistieron furiosos. ¡Qué bocas, qué feroces dientes! A
Nazarín le mordieron una pierna; a Beatriz, una mano,
y a la otra le hicieron trizas la falda, y aunque los tres
se defendían con sus palos bravamente, los terribles
canes habrían dado cuenta de ellos si no los contuviera
un guarda que salió de entre unos matojos.

Ándara se puso en jarras, y no fueron injurias las
que echó de su boca contra la casa y sus endiablados
perros. Nazarín y Beatriz no se quejaban. Y el maldito
guarda, en vez de mostrarse condolido del daño causado
por los fieros animales, endilgó a los peregrinos esta
grosera intimación:

—¡Váyanse de aquí, granujas, holgazanes, taifa de ladrones! Y den gracias a Dios de que no los ha visto
el amo; que si les ve, ¡Cristo!, no les quedan ganas
de asomar las narices a la Coreja.

Apartáronse medrosas las dos mujeres, llevándose casi
a la fuerza a Nazarín, que, al parecer, no se asustaba de
cosa alguna. En una frondosa olmeda, por donde pasaba
un arroyuelo, se sentaron a descansar del sofoco, y a
lavarle las heridas al bendito clérigo, vendándoselas con
trapos, que la previsora Beatriz llevaba. En todo el resto
de la tarde y prima noche, hasta la hora del rezo, no
se habló más que del peligro que habían corrido, y la
de Móstoles contó nuevos desmanes del señor de Belmonte. Decía la fama que era viudo y que había matado
a su mujer. La familia, de la nobleza de Madrid, no se
trataba con él, y le recluía en aquella campestre residencia como en un presidio, con muchos y buenos criados, unos para cuidarle y asistirle en sus cacerías, otros
para tenerle bien vigilado, y prevenir a sus parientes si
se escapaba. Con estas noticias se avivó más el deseo
que Nazarín sentía de encararse con semejante fiera. Acor-
dando pasar la noche en la espesura de aquellos olmos,
allí rezaron y cenaron, y de *sobremesa* dijo que por nada
de este mundo dejaría de hacer una visita a la Coreja,

donde le daba el corazón que encontraría algún padecimiento grande, o, cuando menos, castigos, desprecios y contrariedades, ambición única de su alma.

—¡Y qué, hijas mías, todo no ha de ser bienandanza! Si no nos salieran al encuentro ocasiones de padecer, y grandes desventuras, terribles hambres, maldades de hombres y ferocidades de bestias, esta vida sería deliciosa, y buenos tontos serían todos los hombres y mujeres del mundo si no la adoptaran. ¿Pues qué os habíais figurado vosotras? ¿Que íbamos a entrar en un mundo de amenidades y abundancias? ¡Tanto empeño por seguirme, y en cuanto se presenta coyuntura de sufrir, ya queréis esquivarla! Pues para eso no hacía ninguna falta que vinierais conmigo; y de veras os digo que, si no tenéis aliento para las cuestas enmarañadas de abrojos, y sólo os gusta el caminito llano y florido, debéis volveros y dejarme solo.

Trataron de disuadirle con cuantas razones se les ocurrieron, entre ellas algunas que no carecían de sentido práctico, verbigracia, que cuando el mal les acometiese, debían apechugar con él y resistirlo; pero que en ningún caso era prudente buscarlo con temeridad. Esto arguyeron ellas en su tosco estilo, sin lograr convencerle ni aquella noche, ni a la siguiente mañana.

—Por lo mismo que el señor de la Coreja goza de fama de corazón duro —les dijo—, por lo mismo que es cruel con los inferiores, sañudo con los débiles, yo quiero llamar a su puerta y hablar con él. De este modo veré por mí mismo si es justa o no la opinión, la cual, a veces, señoras mías, yerra grandemente. Y si, en efecto, es malo el señor..., ¿cómo dices que se llama?

—Don Pedro de Belmonte.

—Pues si es un dragón ese don Pedro, yo quiero pedirle una limosna por amor de Dios, a ver si el dragón ablanda y me la da. Y, si no, peor para él y para su alma.

No quiso oír más razones, y viendo que las dos mujeres palidecían de miedo y daban diente con diente, les ordenó que le aguardasen allí, que él iría solo, impávido y decidido a cuanto pudiera sucederle, desde la muerte, que era lo más, a las mordidas de los canes, que eran lo menos. Púsose en marcha, y ellas le gritaban:

—¡No vaya, no vaya, que ese bruto le va a matar!... ¡Ay, señor Nazarín de mi alma, que no le volvemos a ver!... ¡vuélvase, vuélvase para atrás, que ya salen los perros y muchos hombres, y uno, que parece el amo, con escopeta!... ¡Dios mío, Virgen Santísima, socorrednos!

Fue don Nazario en derechura de la entrada del predio, y avanzó resuelto por la calle de árboles sin encontrar a nadie. Ya cerca del edificio, vio que hacia él iban dos hombres, y oyó ladrar de perros, mas eran de caza, no los furiosos mastines del día anterior. Avanzó con paso firme, y, ya próximo a los hombres, observó que ambos se plantaron como esperándole. El los miró también, y encomendóse a Dios, conservando su paso reposado y tranquilo. Al llegar junto a ellos, y antes de que pudiera hacerse cargo de cómo eran los tales, una voz imperativa y furibunda le dijo:

—¿A dónde va usted por aquí, demonio de hombre? Esto no es camino, ¡rayos!, no es camino más que para mi casa.

Paróse en firme Nazarín ante don Pedro de Belmonte, pues no era otro el que así le hablaba, y con voz segura y humilde, sin que en ella la humildad delatara cobardía, le dijo:

—Señor, vengo a pedirle una caridad, por amor de Dios. Bien sé que esto no es camino más que para su casa, y como doy por cierto que en toda la casa de esta cristiana tierra viven buenas almas, por eso he entrado sin licencia. Si en ello le ofendí, perdóneme.

Dicho esto, Nazarín pudo contemplar a sus anchas la arrogantísima figura del anciano señor de la Coreja, don Pedro de Belmonte. Era hombre de tan alta estatura, que bien se le podía llamar gigante, bien plantado, airoso, como de sesenta y dos años; pero vejez más hermosa difícilmente se encontraría. Su rostro, del sol curtido;

su nariz un poco gruesa y de pronunciada curva, sus
ojos vivos bajo espesas cejas, su barba blanca, puntiagu-
da y rizosa; su ancha y despejada frente revelaba un
tipo noble, altanero, más amigo de mandar que de obedecer. A las primeras palabras que le oyó pudo observar
Nazarín la fiereza de su genio y la gallardía despótica de
sus ademanes. Lo más particular fue que, después de
echarle a cajas destempladas, y cuando ya el penitente,
con humilde acento, gorra en mano, se despedía, don
Pedro se puso a mirarle fijamente, poseído de una in-
tensísima curiosidad.

—Ven acá —le dijo—. No acostumbro dar a los holgazanes y vagabundos más que una buena mano de palos cuando se acercan a mi casa. Ven acá, te digo.

Turbóse Nazarín un instante, pues con todo el valor
del mundo era imposible no desmayar ante la fiereza de
aquellos ojos y la voz terrorífica del orgulloso caballero.
Vestía traje ligero y elegante, con el descuido gracioso
de las personas echas al refinado trato social; botas de
campo, y en la cabeza, un livianillo oscuro, ladeado sobre la oreja izquierda. A la espalda llevaba la escopeta
de caza, y en un cinto muy majo, las municiones.

«Ahora —pensó Nazarín— este buen señor coge la
escopeta y me destripa de un culatazo, o me da con el
cañón en la cabeza y me la parte. Dios sea conmigo.»

Pero el señor de Belmonte seguía mirándole, mirándole sin decir nada, y el hombre que iba en su compañía también armado de escopeta, les miraba a los dos.

—Pascual —dijo el caballero a su criado— ¿qué te
parece este tipo?

Como Pascual no respondiese, sin duda, por respeto,
don Pedro soltó una risotada estrepitosa, y encarándose
con Nazarín, añadió:

—Tú eres moro... Pascual, ¿verdad que es moro?

—Señor, soy cristiano —replicó el peregrino.

—Cristiano de religión... ¡Y a saber...! Pero eso no
quita que seas de pura raza arábiga. ¡Ah!, conozco yo
bien a mi gente. Eres árabe, y de Oriente, del poético,

del sublime Oriente. ¡Si tengo yo un ojo...! ¡En seguida
que te vi...! Ven conmigo.

Y echó a andar hacia la casa, llevando a su lado al
pordiosero y detrás al sirviente.

—Señor —replicó Nazarín—, soy cristiano.

—Eso lo veremos... ¡A mí con ésas! Para que te
enteres, yo he sido diplomático, y cónsul, primero en
Beyruth, después en Jerusalén. En Oriente pasé quince
años, los mejores de mi vida. Aquello es país.

Creyó Nazarín prudente no contradecirle, y se dejó
llevar hasta ver en qué paraba todo aquello. Entraron
en un largo patio, donde oyó ladrar a los perros del día
anterior... Les conocía por el metal de su voz. Luego
atravesaron una segunda portalada para pasar a otro co-
rralón más grande que el primero, donde algunos carneros y dos vacas holandesas pastaban la abundante hierba
que allí crecía. Tras aquel patio, otro más chico, con
una noria en el centro. Tan extraña serie de recintos
murados pareciéronle a Nazarín fortaleza o ciudadela.
Vio también la torre que desde tan lejos se divisaba, y
que era un inmenso palomar, en torno del cual revolo-
teaban miles de parejas de aquellas lindas aves.

Desembarazóse el caballero de su escopeta, que entregó al criado, mandándole que se alejara, y se sentó en
un poyo de piedra.

Las primeras frases de la conversación entre el mendigo y Belmonte fueron de lo más extraño que puede
imaginarse.

—Dime: si ahora te arrojara yo a ese pozo, ¿qué ha-
rías?

—¿Qué había de hacer, señor? Pues ahogarme, si
tiene agua; y si no la tiene, estrellarme.

—¿Y tú qué crees? ¿Que soy capaz de arrojarte?...
¿Qué opinión tienes de mí? Habrás oído en el pueblo
que soy muy malo.

—Como siempre hablo con verdad, señor, en efecto,
le diré que la opinión que traigo de usted no es muy
buena. Pero yo me permito creer que la aspereza de su

genio no quita que posea un corazón noble, un espíritu
recto y cristiano, amante y temeroso de Dios.

Volvió a mirarle el caballero con atención y curiosidad tan intensas, que Nazarín no sabía qué pensar, y
estaba un si es no es aturdido.

7

De pronto, Belmonte empezó a reñir con los criados
por si habían o no habían dejado escapar una cabra que
se comió un rosal. Llamábales gandules, renegados, be-
duinos, zulús, y les amenazaba con desollarles vivos, cor-
tarles las orejas o abrirlos en canal. Nazarín estaba indignado, pero se reprimía. «Si de este modo trata a sus
servidores, que son como de la familia —pensaba—,
¿qué hará conmigo, pobrecito de las calles? Lo que me
maravilla es que todos mis huesos estén enteros a la
hora presente.» Volvió el caballero a su lado, pasada la
borrasca, y aún estuvo bufando un ratito, como volcán
que arroja escorias y gases después de la erupción.

—Esta canalla le acaba a uno la paciencia. A propósito hacen las cosas mal para fastidiarme y aburrirme.
¡Lástima que no viviéramos en los tiempos del feuda-
lismo, para tener el gusto de colgar de un árbol a todo
el que no anduviese derecho!

—Señor —dijo Nazarín, resuelto a dar una lección de
cristianismo al noble caballero, sin temor a las consecuencias funestísimas de su cólera—, usted pensará de
mí lo que guste, y me tendrá por impertinente; pero
yo reviento si no le digo que esa manera de tratar a
sus servidores es anticristiana, y antisocial, y bárbara y
soez. Tómelo usted por donde quiera, que yo, tan pobre
y tan desnudo como entré en su casa saldré de ella. Los
sirvientes son personas, no animales, y tan hijos de Dios
como usted, y tienen su dignidad y su pundonor, como
cualquiera señor feudal, o que pretende serlo, de los
tiempos pasados y futuros. Y dicho esto, que es en mí
un deber de conciencia, déme permiso para marcharme.

Volvió el señor a examinarle detenidamente: cara, traje, manos, los pies desnudos, el cráneo de admirable estructura, y lo que veía, así como el lenguaje urbano del mendigo, tan desconforme con su aparente condición, debió de asombrarle y confundirle.

—Y tú, moro auténtico, o pordiosero falsificado —le dijo—, ¿cómo sabes esas cosas, y cuándo y dónde aprendiste a expresarlas tan bien?

Y, antes de oír la respuesta, se levantó y ordenó al peregrino imperiosamente que le siguiera.

—Ven acá... Quiero examinarte antes de responderte.

Llevóle a una estancia espaciosa, amueblada con antiguos sillones de nogal, mesas de lo mismo, arcones y estantes, y, señalándole un asiento, se sentó él también; mas pronto se puso en pie, y fue de un lado para otro, mostrando una inquietud nerviosa que habría desconcertado a hombres de peor temple que el gran Nazarín.

—Tengo una idea..., ¡oh, qué idea!... ¡Si fuera...! Pero no, no puede ser. Sí que es... El demonio me lleve si no puede ser. Sí que es... Cosas más extraordinarias se han visto... ¡Rayos! Desde el primer momento lo sospeché... No soy hombre que se deja engañar... ¡Oh, el Oriente! ¡Qué grandeza...! ¡Sólo allí existe la vida espiritual!...

Y no decía más que esto, paseo arriba, paseo abajo, sin mirar al clérigo, o parándose para mirarle de hito en hito, con asombro y cierta turbación. Don Nazario no sabía qué pensar, y ya creía ver en el señor de la Coreja el mayor extravagante que Dios había echado al mundo, ya un tirano de refinada crueldad, que preparaba a su huésped algún atroz suplicio, y jugaba con él, como el gato con el ratón antes de comérselo.

«Si me achico —pensó—, seré sacrificado de una manera desairada y estúpida. Saquemos partido de la situación, y si este gigante furioso ha de hacer en mí una barbaridad, que no sea sin oír antes las verdades evangélicas.»

—Señor mío, hermano mío —le dijo, levantándose y tomando el tono sereno y cortés que usar solía para reprender a los malos—, perdone a mi pequeñez que se atreva a medirse con su grandeza. Cristo me lo manda; debo hablar y hablaré. Veo al Goliat ante mí, y sin reparar en su poder, me voy derecho a él con mi honda. Es propio de mi ministerio amonestar a los que yerran; no me acobarda la arrogancia del que me escucha; mis apariencias humildes no significan ignorancia de la fe que profeso, ni de la doctrina que puedo enseñar a quien lo necesite. No tengo nada, y si alguien me impusiera el martirio en pago de las verdades cristianas, al martirio iría gozoso. Pero antes he de decirle que está usted en pecado mortal, que ofende a Dios gravemente con su soberbia, y que si no se corrige, no le servirán de nada su estirpe, ni sus honores y riquezas, vanidad de vanidades, inútil peso que le hundirá más cuanto más quiera remontarse. La ira es daño gravísimo que sirve de cebo a los demás pecados, y priva al alma de la serenidad que necesita para vencer el mal en otras esferas. El colérico está vendido a Satanás, quien ya sabe cuán poco tiene que luchar con las almas que fácilmente se inflaman en rabia. Modere usted sus arrebatos, sea cortés y humano con los inferiores. Ignoro si siente usted el amor de Dios; pero sin el del prójimo, aquel grande amor es imposible, pues la planta amorosa tiene sus raíces en nuestro suelo, raíces que son el cariño a nuestros semejantes, y si estas raíces están secas, ¿cómo hemos de esperar flores ni frutos allá arriba? La sorpresa con que usted me escucha prueba que no está acostumbrado a oír verdades como éstas, y menos de un infeliz haraposo y descalzo. Por eso la voz de Cristo en mi corazón me dijo una y otra vez que entrase, sin temor a nada ni a nadie, y por eso entré y heme puesto delante del dragón. Abra usted sus fauces, alargue sus uñas, devóreme si gusta, pero expirando, le diré que se enmiende, que Cristo me manda aquí para llamarle a la verdad y anunciarle su condenación si no acude pronto al llamamiento.

Grande fue la sorpresa de Nazarín al ver que el señor de la Coreja, no sólo no se enfurecía oyéndole, sino que le oía con atención y hasta con respeto, no ciertamente humillándose ante el sacerdote, sino vencido del asombro que tales conceptos en boca de persona tan humilde le causaban.

—Ya hablaremos de eso —le dijo con calma—. Tengo una idea..., una idea que me atormenta..., porque has de saber que de algún tiempo acá la pérdida de la memoria es el mayor suplicio de mi vida y la causa de todas mis rabietas...

De repente se dio una palmada en la frente, y diciendo: «Ya la cogí. *¡Eureka, eureka!*», se fue casi de un salto al cuarto próximo, dejando solo y cada vez más desconcertado al buen peregrino. El cual, como Belmonte dejara abierta la puerta, pudo verle en la estancia inmediata, que era al modo de biblioteca o despacho, revolviendo papeles de los muchos que sobre una gran mesa había. Ya pasaba la vista rápidamente por periódicos grandísimos, al parecer extranjeros; ya hojeaba revistas, y, por fin, sacó de un estante legajos que examinaba con febril presteza. Duró esto cerca de una hora. Vio Nazarín que entraban criados en el despacho, que el señor les daba órdenes, por cierto con mejor modo que antes, y, por último, criados y señor desaparecieron por otra puerta que daba a las interioridades de aquel vasto edificio. Al quedarse solo el buen padrito examinó con más calma la habitación en que se encontraba; vio en las paredes cuadros antiguos, religiosos, bastante buenos: San Juan reprendiendo a Herodes delante de Herodías; Salomé bailando; Salomé con la cabeza del Bautista; por otro lado, santos de la Orden de Predicadores, y en el testero principal, un buen retrato de Pío IX. Pues, señor, seguía sin entender la casa, ni al dueño de ella, ni nada de lo que veía. Ya empezaba a temer que le abandonaran en aquel solitario aposento, cuando entró un criado a llamarle, y le dijo que le siguiera.

«¿Para qué me querrán? —se decía, atravesando tras el fámulo salas y corredores—. Dios sea conmigo, y si me llevan por aquí para meterme en una mazmorra, o arrojarme a una cisterna, o segarme el pescuezo, que me coja la muerte en la disposición que he deseado toda mi vida.»

Pero la mazmorra o cisterna a que le llevaron era un comedor espacioso, alegre y muy limpio, en el cual vio la mesa puesta, con todo el lujo de fina loza y cristalería que se estila en Madrid, y en ella dos cubiertos no más, uno frente a otro. El señor de Belmonte, que allí estaba, vestido de negro, el cabello y la barba muy bien atusados, camisa con pechera y cuello lustroso, señaló a Nazarín uno de los asientos.

—Señor —balbució el penitente, turbado y confuso—, ¿con esta facha mísera he de sentarme a mesa tan elegante?

—Que se siente, digo, y no me obligue a repetirlo —añadió con más aspereza en la palabra que en el tono.

Comprendiendo que la gazmoñería no cuadraba a su humildad sincera, don Nazario se sentó. Una negativa insistente habría resultado más bien afectado orgullo que amor de la pobreza.

—Me siento, señor, y acepto el desmedido honor que usted hace, sentándole a su mesa, a un pobre de los caminos, que ayer fue mordido cruelmente por los perros de esta casa. Parte de lo que dije hace poco a usted, por mandato de mi Señor, queda sin efecto por este acto suyo de caridad. Quien tal hace, no es, no puede ser enemigo de Cristo.

—¡Enemigo de Cristo! ¿Pero qué está usted diciendo, hombre? —exclamó el gigante, del modo más campechano—. ¡Si El y yo somos muy amigos!

—Bien... Pues si acepto su noble invitación, señor mío, le suplico me dé licencia para no alterar mi costumbre de comer tan sólo lo preciso para alimentarme. No, no me eche vino; no lo pruebo jamás, ni ninguna clase de licores.

—Usted come lo que quiere. No acostumbro molestar a mis invitados, haciéndoles rebasar la medida de su apetito. Se le servirá de todo, y usted come o no come, o ayuna, o se harta, o se queda con hambre, según le cua-

dre... Y en premio de esta concesión, señor mío, yo, a
mi vez le pido me dé licencia...

—¿Para qué? No la necesita usted para mandarme
cuanto se le ocurra.

—Licencia para interrogarle...

—¿Sobre qué?

—Sobre los problemas pendientes, del orden social y
religioso.

—No sé si mi escasísimo saber me permitirá contestarle con el acierto que usted, sin duda, espera de mí...

—¡Oh! Si empieza usted por disimular su ciencia,
como disimula su condición, hemos concluido.

—Yo no disimulo nada; soy tal como usted me ve; y
en cuanto a mi ciencia, si desde luego declaro que es
mayor de lo que corresponde a la vida que llevo y a los
trapos que visto, no la tengo por tan superior que me-
rezca manifestarse ante persona tan ilustrada.

—Eso lo veremos. Yo sé poco; pero algo aprendí en
mis viajes por Oriente y Occidente, algo también en el
trato social, que es la biblioteca más nutrida y la mejor
cátedra del mundo, y con lo que he podido observar, y
un poquito de lectura, prestando atención excepcional
a los asuntos religiosos, atesoro unas cuantas ideas que
son para mí la propiedad más estimable. Pero ante
todo..., ya rabio por preguntárselo..., ¿qué piensa usted
del estado actual de la conciencia humana?

8

«¡Ahí es nada la preguntita! —dijo Nazarín para su
sayo—. Tan compleja es la cuestión, que no sé por dónde tomarla.»

—Quiero decir, el estado presente de las creencias
religiosas en Europa y América.

—Creo, señor mío, que los progresos del catolicismo
son tales, que el siglo próximo ha de ver casi reducidas
a la insignificancia las iglesias disidentes. Y no tiene poca
parte en ello la sabiduría, la bondad angélica, el tacto

exquisito del incomparable Pontífice que gobierna la
Iglesia...

—Su Santidad León XIII —dijo, gallardamente, el señor de Belmonte—, a cuya salud beberemos esta copa.

—No. Dispénseme. Yo no bebo ni a la salud del Papa,
porque ni el Papa ni Cristo Nuestro Salvador han de
querer que yo altere mi régimen de vida... Decía que
en la Humanidad se notan la fatiga y el desengaño de
las especulaciones científicas, y una feliz reversión hacia
lo espiritual. No podía ser de otra manera. La ciencia no
resuelve ninguna cuestión de trascendencia en los problemas de nuestro origen y destino, y sus peregrinas
aplicaciones en el orden material tampoco dan el resultado que se creía. Después de los progresos de la me-
cánica, la Humanidad es más desgraciada; el número de
pobres y hambrientos, mayor; los desequilibrios del bienestar, más crueles. Todo clama por la vuelta a los aban-
donados caminos que conducen a la única fuente de la
verdad: la idea religiosa, el ideal católico, cuya perma-
nencia y perdurabilidad están bien probadas.

—Exactamente —afirmó el gigantesco prócer, que,
entre paréntesis, comía con voraz apetito, mientras su
huésped apenas probaba los variados y ricos manjares—.
Veo con júbilo que sus ideas concuerdan con las mías.

—La situación del mundo es tal —prosiguió Nazarín,
animándose—, que ciego estará quien no vea las señales
precursoras de la Edad de Oro religiosa. Viene de allá
un ambiente fresco que nos da de cara, anunciándonos
que el desierto toca a su fin y que la tierra prome-
tida está próxima, con sus risueños valles y fertilísimas
laderas.

—Es verdad, es verdad. Pienso lo mismo. Pero no me
negará usted que la sociedad se fatiga de andar por el
desierto, y como tarda en llegar a lo que anhela, se im-
pacientará y hará mil desatinos. ¿Dónde está el Moisés
que la calme, ya con rigores, ya con blanduras?

—¡Ah, el Moisés...! No sé.

—Ese Moisés, ¿lo hemos de buscar en la filosofía?

—No, seguramente; la filosofía es, en suma, un juego

de conceptos y palabras, tras el cual está el vacío, y los filósofos son el aire seco que sofoca y desalienta a la Humanidad en su áspero camino.

—¿Encontraremos ese Moisés en la política?

—No, porque la política es agua pasada. Cumplió su misión, y los que se llamaban problemas políticos, tocantes a libertad, derechos, etcétera, están ya resueltos, sin que por eso la Humanidad haya descubierto el nuevo paraíso terrenal. Conquistados tantísimos derechos, los pueblos tienen la misma hambre que antes tenían. Mucho progreso político y poco pan. Mucho adelanto material, y cada día menos trabajo y una infinidad de manos desocupadas. De la política no esperemos ya nada bueno, pues dio de sí todo lo que tenía que dar. Bastante nos ha mareado a todos, tirios y troyanos, con sus querellas públicas y domésticas. Métanse en su casa los políticos, que nada han de traer provechoso a la Humanidad; basta de discursos vanos, de fórmulas ridículas, y del funestísimo encumbramiento de las nulidades a medianías, y de las medianías a notabilidades, y de las notabilidades a grandes hombres.

—Bien, muy bien. Ha expresado usted la idea con una exactitud que me maravilla. ¿Encontraremos ese Moisés en la tribu de la fuerza? ¿Será un dictador, un militar, un César...?

—No le diré a usted que no ni que sí. Nuestra inteligencia, al menos la mía, no alcanza a tanto. No puedo afirmar más que una cosa: que nos quedan pocas leguas de desierto, y quien dice leguas, dice distancias relativamente grandes.

—Pues, para mí, el Moisés que ha de guiarnos hasta el fin no puede salir sino de la cepa religiosa. ¿No cree usted que aparecerá, cuando menos se piense, uno de esos hombres extraordinarios, uno de esos genios de la fe cristiana, no menos que un Francisco de Asís, o quizás más grande, que conduzca a la Humanidad hasta el límite de sus sufrimientos, antes de que la desesperación le arrastre al cataclismo?

—Me parece lo más lógico pensarlo así —dijo Nazarín—, y, o mucho me engaño, o ese extraordinario Salvador será un Papa.

—¿Lo cree usted?

—Sí, señor... Es una corazonada, una idea de filosofía de la historia, y líbreme Dios de querer darle autoridad de cosa dogmática.

—¡Claro!... Pues lo mismo, exactamente lo mismo pienso yo. Ha de ser un Papa. ¿Qué Papa será ése? ¡Vaya usted a saberlo!

—Nuestra inteligencia peca de orgullosa queriendo penetrar tan allá. El presente ofrece ya bastante materia para nuestras cavilaciones. El mundo está mal.

—No puede estar peor.

—La sociedad humana padece. Busca su remedio.

—Que no puede ser otro que la fe.

—Y a los que poseen la fe, ese don del cielo, toca el conducir a los que están privados de ella. En este camino, como en todos, los ciegos deben ser llevados de la mano por los que tienen vista. Se necesitan ejemplos, no fraseología gastada. No basta predicar la doctrina de Cristo, sino darle una existencia en la práctica e imitar su vida en lo que es posible a lo humano imitar lo divino. Para que la fe acabe de propagarse, en el estado actual de la sociedad, conviene que sus mantenedores renuncien a los artificios que vienen de la Historia, como los torrentes bajan de la montaña, y que patrocinen y practiquen la verdad elemental. ¿No cree usted lo mismo? Para patentizar los beneficios de la humanidad, es indispensable ser humilde; para ensalzar la pobreza como el estado mejor, hay que ser pobre, serlo y parecerlo. Esta es mi doctrina... No, digo mal, es mi representación particular de la doctrina eterna. El remedio del malestar social y de la lucha cada vez más enconada entre pobres y ricos, ¿cuál es? La pobreza, la renuncia de todo bien material. El remedio de las injusticias que envilecen el mundo, en medio de todos esos decantados progresos políticos, ¿cuál es? Pues el no luchar con la injusticia, el entregarse a la maldad humana como Cristo se entregó indefenso a sus enemigos. De la resignación

absoluta ante el mal no puede menos de salir el bien,
como de la mansedumbre sale al cabo la fuerza, como
del amor de la pobreza tienen que salir el consuelo de
todos y la igualdad ante los bienes de la Naturaleza. Estas son mis ideas, mi manera de ver el mundo y mi confianza absoluta en los efectos del principio cristiano, así
en el orden espiritual como en el material. No me contento con salvarme yo solo; quiero que todos se salven
y que desaparezcan del mundo el odio, la tiranía, el
hambre, la injusticia; que no haya amos ni siervos, que
se acaben las disputas, las guerras, la política. Tal pienso,
y si esto le parece disparatado a persona de tantas luces,
yo sigo en mis trece, en mi error, si lo es; en mi verdad,
sí, como creo, la llevo en mi mente, y en mi conciencia
la luz de Dios.

Oyó don Pedro todo el final de este sustancioso discurso con gran recogimiento, medio cerrados los párpados, la mano acariciando una copa de vino generoso, de
la cual no había bebido más que la mitad. Luego mur-
muraba en voz queda: «Verdad, verdad, todo verdad…
poseerla, ¡qué dicha!… Practicarla, ¡dicha mayor!…»

Nazarín rezó las oraciones de fin de comida, y don
Pedro siguió rezongando con los ojos cerrados: «La pobreza…, ¡qué hermosura!…; pero yo no puedo, no puedo… ¡Qué delicia!… Hambre, desnudez, limosna… Hermosísimo…; no puedo, no puedo.»

Cuando se levantaron de la mesa, el gigante usaba
tono y modales enteramente distintos de los de por la
mañana. Callaba la fiereza, y hablaba la jovialidad de
buena crianza. Era otro hombre; la sonrisa no se quitaba
de sus labios, y el brillo de sus ojos parecía rejuvene-
cerle.

—Vamos, padre, que usted querrá descansar. Tendrá
la costumbre de dormir la siesta…

—No, señor; yo no duermo más que de noche. Todo
el día estoy en pie.

—Pues yo, no. Madrugo mucho, y a esta hora necesito
descabezar un sueño. Usted también descansará un rato.
Venga, venga conmigo.

Que quieras que no, Nazarín fue llevado a una habitación no distante del comedor, amueblada con lujo.

—Sí, señor..., sí —le dijo Belmonte en tono muy cordial—. Descanse usted, descanse, que bien lo necesita. Esa vida de pobreza errante, esa vida de anulación voluntaria, de ascetismo, de trabajos y escaseces, bien merece algún reparo. No hay que abusar de las fuerzas corporales, amigo mío. ¡Oh, yo le admiro a usted, le acato y le reverencio, por lo mismo que carezco de energía para poder imitarle! ¡Abandonar una gran posición, ocultar un nombre ilustre, renunciar a las comodidades, a las riquezas, a...!

—Yo no he tenido que renunciar a eso, porque nunca lo poseí.

—¿Qué? Vamos, señor, basta de ficciones conmigo, y no digo farsas por no ofenderle.

—¿Qué dice?

—Que usted con su cristiano disfraz, verdadera túnica de discípulo de Jesús, podrá engañar a otros, no a mí, que le conozco, que tengo el honor de saber con quién hablo.

—¿Y quién soy yo, señor de Belmonte? Dígamelo si lo sabe.

—¡Pero si es inútil el disimulo, señor mío! Usted...

Tomó aliento el señor de la Coreja, y en tono de familiar cortesanía, poniendo la mano en el hombro de su huésped, le dijo:

—Perdóneme si le descubro. Hablo con el reverendísimo obispo armenio que hace dos años recorre la Europa en santa peregrinación...

—¡Yo..., obispo armenio!

—Mejor dicho..., ¡si lo sé todo!...; mejor dicho, patriarca de la Iglesia armenia que se sometió a la Iglesia latina, reconociendo la autoridad de nuestro gran pontífice León XIII.

—¡Señor, señor, por la Virgen Santísima!

—Su reverencia anda por las naciones europeas en peregrinación, descalzo y en humildísimo traje, viviendo de la caridad pública, en cumplimiento del voto que hizo al

Señor si le concedía el ingreso de su grey en el gran re-
baño de Cristo... ¡Sí, no vale negarlo, ni obstinarse en el
disimulo, que respeto! Su reverencia ilustrísima recibió
autorización para cumplir en esta forma su voto, renun-
ciando temporalmente a todas sus dignidades y preemi-
nencias. ¡Si no soy yo el primero que lo descubre! ¡Si ya
le descubrieron en Hungría, donde se susurró que había
hecho milagros! Y le descubrieron también en Valencia
de Francia, capital del Delfinado... ¡Pero si tengo aquí
los periódicos que hablan del insigne patriarca y descri-
ben esa fisonomía, ese traje, con pasmosa exactitud...!
Como que en cuanto le vi acercarse a mi casa caí en
sospecha. Luego busqué el relato en los periódicos. ¡El
mismo, el mismo! ¡Qué honor tan grande para mí!

—Señor, señor mío, yo le suplico que me escuche...

Pero el ofuscado gigante no le dejaba meter baza, so-
focando la voz y ahogando la palabra de Nazarín en el
diluvio de la suya.

—¡Si nos conocemos, si he vivido mucho tiempo en
Oriente, y es inútil que Su Reverencia lleve tan adelante
conmigo su piadosa comedia! Le apearé el tratamiento,
si en ello se empeña... Usted es árabe de nacimiento.

—¡Por la Pasión y Muerte de Nuestro Señor Jesucristo!...

—Arabe legítimo. Al dedillo me sé su historia. Nació
usted en un país hermosísimo, donde dicen que estuvo
el Paraíso terrenal, entre el Tigris y el Eufrates, en el
territorio de Aldjezira, que también llaman la Mesopotamia.

—¡Jesús me valga!

—¡Si lo sé, si lo sé todo! Y el nombre arábigo de usted es Esrou-Esdras.

—¡Ave María Purísima!

—Y los franciscanos de Monte Carmelo le bautizaron
y le dieron educación y le enseñaron el hermoso lenguaje
español que habla. Después pasó usted a la Armenia,
donde está el monte Ararat, que yo he visitado..., allá
donde tomó tierra el Arca de Noé.

—¡Sin pecado concebida!

—Y allí se afilió usted al rito armenio, distinguiéndose por su ciencia y virtud, hasta llegar al Patriarcado, en el cual intentó y realizó la gloriosa empresa de restituir su Iglesia huérfana al seno de la gran familia católica. Conque no le canso más, Reverendísimo señor. A descansar en ese lecho, que todo no ha de ser dureza, abstinencias y mortificaciones. De vez en cuando conviene sacrificarse a la comodidad, y, sobre todo, señor Eminentísimo, está usted en mi casa, y en nombre de la santa ley de hospitalidad, yo le mando a usted que se acueste y duerma.

Y sin permitirle explicaciones ni esperar respuesta salió de la estancia riendo, y allí se quedó solo el buen Nazarín, con la cabeza como el que ha estado mucho tiempo oyendo cañonazos, dudando si dormía o velaba, si era verdad o sueño lo que había visto y oído.

9

«¡Jesús, Jesús! —exclamaba el bendito clérigo—. ¿Qué hombre es éste? Tarabilla igual no he visto nunca. ¡Pero si no me deja responderle ni explicarle...! ¿Y creerá eso que dice?... Que yo soy patriarca armenio y que me llamo Esdras y... ¡Jesús, Madre amantísima, permitidme salir pronto de esta casa pues la cabeza de este hombre es como una gran jaula llena de jilgueros, mirlos, calandrias, cotorras y papagayos, cantando todos a la vez!... Y temo que me contagie. ¡Alabada sea la Santísima Misericordia!... ¡Y qué cosas cría el Señor, qué variedad de tipos y seres! Cuando uno cree haberlo visto todo, aun le quedan más maravillas o rarezas que ver... ¡Y pretende que yo me acueste en esa cama tan maja con colcha de damasco...! ¡En el nombre del Padre...! ¡Y yo que me creí hallar aquí vejaciones, desprecios, el martirio quizás..., y me encuentro con un gigante socarrón, que me sienta a su mesa y me llama obispo y me mete en esta linda alcoba para dormir la siesta! ¿Pero este hombre es malo o es bueno...?»

La cavilación en que cayó el pobre cura semítico no llevaba trazas de concluir; tan embrollado y difícil era el punto que su majín se propuso dilucidar. Antes de que definir pudiera el ser moral de don Pedro de Belmonte, llegóse éste de echar la siesta. En cuanto le vio, Nazarín llegóse resueltamente a él y, sin dejarle pegar la hebra, le cogió por la solapa y le dijo con extraordinaria viveza:

—Venga usted acá, señor mío; que, como no me daba respiro, no pude decirle que yo no soy árabe, ni obispo, ni patriarca, ni me llamo Esdras, ni soy de la Mesopotamia, sino de Miguelturra, y mi nombre es Nazario Zaharín. Sepa que nada de lo que ve en mí es comedia, como no llame así al voto de pobreza que hacer he querido, sin renunciar...

—Monseñor, monseñor..., comprendo que tan tenazmente disimule...

—Sin renunciar, digo, a honores ni emolumentos, porque no los tenía, ni los quiero, ni...

—¡Si yo no he de vender su secreto, rayos! Me parece bien que sostenga su papel y que...

—Y que nada. Pues cuanto ha dicho usted es un disparate, y un sueño, y un delirio. Me he lanzado a esta vida de penitencia por un anhelo ardiente de mi corazón, que a ella me llama desde niño. Soy sacerdote, y aunque a nadie he pedido permiso para abandonar los hábitos y salir al ejercicio de la mendicidad, me creo dentro de la más pura ortodoxia y acato y venero todo lo que manda la Iglesia. Si he preferido la libertad a la clausura, es porque en la penitencia libre veo más trabajos, más humillación y más patente la renuncia a todos los bienes del mundo. Desprecio la opinión, desafío las hambres y desnudeces; apetezco los ultrajes y el martirio. Y con esto me despido del señor de la Coreja, diciéndole que estoy agradecidísimo a sus muchas bondades y que le tendré siempre presente en mis oraciones.

—El agradecido soy yo, no sólo por el honor que me ha proporcionado Su Reverencia...

—¡Y dale!

—...el honor altísimo de tenerle en mi casa, sino por

su ofrecimiento de orar por mí y de encomendarme a Dios, que bien lo necesito, créame.

—Lo creo... Pero haga el favor de no llamarme Reverencia.

—Bueno: le daré tratamiento llano en obsequio a su humildad —replicó el caballero, que antes se dejara desollar vivo que desdecirse de cosa por él sostenida y afirmada—. Hace bien usted en guardar el incógnito, para evitar indiscreciones...

—¡Pero, señor...! En fin, deme licencia para retirarme. Yo pido a Dios que le corrija de su terquedad, la cual es una forma de soberbia, y así como el fruto amargo de ésta es la cólera, el fruto de aquélla es la mentira. Ya ve cuántos males acarrea el orgullo. Mis últimas palabras al salir de esta noble casa son para rogarle que se enmiende de ese y otros pecados, que piense en la inmortalidad, a cuya puerta no debe usted llamar con alma cargada de tantos goces y de tanta satisfacción de apetitos materiales. Porque la vida que usted se da, señor mío, podrá ser buena para llegar a una vejez robusta, pero no a la salud eterna.

—Lo sé, lo sé —decía el buen don Pedro con melancólica sonrisa, acompañando a Nazarín por el primer patio—. Pero ¿qué quiere usted, eximio señor? No todos tenemos esa poderosa energía de usted... ¡Ah!, cuando se llega a cierta edad, ya están los huesos duros para meterse uno en abstinencias y en correcciones del carácter. Créame a mí: cuando al pobre cuerpo le queda poco más que vivir, es crueldad negarle aquello a que está acostumbradito. Soy débil, lo reconozco, y a veces pienso que debo ponerle las peras a cuarto al cuerpo. Pero luego me da lástima y digo: «¡Pobrecito cuerpo, para los días que te quedan ya...!» Algo de caridad hay también en esto, ¿eh? Vamos, que al pícaro le gusta la buena mesa, los buenos vinos. ¿Y qué he de hacer más que dárselos...? ¿Le agrada reñir? Pues que riña... Todo ello es inocente. La vejez necesita juguetes como la infancia. ¡Ah!, cuando tenía algunos años menos, se pirraba por otras cosas..., las buenas chicas, por ejemplo... De eso sí

que le he privado en absoluto... No, no, ¡no faltaba más!
Prohibición radical. Que se fastidie... No le dejo más
que las fruslerías del pecado, el comer, la bebida, el tabaco y el pelearse con la servidumbre... En fin, señor,
no quiero entretenerle. Pídale a Dios por mí. Es una
suerte, para los que no somos buenos, que existan seres
perfectos como usted, prontos a interceder por todos y a
conseguir, con sus estupendas virtudes, la salvación propia y la ajena.

—Eso no, eso no vale.

—Vale en tanto que uno también hace por sí lo que
puede. Yo sé lo que digo... Que sus penitencias, padre
beatísimo, le lleven a la perfección que desea, y que Dios
le dé fuerzas para proseguir en obra tan santa y meritoria... Adiós, adiós.

—Adiós, señor mío: no pase usted de aquí —le dijo
Nazarín en el último patio—. Y ahora que me acuerdo,
he dejado mi morral allá junto a la noria.

—Ya, ya se lo traen —replicó Belmonte—. He mandado que le pongan en él algunas vituallas, que nunca
están de más, créame; y aunque a usted no le guste comer más que hierbas y pan duro, no es malo que lleve
algo de sustancia para un caso de enfermedad...

Quiso besarle la mano; pero don Nazario, con grandes
esfuerzos, se lo impidió, y en el campo frontero a la casa
se despidieron con mutuas demostraciones afectuosas.
Como viese don Pedro que los mastines andaban sueltos
por el campo, dio orden de que los ataran, indicando a
Nazarín que se detuviese un momento.

—Ya supe —le dijo—, y me disgustó mucho, que
ayer, por un descuido de esta canalla, los perros le mordieron a usted y a dos santas mujeres que le acompañan.

—Esas mujeres no son santas, sino todo lo contrario.

—Disimule, disimule... ¡Como si no hablara también
de ellas la Prensa europea!... La una es dama principal,
canonesa de la Turingia; lo otra, una sudanita descalza...

—¡Ay, cuánto desatino!...

—¡Si lo dice el periódico! En fin, respeto su santo
incógnito... Adiós. Ya están sujetos los animales.

—Adiós… Y que el Señor le ilumine —dijo Nazarín, que ya no quería discutir más y todo su afán era largarse aprisa.

El morral, atestado de paquetes de comestibles, pesaba bastante, por lo cual, y por la rapidez de la marcha, llegó muy sofocado a la olmeda donde Ándara y Beatriz habían quedado esperándole. Impacientes y sobresaltadas por su tardanza, en cuanto le divisaron las dos mujeres, salieron gozosas a su encuentro, pues creyeron no volver a verle o que saldría de la Coreja con la cabeza rota. Grande fue su asombro y alegría al verle sano y alegre. Por las primeras palabras que el beato les dijo comprendieron que tenía mucho que contar, y el volumen y peso del saco les despertó la curiosidad en demasía. En la olmeda encontró Nazarín a una vieja desconocida, la *señá Polonia,* paisana de Beatriz y vecina de Sevilla la Nueva. Había pasado por allí de vuelta de unas tierras de su propiedad, adonde fue a sembrar nabos, y viendo a su amiga se detuvo para chismorrear con ella.

—¡Ay qué señor, qué hombre tan raro es ese don Pedro! —dijo el padrito echándose en el suelo, después de que Ándara le quitó el morral para examinar lo que contenía—. No he visto otro caso. Cosas tiene de persona muy mala, esclava de los vicios; cosas de persona bonísima, cortés y caballeresca. Ilustración no le falta, finura le sobra, mal genio también, y no hay quien le gane en terquedad para sostener sus errores.

—Ese vejestorio grandón y bonito —dijo Polonia, que hacía punto de media— está más loco que una cabra. Cuentan que se pasó mucho tiempo en tierras de moros y judíos, y que al volver acá se metió en tales estudios de cosas de religión y de *tiología,* que se le trabucaron los sesos.

—Ya lo decía yo. El señor don Pedro no rige bien. ¡Qué lástima! ¡Quiera Dios darle el juicio que le falta!

—Está reñido con toda la familia de los Belmontes, sobrinos y primos, que no le pueden aguantar, y por eso no sale de aquí. Es hombre muy pagano y muy gentil para los vicios de buena mesa, y no ve una falda que no le entre por el ojo derecho. Pero como mal corazón, no tiene. Cuentan que cuando le hablan de las cosas de religión católica, o pagana, o de las idolatrías, si a mano viene, es cuando pierde el sentido, por ser esta *leyenda* y el revolver papeles de Escritura Sagrada lo que le trastornó.

—¡Desventurado señor!... ¿Querréis creer, hijas mías, que me sentó a su mesa, una mesa magnífica, con vajilla de cardenal? ¡Y qué platos, qué manjares riquísimos!... Y después se empeñó en que había de dormir la siesta en una cama con colcha de damasco... ¡Vaya, que a mí...!

—¡Y nosotras tan creídas de que le rompería algún hueso!

—Pues digo... Salió con la tecla de que yo soy obispo, más, patriarca, y de que nací en Aldjezira..., o sea la Mesopotamia, y que me llamo Esdras... También se dejó decir que vosotras sois canonesas... Y nada me valía negarlo y manifestarle la verdad. Como si no.

—Pues ya se conoce que se da buena vida el hijo de tal —dijo Ándara gozosa, sacando paquetes de fiambres—. Lengua escarlata... y otra lengua... y jamón... ¡Jesús, cuánta cosa rica! ¿Y qué es esto? Un pastelón como la rueda de un carro. ¡Qué bien huele!... También empanadas; una, dos, tres; chorizo, embutidos.

—Guarda, guarda todo eso —le dijo Nazarín.

—Ya lo guardo, que a la hora de comer lo cataremos.

—No hija; eso no se cata.

—¿Que no?

—No; es para los pobres.

—Pero ¿quién más pobre que nosotros, señor?

—Nosotros no somos pobres, somos ricos, porque tenemos el caudal inmenso y las inagotables provisiones de la conformidad cristiana.

—Ha dicho muy bien —indicó Beatriz ayudando a reponer los paquetes en el morral.

—Y si ahora tenemos esto, si nada nos hace falta hoy, porque nuestras necesidades están satisfechas —indicó don Nazario—, debemos darlo a otros más necesitados.

—Pues en Sevilla la Nueva no falta pobretería —manifestó la *señá* Polonia—, y allí tienen ustedes donde repartir buenos caudales. Pueblo más mísero y pobre no le hay por acá.

—¿De veras? Pues a él llevaremos estas sobras de la mesa del rico avariento, ya que han venido a nuestras manos. Guíenos usted, señora Polonia, y desígnenos las casas de los más menesterosos.

—¿Pero de veras entran en Sevilla? Estas me dijeron que no querían acercarse allá.

—¿Por qué?

—Porque hay viruela.

—¡Que me place!... Digo, no me place. Es que celebro encontrar el mal humano para luchar con él y vencerlo.

—No es epidemia. Cuatro casos saltaron estos días. Donde hay una mortandad horrorosa es en Villamantilla, dos leguas más allá

—¿Epidemia horrorosa... y de viruela?

—Tremenda, sí, señor. Como que no hay quien asista a los enfermos, y los sanos huyen despavoridos.

—Ándara, Beatriz... —dijo Nazarín levantándose—. En marcha. No nos detengamos ni un momento.

—¿A Villamantilla?

—El Señor nos llama. Hacemos falta allí. ¿Qué? ¿Tenéis miedo? La que tenga miedo o repugnancia, que se quede.

—Vamos allá. ¿Quién dijo miedo?

Sin pérdida de tiempo emprendieron la marcha, y por el camino iba refiriéndoles Nazarín, con graciosos pormenores, el singularísimo episodio de su visita a don Pedro de Belmonte, señor de la Coreja.

Cuarta parte

1

Guiados por la señora Polonia, dejaron en varias casas muy pobres de Sevilla la Nueva parte de los víveres de la Coreja, y sin detenerse más que lo preciso para este piadoso objeto continuaron andando, pues a Nazarín no se le cocía el pan hasta no meterse en el foco de la peste.

—No comprendo vuestra repugnancia, hijas mías —les dijo—, pues ya debisteis calcular que no veníamos acá a darnos vida de regalo y ociosidad, sin peligro. Es todo lo contrario: vamos tras el dolor para aplicarle consuelo, y cuando se anda entre dolores, algo se ha de pegar. No corremos en busca de placeres y regocijos, sino en busca de miserias y lástimas. El Señor nos ha deparado una epidemia, en cuyo seno pestífero hemos de zambullirnos, como nadadores intrépidos que se lanzan a las olas para salvar a infelices náufragos. Si perecemos, Dios nos dará nuestro merecido. Si no, algún desdichado sacaremos a la orilla. Hasta la hora presente, Dios ha querido que en nuestra peregrinación no nos salgan más que bienandanzas. No hemos tenido hambre, hemos comido y dormido como príncipes, y nadie nos ha castigado ni nos ha puesto mala cara. Todo por la buena, todo como si nos acompañara una escolta de ángeles encargados de depararnos cuantos bienes hay en la Tierra. Ya comprenderéis que esto no puede continuar así. O el mundo deja de ser lo que es, o hemos de encontrar pronto males gravísimos, contratiempos, calamidades, abstinencias y crueldades de hombres, secuaces de Satanás.

Esta exhortación bastó para convencer a las dos mujeres, sobre todo a Beatriz, que más fácilmente que la otra se dejaba inflamar del entusiasmo del novel asceta. Como habían tomado una andadura harto presurosa, al caer de la tarde el cansancio les obligó a sentarse en lo alto de un cerro, desde donde se veían dos aldeas, una por Levante, otra por Poniente, y entre una y otra, campiñas bien labradas, y manchas de verde arboleda. La vista era hermosa, y más aún a tal hora, por el encanto melancólico que presta el crepúsculo vespertino a toda la tierra. De los humildes techos salían los humos de los hogares donde se preparaba la cena; oíase son de esquilas de ganados que a los apriscos se recogían, y las campanas de ambos pueblos tocaban a oraciones. Los humos, las esquilas, la amenidad del valle, las campanadas, la puesta del sol, todo era voces de un lenguaje misterioso que hablaba al alma sin que ésta pudiera saber fijamente lo que le decía. Los tres peregrinos permanecieron un rato mudos ante aquella belleza difundida en términos tan vastos, y Beatriz, que, fatigada, yacía a los pies de Nazarín, se incorporó para decirle:

—Señor, explíqueme: ¿ese son de las campanas, a esta hora en que no se sabe si es día o noche, ese son..., explíquemelo..., es alegre o es triste?

—Si he de decirte la verdad, no lo sé. Me pasa lo que a ti: ignoro si es alegre o triste. Y creo que los dos sentimientos, alegría y tristeza, produce en nuestra alma, juntándolos de tal modo que no hay manera de separarlos.

—Yo creo que es triste —afirmó Beatriz.

—Y yo que es alegre... —dijo Ándara—, porque se alegra uno cuando descansa, y a esta hora el día se tumba en la cama de la noche.

—Yo sostengo que triste y alegre —repitió Nazarín—, porque esos sones y esa placidez no hacen más que reflejar el estado de nuestra alma, triste porque ve acabarse un día, y un día menos es un paso más hacia la muerte; alegre, porque vuelve al hogar con la conciencia satisfecha de haber cumplido los deberes del día, y en el hogar el alma encuentra otras almas que le son caras; triste, porque la noche lleva en sí una dulce tristeza, la desilusión del día pasado; alegre, porque toda la noche es esperanza y seguridad de otro día, del mañana, que ya está tras el Oriente acechando para venir.

Las dos mujeres suspiraron y se callaron.

—En esto —prosiguió el árabe manchego— debéis ver una imagen de lo que será el crepúsculo de la muerte. Tras él viene el mañana eterno. La muerte es también alegre y triste: alegre, porque nos libra de las cadenas de la esclavitud vital; triste, porque amamos nuestra carne como a un compañero fiel y nos duele separarnos de ella.

Siguieron andando, y más adelante volvieron a descansar, ya cerrada la noche, el cielo sereno, inmensamente limpio y cuajado de innúmeras estrellas.

—Pienso —dijo Beatriz después de una larga pausa de arrobamiento— que hasta ahora no he visto el cielo, o que ahora lo veo por primera vez, según lo que me gusta mirarlo y lo que me asombra ver tantísima luz.

—Sí —replicó Nazarín—; es tan bello, que siempre parece nuevo y como acabadito de salir de las manos del Creador.

—¡Qué grande es todo eso! —observó Ándara—. Yo tampoco lo había mirado como ahora... Y diga, padre, ¿todo eso lo hemos de ver de cerca cuando nos muramos y subamos a la Gloria?

—¿Ya estás tú segura de ir a la Gloria? Mucho decir es eso. Allá no hay cerca ni lejos...

—Todo es infinito —dijo Beatriz con suficiencia—.
Infinito quiere decir lo que no se acaba por ninguna
parte.

—Esto de que sea una infinita —añadió Ándara—,
es lo que yo no puedo entender.

—Sed buenas y lo entenderéis. Dos cosas hay en este
bajo mundo por donde nos pueda ser comprensible lo
infinito: el amor y la muerte. Amad a Dios y al prójimo, acariciad en vuestras almas el sentimiento del tránsito a la otra vida, y lo infinito no os parecerá tan
oscuro. Pero éstas son enseñanzas muy hondas para vuestros pobres entendimientos, y antes habéis de aprender
cosas más comprensibles. Admirad la obra de Dios y
decidme si ante el que ha hecho esa maravilla no es
bien que nos humillemos para ofrecerle todos nuestros
actos, todas nuestras ideas. Después de mirar un rato
para arriba, ved cuán indigna es esta pobre tierra de
que deseemos morar en ella. Considerad que, antes de
que nacierais, todo lo que veis arriba existió por miles
de siglos, y que por miles de siglos existirá después que
os muráis. Vivimos sólo un instante. ¿No es lógico des-
preciar ese instante y querer subir a los siglos que no
se acaban?

Volvieron a suspirar ellas y a pensar en todo aquello
que el clérigo les refería. La conversación hízose luego
más positiva, porque Ándara, reconociendo que el contenido del morral debía ser para otros pobres, no se
avenía con dejar de probarlo.

—Para ser buenos, para llegar a lo que vulgarmente
llamamos perfección, siendo en realidad un estado rela-
tivo —afirmó Nazarín—, debe empezarse por lo más
fácil. Antes de atacar los vicios gordos, combatamos los
menudos. Dígolo porque esto de ser tú tan golosa paréceme inclinación no muy difícil de vencer, a poca voluntad que pongas en ello.

—Sí que soy golosa: yo conozco mis flacos. Y la verdad, quisiera saber a qué sabe este comestible que trasciende a gloria.

—Pues pruébalo y tú nos contarás a qué sabe, pues ésta y yo nos pasaremos muy bien sin catarlo.

La de Móstoles se conformaba con todo ló que fuera abstinencia y edificación, porque su espíritu se iba encendiendo en el místico fuego con las chispas que el otro lanzaba del rescoldo de su santidad. Habría ella querido llegar al caso absurdo de no comer absolutamente nada; pero como esto era imposible, se resignaba a transigir con la vil materia.

Pidieron hospitalidad en una venta, y cuando allí les oyeron decir que iban a Villamantilla, tuviéronles por locos, pues en el pueblo había muy poca gente a más de los enfermos; el socorro pedido a Madrid no había llegado, y todo era allí desolación, hambre y muerte. En un corral armaron su alcoba, entre gallinas y carneros, que se despertaban oyéndoles rezar, y con unas migas que les dieron de limosna cenaron a lo pastoril. Ándara probó de lo de Belmonte sin excederse, y toda la noche, aun después de dormida, estuvo relamiéndose. En cambio, Beatriz no pegó los ojos: sentíase amagada de su mal constitutivo, pero en una forma nueva y para ella desconocida. Consistía la novedad en que sus angustias y el azoramiento precursor del arrechucho eran buenas, quiere decir, que eran angustias en cierto modo placenteras y un azoramiento gozoso. Ello es que sentía... como una satisfacción de sentirse mal, y el presentimiento de que iba a ocurrirle algo muy lisonjero. La presión torácica la molestaba un poco; pero compensaba esta molestia los efluvios que corrían por toda su epidermis, vibraciones erráticas que iban a parar al cerebro, donde se convertían en imágenes hermosas, antes soñadas que percibidas. «Es lo de siempre —se decía—; pero no patadas de demonios, sino revuelos de ángeles. ¡Bendito mal si es como un bien y viene siempre así!» De madrugada tuvo frío, y bien envuelta en su manta se tendió de largo, para descansar más que dormir, y con la conciencia de hallarse despierta, *¡vio cosas!* Pero si antes veía cosas malas, ahora las veía buenas, aunque no pudo explicarse lo que era ni asegurarse de ver lo

que veía. ¡Inaudita rareza! Y tenía que reprimirse para
vencer el ciego impulso de abalanzarse hacia aquello que
viendo estaba. ¿Era Dios, eran los ángeles, el alma de
algún santo, o un purísimo espíritu que quería tomar
forma sin poder conseguirlo?

Guardóse bien de contar a don Nazario, cuando éste
despertó, lo que pasaba, porque el día anterior, en una
de sus pláticas, le oyó decir que desconfiaba de las visio-
nes y que había que mirarse mucho antes de dar por
efectivas cosas (él había dicho *fenómenos*) sólo existen-
tes en la imaginación y en los nervios de personas de
dudosa salud. Y restablecida, después de lavarse cara
y manos, de aquel plácido soponcio, se desayunaron los
tres con pan y unas pocas nueces, y en marcha tan con-
tentos para el lugar infestado. No eran aún las nueve
cuando llegaron, y una soledad lúgubre, una huraña tristeza les salieron al encuentro al poner el pie en la única
calle del pueblo, tortuosa y llena de zanjas, charcos inmundos y guijarros cortantes. Las dos o tres personas
que hallaron en el trayecto hasta la plaza les miraban
recelosas, y frente a la iglesia, en el portal de un case-
rón cuarteado que parecía el Ayuntamiento, vieron a un
tío muy flaco que se adelantó a ellos con esta arenga
de bienvenida:

—¡Eh!, buena gente, si vienen al merodeo o a li-
mosnear, vuélvanse por el mismo camino, que aquí no
hay más que miseria, muerte y desamparo hasta de la
Misericordia Divina. Soy el alcalde, y lo que digo digo.
Aquí estamos solos yo y el cura y un médico que nos
han mandado, porque el nuestro se murió, y unos veinte
vecinos en junto, sin contar los enfermos y cadáveres
de hoy, que todavía no se han podido enterrar. Ya lo
saben, y tomen el olivo pronto, que aquí no hay lugar
para la vagancia.

Contestó Nazarín que ellos no iban a pedir socorro,
sino a llevarlo, y que les designara el señor alcalde los
enfermos más desamparados para asistirlos con todo el
esmero y la paciencia que ordena Cristo Nuestro Señor.

—Más urgente que nada —dijo el alcalde— es enterrar siete muertos de ambos sexos que tenemos.

—Ya son nueve —dijo el cura, que de una casa próxima salía—. La tía Casiana ya expiró, y una de las chicas del esquilador está acabando. Yo me voy de prisa y corriendo a tomar un bocado, y vuelvo.

No se hizo rogar el alcalde para satisfacer los cristianos deseos de Nazarín y comparsa, y pronto entraron los tres en funciones. Pero las dos mujeres, ¡ay!, en presencia de aquellos cuadros de horror, podredumbre y miseria, más espantables de lo que en su pueril entusiasmo ascético imaginaban, flaquearon como niños llevados a un feroz combate y que ven correr la sangre por primera vez. La caridad, cosa nueva en ellas, no les daba energías para tanto y hubieron de pedirlas al amor propio. Las primeras horas fueron de indecisión, de pánico y rebeldía absoluta del estómago y los nervios. Nazarín tuvo que exhortarlas con elocuente ira de guerrero desesperado que ve perdida la batalla. Al fin, ¡vive Dios!, fueron entrando en fuego, y a la tarde ya eran otras, ya pudo la fe triunfar del asco y la caridad del terror.

2

Mientras que Nazarín parecía connaturalizado con la fétida atmósfera de las lóbregas estancias, con la espantable catadura de los enfermos y con la suciedad y miseria que les rodeaba, Ándara y Beatriz no podían hacerse, no, no podían, infelices mujeres, a una ocupación que instantáneamente las elevaba de la vulgaridad al heroísmo. Habían visto, del ideal religioso, tan sólo bonito y halagüeño; veían ya la parte impregnada de verdad dolorosa. Beatriz lo expresaba en su tosco lenguaje: «Eso de irse al Cielo, muy pronto se dice; pero ¿por dónde y por qué caminos se va?» Ándara llegó a adquirir una actividad estúpida. Se movía como una máquina y desempeñaba todos aquellos horribles menesteres casi de un modo inconsciente. Sus manos y pies se movían *de por sí*. Si la hubieran en otro tiempo condenado a tal vida, poniéndola en el dilema de adoptarla o morir, habría preferido mil veces que le retorcieran el pescuezo. Procedía bajo la sugestión del beato Nazarín como un muñeco dotado de fácil movimiento. Sus sentidos estaban atrofiados. Creía imposible volver a comer.

Beatriz obraba conscientemente, ahogando su natural repugnancia por medio de un trabajo mental de argumentación, sacado de las ideas y frases del maestro. Era por naturaleza más delicada que la otra, de epidermis más fina, de más selecta complexión física y moral y de gustos relativamente refinados. Pero, en cambio de esa desventaja, poseía energías espirituales con que vencer su flaqueza e imponerse aquel durísimo deber. Evocando su fe naciente, la avivaba como se aviva y agranda un débil fuego a fuerza de soplar sobre él; sabía remontarse a una esfera psicológica vedada para la otra, y en sí misma, en su aprobación interior y en el gozo del bien obrar, encontraba consuelos que la otra pedía a su amor propio sin recibirlos en proporción de tan gran sacrificio. Por esta diferencia, al llegar la noche, la de Polvoranca se rindió displicente, aunque sin dar su brazo a torcer; la de Móstoles se rindió gozosa, como soldado herido que no se cura más que del honor.

El árabe manchego sí que no se rendía. Infatigable hasta lo sublime, después de haber estado todo el día revolviendo enfermos, limpiándolos, dándoles medicinas, viendo morir a unos en sus brazos, oyendo los conceptos delirantes de otros, al llegar la noche no apetecía más descanso que enterrar los doce muertos que esperaban sepultura. Así lo propuso al alcalde, diciéndole que con dos hombres que le ayudaran bastaría, y que si no había más que uno, y ya se arreglaría con él y con las dos mujeres. Autorizóle el representante del pueblo para que se despachase a su gusto, admirado de tanta diligencia y religiosidad, y *puso a su disposición* el cementerio como se ofrece a un invitado la sala de billar para que juegue o el salón de música para que toque.

Ayudado de un viejo taciturno y al parecer idiota que, según se supo después, era pastor de guarros; ayudado también de Beatriz, que quiso apurar el sacrificio y adiestrarse en tan horrenda como eficaz escuela, Nazarín empezó a sacar muertos de las casas, y los llevaba a cuestas por no tener angarillas, y los iba dejando sobre la tierra, hasta que estuvieron todos reunidos. La penitente y el pastor cavaban, y el alcalde iba y venía, echando una mano a cualquier dificultad y encargando que no se hiciera de mogollón, como en las obras municipales, sino todo a conciencia, los cuerpos al fondo y la tierra bien puesta encima. Ándara se había ido a dormir tres horas, pasadas las cuales se levantaría para que su compañera se acostase otro tanto tiempo. Esto disponía el jefe para no agotar las fuerzas de su aguerrida mesnada.

Y concluidos los entierros, el heroico Nazarín, sin tomar más alimento que un poco de pan y agua de lo que le brindó el alcalde, volvió a las pestilentes casas de los enfermos a cuidarles, a decirles palabras de consuelo si podían oírlas, y a limpiarles y a darles de beber. Asistió Ándara desde media noche a tres niñas hermanas que habían perdido a su madre de la misma enfermedad; don Nazario, a una mujerona que deliraba horriblemente y a un mozalbete del cual decían que era muy guapo, mas ya no se le conocía la hermosura debajo de la máscara horrible que ocultaba su rostro.

Amaneció sobre tanta tristeza, y el nuevo día llevó al ánimo de las dos mujeres un mayor dominio de la situación y más confianza en sus propias fuerzas. Una y otra creían haber pasado largo tiempo en aquella meritoria campaña, y es que los días crecen en proporción de la cantidad y extensión de vida que en ellos se desarrolla. Ya no les causaban tanto horror las caras monstruosas, ya no temían el contagio ni sentían tan viva en sus nervios y estómago la protesta contra la podredumbre. El médico hizo justicia al celo piadoso de los tres penitentes, diciendo al alcalde que aquel hombre de facha morisca y sus dos compañeras habían sido para el vecindario de Villamantilla como ángeles bajados del

Cielo. Antes de mediodía sonaron las campanas de la
iglesia en señal de regocijo público, y fue que se supo
llegaría pronto el socorro enviado desde Madrid por la
Dirección de Beneficencia y Sanidad. ¡A buenas horas!
Pero, en fin, siempre era de agradecer. Consistía la misericordia oficial en un médico, dos practicantes, un co-
misionado *del ramo* y sin fin de drogas para desinfectar
personas y cosas. Al propio tiempo que se enteró Nazarín de la feliz llegada de la Comisión sanitaria, supo
también que en Villamanta reinaba con igual fuerza la
epidemia y que no se tenía noticia de que el Gobierno
mandara allá ningún socorro. Adoptando al instante una
resolución práctica, como gran estratégico que sabe diri-
gir sus fuerzas con la celeridad del rayo al terreno conveniente, tocó a llamada en su reducido ejército; acudieron el ala derecha y el ala izquierda, y el general les dio
esta orden del día:

—Al momento en marcha.

—¿A dónde vamos?

—A Villamanta. Aquí no hacemos falta ya. El otro
pueblo está desamparado.

—En marcha. Adelante.

Y antes de las dos iban a campo traviesa por un sen-
dero que les indicó el pastor de guarros. De los víveres
de la Coreja nada tenían ya, y Ándara no quiso llevar
otros de Villamantilla. Las dos mujeres se lavaron en
un arroyo, y don Nazario hizo lo mismo a distancia de
ellas. Frescos los cuerpos, contentas las almas, prosi-
guieron andando sin más contratiempo que el haber tro-
pezado con unos chicos de las familias fugitivas de Villamantilla, alojadas en miserables chozas en lo alto de un
cerro. Los angelitos solían matar el aburrimiento de la
emigración apedreando a todo el que pasaba, y aquella
tarde fueron víctimas de este inocente *sport,* o *deporte,*
Nazarín y los suyos. Al general le dieron en la cabeza y
al ala derecha en un brazo. El ala izquierda quiso tomar
la ofensiva, disparando también contra ellos. Pero el
maestro la contuvo diciendo:

—No tires, no tires. No debemos herir ni matar ni aun en defensa propia. Avivemos el paso y pongámonos lejos de los disparos de estos inocentes diablillos.

Así se hizo, mas no pudieron llegar de día a Villamanta. Como no llevaban provisiones ni dinero para adquirirlas, Ándara, que iba delante, como a cien pasos, pedía limosna a cuantos encontraba. Pero tales eran la pobreza y la desolación del país, que nada caía. Tuvieron hambre, verdadera necesidad de echar a sus cuerpos algún alimento. La de Polvoranca se condolía, la de Móstoles disimulaba su inanición, y el de Miguelturra las animaba, asegurándoles que antes de la noche encontrarían sustento en alguna parte. Por fin, en un campo donde trabajaban hombres y mujeres, dando una vuelta a la tierra con el arado, hallaron su remedio, consistente en algunos pedazos de pan, puñados de garbanzos, almortas y algarroba, y además dos piezas de a dos céntimos, con lo cual se creyeron poseedores de una gran riqueza. Acamparon al aire libre, porque Beatriz decía que necesitaban ventilarse bien antes de entrar en otro pueblo infestado. Reuniendo carrasca seca hicieron candela, cocieron las legumbres, con la añadidura de cardillos, achicorias y verdolagas que Ándara supo escoger en el campo; cenaron con tanta frugalidad como alegría, rezaron, el maestro les dio una explicación de la vida y muerte de San Francisco de Asís y de la fundación de la Orden Seráfica, y a dormir se ha dicho. Al romper el día entraron en Villamanta.

¿Qué podrá decirse de aquel inmenso trabajo de seis días, en los cuales Beatriz llegó a sentir en sí una segunda naturaleza, nutrida de la indiferencia de todo peligro y de un valor sereno y sin jactancia, Ándara una actividad y diligencia que dieron al traste con sus hábitos de pereza? La primera luchaba con el mal, segura de su superioridad y sin alabarse de ello, por rutina de la fe desinteresada y un convencimiento que sostenían las altas temperaturas del alma en ebullición; la segunda, por rutina de su amor propio satisfecho y de su pericia bien probada, gustando de alabarse y echar in-

cienso a su egoísmo, como soldado que entra en combate
movido de las ambiciones del ascenso. ¿Y de Nazarín
qué puede decirse sino que en aquellos seis días fue un
héroe cristiano y que su resistencia física igualó por arte
milagroso a sus increíbles bríos espirituales? Salieron de
Villamanta por la misma razón que habían salido de
Villamantilla, o sea la llegada del socorro del Gobierno.
Satisfechos de su conducta, inundada la conciencia de
una claridad hermosa, la certeza del bien obrar, hicieron
verbal reseña de su doble campaña, permitiéndose la
inocente vanagloria de recontar los enfermos que cada
cual asistiera, los que habían salvado, los cadáveres a que
dieron sepultura, con mil y mil episodios patéticos que
serían maravilla del mundo si alguien los escribiera. Pero
nadie los escribiría ciertamente, sólo en los archivos del
Cielo constaban aquellas memorables hazañas. Y en cuanto a la jactancia con que las enumeraron y repitieron,
Dios perdonaría de fijo el inocente alarde de soberbia,
pues es justo que todo héroe tenga su historia, aunque
sea contada familiarmente por sí mismo.

Se encaminaron a un pueblo, que no sabemos si era
Méntrida o Aldea del Fresno, pues las referencias *naza-
rinistas* son algo oscuras en la designación de esta localidad. Sólo consta que era un lugar ameno y relativamente rico, rodeado de una fértil campiña. Próximo a
él vieron sobre una eminencia las ruinas de un castillo;
las reconocieron y hallaron en ellas lugar propicio para
instalarse por unos días y hacer vida de recogimiento
y descanso, pues Nazarín fue el primero que encareció
la necesidad de reposo. No, no quería Dios que traba-
jasen de continuo, pues urgía conservar las fuerzas corporales para nuevas y más terribles campañas. Dispuso,
pues, el jefe que se acomodara la partida en las ruinas
de la feudal morada y que allí atenderían a la reparación
conveniente de sus agotadas naturalezas. El sitio era en
verdad hermosísimo, y desde él se descubría en gran
extensión la feraz vega por donde serpea el río Perales,
huertas bien cultivadas y preciosos viñedos. Para llegar
arriba había que franquear empinadísima cuesta; pero,

una vez en lo alto, ¡qué deliciosa soledad, qué puro ambiente! Creíanse en mayor familiaridad con la Naturaleza, en libertad absoluta, y como águilas lo dominaban todo sin que nadie les dominase. Elegido el lugar de las ruinas donde aposentarse debían, bajaron al pueblo a mendigar, y les fue muy bien el primer día: Beatriz recogió algunos cuartos; Nazarín, lechugas, berzas y patatas, y Ándara se procuró dos pucheros y un cántaro para traer agua.

—Esto sí que me gusta —decía—. Señor, ¿por qué no nos quedamos siempre aquí?

—Nuestra misión no es de sosiego y comodidad —replicó el jefe—, sino de inquietud errabunda y de privaciones. Ahora descansamos; mas luego volveremos a quebrantar nuestros cuerpos.

—Y sabe Dios si nos dejarían estar aquí —indicó Beatriz—. El pobre no tiene casa fija en ninguna parte y, como el caracol, siempre la lleva consigo.

—Pues yo, si me dejaran, labraría un pedacito de esta ladera —dijo Ándara— y plantaría algo de patata, cebolla y coles *para el gasto* de casa.

—Nosotros —declaró Nazarín— no necesitamos propiedad de tierra ni de cosa alguna que arraigue en ella, ni de animales domésticos, porque nada debe ser nuestro, y de esta absoluta negación resulta la afirmación de que todo puede venir a nuestras manos por la limosna.

Al tercer día, la de Polvoranca fue al río a lavar unas piezas de ropa, y cuando regresó al castillo bajó Beatriz por agua, hecho vulgarísimo que no puede pasar sin mención en esta verídica historia, porque de él se derivan otros hechos de indudable importancia y gravedad.

3

Al anochecer subía la moza por la enriscada pendiente con tal agitación en su alma, y en sus piernas tan grande flojedad, que hubo de quitarse el cántaro de la cabeza y sentarse en el suelo para cobrar aliento. ¿Qué le había pasado en la fuente del pueblo, situada entre la espesura de una chopera próxima al río? Pues ocurrió un hecho inesperado, de absoluta insignificancia en la vida total, mas para Beatriz de una gravedad extrema; uno de esos hechos que en la vida individual equivalen a un cataclismo, diluvio, terremoto o fuego del Cielo. ¿Qué era?... Nada, ¡que había visto al Pinto!

El Pinto fue su amor y su tormento, el burlador de su honra, el estímulo de sus esperanzas, el que había despertado en su alma ensueños de ventura y despechos ardientes. Y cuando ella había conseguido, si no olvidarle, ponerle en segundo término en su pensamiento, cuando con aquel ascetismo y las saludables guerras de la caridad había conseguido curar el mal profundo de su alma, se le presentaba el indigno para quitarle toda su cristiandad y precipitarla otra vez en los abismos. ¡Maldito Pinto y maldita la hora en que a ella se le ocurrió bajar a la fuente!

Esto lo pensaba en aquel descanso que se tomó a la mitad de la cuesta. Aún creía estarle viendo, en su aparición súbita, a dos pasos de la fuente, cuando ya ella volvía con el cántaro lleno en la cabeza. El la llamó por su nombre, y ella echó mano al cántaro, que, tambaleándose, estuvo a punto de caerse. La impresión fue tal, que se quedó como muerta en pie, y no podía moverse ni articular palabra.

—Ya sabía que andabas por aquí, mala cría —le había dicho él, las manos metidas en los bolsillos de la chaquetilla o blusa, el aire jaquetón, la voz dura, mezcla extraña de enojo y desprecio—. Ya te vi ayer, ya te vi bajar al pueblo con un prójimo harapiento que parece el moro de los dátiles y una mujer más fea que Tito... ¿Qué vida haces, loca? ¿Con qué zarrupas andas? Bien te dije que te habías de ver perdida, pidiendo limosna, como una callejera vergonzante o sin vergüenza..., y así ha salido. Ya sé, ya sé, grandísima puerca, que te escapaste de Móstoles con ese que *diz* que es apóstol y que echa los *mesmos* demonios con la santiguación del misal, y viceversa los vuelve a meter.

—¡Pinto, Pinto, por Dios! —había respondido ella, recobrando al fin el uso de la palabra—. Déjame en paz. Yo concluí contigo y con el mundo. No me hables, sigo mi camino.

—Espérate un poco..., siquiera por la educación, mujer. ¿*Semos* o no *semos* personas cabales? Oye: yo siempre te quiero. Descalza y hecha un ánima del Purgatorio, como estás, te quiero, Beatriz. La ley es la misma. ¿Sabes lo que te digo? Que no te perdono el alternar con ese fantasma... ¿Quieres volverte conmigo a Móstoles?

—No, de ninguna manera.

—Piénsalo, Beatriz; yo te mando que lo calcules, mujer. Mira que me darías que sentir. Yo, verbigracia, te quiero; pero ya sabes que gasto un genio muy bravo. Es mi ley. He venido a este pueblo con Gregorio Portela y los dos Ortiz a comprar ganado para el matadero de Madrid, y viceversa tenemos que volvernos allá mañana a la noche. En el mesón del tío Lucas, ¿sabes?, te espero mañana en todo el día para estar contigo en particular, y que hablemos de nuestra comenencia... Que vayas, Beatriz.

—No iré; no me esperes.

—Que vayas te digo. Ya sabes que yo cuando digo lo que digo, lo digo... diciéndolo; quiere decirse, como el que sabe hacer lo que dice.

—No me esperes, Manuel.

—Que vayas... Por la cuenta que te tiene, Beatriz, no seas terca, y *arrepara* en tu honor, que está tirado como una alpargata vieja por los caminos. Vas y hablamos. ¿No vas? Pues a la noche subo con mis amigos al castillo, donde sé que paráis, y pasamos a cuchillo al apóstol y a la *apóstola* y a toda la corte infernal de los abismos celestiales... ¡Ea!, con Dios. Sigue tu camino.

Esto fue lo que hablaron, y nada más. Muerta de miedo se dirigió la infeliz moza a su salvaje morada, y su temor se aumentaba creyendo sentir tras sí las pisadas de Pinto. No era, no; pero en la oscuridad de la noche creía verle amenazador, bien plantado, eso sí, fiero y despótico, dominándola por el terror como por el deleite la dominara antes. Un poco se serenó en el breve descanso que hizo a mitad de la cuesta; pero apartar no podía de su pensamiento el bárbaro mandato de aquel hombre ni su imagen imborrable, el cuerpo muy derecho, la ropa ceñida a estilo de torero, la cara muy hermosa, cetrina y bien afeitada, los ojos que despedían lumbre, junto a la boca un lunar de pelo muy rizado que parecía un borlón.

Al llegar arriba, la primera idea de Beatriz fue contar al beato Nazarín lo ocurrido. Pero un secreto de inexplicable impulso, cuyo origen desconocía, la hizo enmudecer. Comprendiendo que no referir el suceso era una falta, la cohonestó con el aplazamiento, y se dijo: «Cuando cenemos se lo contaré.» Pero cenaron, y en el momento de romper a decirlo sentía como si le echaran un candado a su lengua. Era una discreción, una cautela que de las profundidades de su instinto salía, y la infeliz mujer no hallaba en su sinceridad fuerza igual que oponerle.

Y ¡qué casualidad!, aunque hablar quisiera con el padre Nazarín, no podría. Ved aquí por qué. Uno de los ángulos de la torre principal del castillo permanecía en pie, desafiando siglo tras siglo el furor de las tempestades y la injuria del tiempo. Desde lejos parecía un hueso, la mandíbula de un inmenso animal. Componíase de gruesos sillares descarnados, pero bien sujetos uno contra otro, y por un lado formaban lo que de lejos tenía apariencias de encía, al modo de peldaños, por donde no era difícil subir hasta las piedras más altas. En éstas había un hueco bastante capaz para acomadarse una persona, y era la mejor atalaya para dominar cielo y tierra. Pues allá trepó Nazarín, y se acostó en las piedras últimas echando la cabeza para atrás, los pies colgando sobre el abismo. Iluminada por la luna, que ya era llena, su escueta figura, la cabeza, manos y pies aparecían como de una cerámica recocha, recortándose sobre el cielo. Nunca se vio más patente el tipo arábigo que en aquella

ocasión y postura. Se le tomaría por un santo profeta
que, buscando el aislamiento en los altos espacios, adonde no llegaran el ruido y las vanidades del mundo, no
se creyera seguro hasta no usurpar sus nidos a las ci-
güeñas, su espigón a las veletas de las torres. Las dos
mozas miraron, y le vieron en aquella eminencia, coro-
nado de las estrellas, orando quizás o dejando volar sus
ideas por las inmensidades del cielo para recoger con
ellas la verdad.

Beatriz, en tanto, a la tierra miraba con los ojos del
alma más que con los del cuerpo, y mientras su señor
se recreaba en la contemplación del firmamento, y en
tender sus ideas por él, ocupando no menos espacio que
el de las muchedumbres siderales, ella sostenía en su espíritu una lucha horrenda. Diéranle a curar a todos los
leprosos de la Tierra, y a los enfermos más inmundos,
y lo preferiría a la turbación de aquella interna batalla
y a las probables consecuencias de ella. Desde el pueblo
la llamaba una tentación de poderosa virtud magnética,
y algo sentía dentro de sí que la mandaba obedecer el
reclamo del Pinto. Contarle todo a don Nazario era lo
prudente, lo recto, lo cristiano; pero si se lo contaba no
podría ir; y si no se lo contaba y a la cita acudía, ¡adiós
gracia, adiós méritos ganados por su alma en aquella
vida de penitencia! Pues otra: si no iba, el Pinto cum-
pliría su terrible amenaza. De modo que el gusto de ir
se le acibaraba con la reprobación de su conciencia, y el
triunfo de ésta, si no iba, sería causa de la muerte de
todos. ¿Qué era lo mejor? ¿Ir o no ir? ¡Espantoso dilema! Ni la virtud le valía, pues si sofocaba la pícara
tentación que como un rabillo de diablo trazaba ondas
de venenoso fuego por todo su ser, si se conservaba
buena y honrada, el otro subía y no dejaba títere con
cabeza. Y si bajaba y se perdía para siempre, ¿con qué
cara se volvía a presentar al buen Nazarín y a pedirle
que la perdonara? No, no, ¡qué vergüenza! No, no podría volver a verle. Y luego la infeliz quedaría para
siempre sometida al capricho y a las volubilidades de

aquel demonio... No, no. Esta idea, este miedo de un
porvenir tan vergonzoso como había sido el pasado, la
decidió. ¡Gracias a Dios! Sin duda, Cristo y la Virgen,
a quienes invocó, la oyeron y le inspiraron la buena so-
lución: contar todo a su maestro y arrostrar las consecuencias de la venganza del Pinto.

Bajó el árabe de su atalaya, fue Beatriz derecha a él
con ánimo de revelarle su conflicto, y otra vez sintió
el candado en su boca. No dijo nada. Durante la cena,
haciendo esfuerzos por vencer su repugnancia de la comida y aparentar serenidad, teníase por la más mala y
depravada mujer del mundo. Y mientras rezaban, sentía
dificultad para pronunciar las palabras más dulces de
la oración dominical. Su mal constitutivo empezó a hacerle guiños en diferentes partes de su cuerpo y a re-
mover el sedimento dejado en él por los demonios fu-
gitivos... Sintió recónditos instintos de destrozar algo,
y luego pánico indecible. Tuvo que actuar sobre sí con
toda su voluntad, o la parte de ella disponible, para no
saltar, para no salir de estampía, aullando como las fie-
ras, o precipitarse por aquellos despeñaderos hasta caer
deshecha en el fondo del valle. Felizmente, no llegó a
estos extremos, y consiguió encadenar sus nervios, y
contener el rebelado mal, invocando, para que la auxi-
liasen, a la Virgen María y a todos los santos de su de-
voción. Al acostarse se sintió más tranquila y con ganitas de llorar.

Como en aquel local anchuroso tenían habitaciones de
sobra, o sea multitud de huecos muy abrigados y con
independencia, las dos hembras se acostaron en una *alcoba,* y en otra, separada de la primera por gruesos muros, el benditísimo Nazarín, que no tardó en coger un
sueño sosegado. La de Móstoles, en cambio, no podía
dormir, y tantas vueltas dio en la cama, y tan angustio-
sos eran sus ayes, suspiros y exclamaciones de pena,
como si a solas hablara, que Ándara hubo de desvelarse
también, y la interrogó. Picotearon, y palabra tras palabra, la curiosidad hurgando la confianza, al fin Beatriz

contó el caso a su compañera, sin omitir sus horribles dudas y tentaciones.

—Nada, cantas claro, y que don Nazarín lo sepa todo —dijo Ándara—. ¡Pues mira que si el bruto de Pinto sube aquí y nos mata! Capaz es. ¿Y quién habrá de defendernos, si somos unos pobretes que no valemos nada en el mundo? Nuestro santo lo dirá... Con éste no hay cuidado. Verás cómo saca de su cabeza alguna *cencia* para que, sin hacer tú maldades, los tres salvemos la pelleja.

Charlando estuvieron hasta la madrugada, en que, rendidas del cansancio, quedáronse dormidas. Cuando despertaron, ya hacía más de una hora que Nazarín se había encaramado en su atalaya para ver salir el sol.

Ándara dijo a su compañera:

—Llámale, y cuando baje se lo cuentas.

Entonces Beatriz, inundada de un gozo inefable, reconoció que había caído de su boca el candado que la impidiera revelar al maestro su desdicha; sintió libres las palabras, antes esclavas de un mal pensamiento, y no queriendo esperar a que Nazarín bajara, le llamó con grandes voces:

—Señor, señor, baje, que tengo que hablarle.

—Allá voy —respondió el clérigo, saltando por los sillares—; pero no tengas prisa, mujer, que tiempo hay. Ya sé para qué me quieres.

—¿Cómo lo sabe, si aún no lo he dicho?

—No importa. ¡Ea!, ya me tienes aquí. Conque ¿decías que?... Hija, gracias a Dios que hablas. A ti te pasó algo ayer.

—Pero, señor, ¿cómo lo sabe? —preguntó Beatriz asombrada.

—Yo me entiendo.

—¿Acaso lo adivinó? ¿Usted sabe lo que no ha visto, lo que no han dicho?

—A veces, sí... Según quien sea la persona a quien le pasa lo que no veo.

—¿Pero de veras, adivina?...

—Esto no es adivinar..., es... saber...

4

—¿Oyó usted anoche, desde su dormitorio, lo que hablamos Ándara y yo?

—No, mujer. Desde mis *aposentos* no puede oírse nada. Además, dormí profundamente. Es que... Anoche, cuando rezábamos, noté que te equivocabas, que te distraías, tú que jamás te distraes ni te equivocas. Luego observé en tus miradas un cierto temor... Comprendí que en el pueblo, al bajar por agua, habías tenido un mal encuentro. Hablaba tu cara casi tan claramente como lo habría hecho tu boca. Y después..., bien lo dice tu rostro..., hubo temporal fuerte en tu alma, rayos y truenos. Estas borrascas o luchas de las pasiones no se pueden disimular: sus estragos son patentes, como en la Naturaleza los destrozos causados por el huracán. Has luchado... Satanás te tocó en el corazón con su dedo tiznado del hollín de los infiernos, y después te lo pasó por toda tu pobre humanidad. Los ángeles quisieron defenderte. Tú no les dabas todo el terreno que necesitaban para la batalla. Dudaste, dudaste mucho antes de decidir a quién darías el terreno, y por fin...

Beatriz rompió a llorar amargamente.

—Llora, llora hasta que te vuelvas toda agua, que esa es la señal de que los ángeles ganaron la batalla. Por hoy estás triunfante. Dispón bien de tu alma para que otra vez no vuelvas a verte en tales apreturas. El mal te tenderá nuevas redes. Fortalécete para no caer en ellas.

Poco más necesitó decir la dolorida para poner en conocimiento de Nazarín la historia de su encuentro con el Pinto y el conflicto moral que fue su consecuencia. Entre lágrimas y suspiros lo fue contando todo, y agregó que su conciencia le daba ya las seguridades de no volver a pecar ni aun con el pensamiento; que las horribles dudas no volverían a trastornarla, ni el demonio a ponerle encima mano ni dedo. Ándara no podía dejar de meter su cuchara en aquello, como en todo, y oficiosamente dijo:

—Pues ya que ésta escapó de tan feas tentaciones, escapemos nosotros del cuchillo de ese maldito, que tan cierto como me llamo Ana, lo es que el Pinto viene acá esta noche con sus matarifes, y a los tres nos degüella.

—Sí, sí —añadió Beatriz—. La fuga nos salva. Podemos bajarnos muy quedito por esta otra parte del cerro, que está cubierta de carrascas, y nadie nos ve. Luego nos escabullimos por aquel monte, y cuando llegue la noche ya estaremos a tres o cuatro leguas de distancia, y que venga a buscarnos ese pillo.

—Y que lo hará como lo dice. ¡Buen punto está ése y los que vienen con él! Vámonos, señor.

—Señor, vámonos sin tardanza.

—¡Huir nosotros, huir yo!, ¿y de quién? Huyen los criminales, no los inocentes. Huyen los ladrones, no los que carecen de toda propiedad y entregan cuanto poseen a quien lo necesite. ¿Y por qué esa fuga? ¡Porque un hombre soberbio y despechado ha dicho que viene a matarnos! Que venga en buena hora. Bien sé que por nuestra humildísima condición la justicia humana no se cuidaría mucho de ampararnos. Pero la divina, la eterna Justicia, que así se manifiesta arriba como abajo, lo mismo en los hechos culminantes que en los hechos menudos, ¿había de dejarnos indefensos? Poca fe tenéis en la Justicia, poca fe en la protección tutelar de Dios Omnipotente, cuando así tembláis porque un villano nos amenace. ¿No sabéis que los débiles son los fuertes, como los pobres de solemnidad son los verdaderos ricos? No, hijas mías, no está bien en nosotros la fuga, ni hemos de entregar las fortalezas de nuestras conciencias, que siempre han de ser invencibles, y para esto forzoso es que no temamos ni las persecuciones, ni los ultrajes, ni los martirios, ni la muerte misma. Venga, pues, el tiranuelo que pretende degollarnos. ¿No hay más que inmolar a gente indefensa y que no hace mal a nadie? De veras os digo, hijas mías, que si conforme viene ese desdichado por instigación de Satanás, viniera el propio Satanás en persona, seguido de toda la patulea de los diablos más malos y feroces, yo no le tendría

miedo ni me movería de este sitio. No tembléis, y aquí
esperaremos esta noche a esos señores sicarios que vienen de parte de Herodes a reproducir en nuestro siglo
la degollación de los inocentes.

—Pero no sería malo —manifestó Ándara, cuyo amor
propio y guerreros instintos se enardecían con las palabras del maestro— que nos preparáramos y nos surtié-
ramos de armas. ¡Peregrinos, a defenderse! Yo, aunque
sea con el cuchillo de pelar las patatas, algo he de hacer,
para que vean esos granujas que no se deja una descabezar tan fácilmente.

—Yo no tengo más que mis tijeras, que ni cortan ni
pinchan —dijo Beatriz.

Y Nazarín, sonriendo, agregó:

—Ni tijeras, ni puñales, ni escopetas certeras, ni ca-
ñones terroríficos necesitamos, pues tenemos mejores y
más eficaces armas para todos cuantos enemigos pueda
desatar el Infierno contra nosotros. Estad, pues, tran-
quilas, y no dejéis vuestros quehaceres habituales en
todo el día. Si hay que bajar por agua, que vaya Ándara, y tú, Beatriz, te quedas aquí. Haced como si nada
ocurriera, ni nada temiérais, y que vuestros corazones
estén alegres como vuestras conciencias sosegadas.

Ambas se tranquilizaron con estas palabras, y a Beatriz
se le disipó el neurosismo que desde la tarde anterior le
amargara. Después del desayuno ocupáronse en diversos
menesteres: la una remendaba la ropa, o recogía leña en
el monte cercano. Por la tarde bajó Ándara, estuvo en la
iglesia, recorrió todo el pueblo y pidió limosna, y no
le fue mal. En una casa le dieron pan duro en abundan-
cia, y en otra un huevo, y en diversas partes cuartos y
hortalizas. Después fue a llenar su cántaro a la fuente,
y se volvió a su castillo cuando empezaba a cerrar la noche. Ningún mal encuentro tuvo, y una sola de las personas que hablaron con ella le dijo algo que la inquietó.
¿Qué persona era ésta? Ahora lo sabremos.

Las dos veces que ella y Beatriz habían estado en la
iglesia con Nazarín, vieron en ella al más feo, deforme y
ridículo enano que es posible imaginar. Era también

mendigo, y en la calle le encontraban siempre que ejercían la mendicidad. Entraba y salía el tal en las casas ricas y pobres, como Pedro por la suya, y en todas era objeto de chacota y befa. Le arrojaban los mendrugos de pan para verlos rebotar en su cabeza enorme; le daban los andrajos más grotescos para que en el acto se los pusiera; le hacían comer mil cosas inmundas, a cambio de dinero o cigarros, y los chicos del pueblo tenían con él un Carnaval continuo. Iba el pobre a la iglesia para descansar de aquel ajetreo fatigoso de su popularidad, y allí se estaba a las horas de misa o de rosario, arrimado a un banco, o al pie de la pila de agua bendita. La primera impresión que producía al verle era la de una cabeza que andaba por sí, moviendo dos piececillos debajo de la barba. Por los costados de un capisayo verde que gastaba, semejante a las fundas que cubren las jaulas de machos de perdiz, salían dos bracitos de una pequeñez increíble. En cambio, la cabeza era más voluminosa de lo regular, feísima, con una trompa por nariz, dos alpargatas por orejas, unos pelos lacios en bigote y barba y ojuelos de ratón que miraban el uno para el otro, porque bizcaban horriblemente. Su voz era como la de un niño, el habla bárbara y maliciosa. Le llamaban *Ujo,* palabra que no se sabe si era nombre o apellido o las dos cosas juntas.

Los que entraban en la iglesia sin tener noticia de aquella lastimosa equivocación de la Naturaleza, quedábanse aterrados viendo avanzar a tres cuartas del suelo una cabeza de gigante, y creían que era algún demonio escapado del retablo de las Ánimas benditas. Tal creyó Beatriz al verle por primera vez, y sus gritos alarmaron a la media docena de beatas que en el templo había. Ándara se echó a reír, enzarzándose con él en chicoleos. Desde entonces quedaron amigos, y siempre que se veían se saludaban:

—¿Cómo va?...

—No tan bien como tú... ¿Y la familia, buena?

Parecía que no, pero era un buen hombre, mejor dicho un buen enano o un buen monstruo, el pobre Ujo.

Como que una tarde dio a Beatriz dos naranjas, fruta rara en aquel país, y a la otra tres fresas y un puñado de guisantes de lo mucho que él sacaba dejándose embromar de todo el mundo. Y les dijo que si estuvieran por allí en tiempo de la uva, él les daría cuantos racimos quisieran. Inútil es decir que Ujo conocía uno por uno a todos los habitantes del pueblo y a cuantos lo frecuentaban en días de mercado, pues era como parte integrante del pueblo mismo, como la veleta de la torre, o el escudo del Ayuntamiento, o el mascarón del caño de la fuente. No hay función sin tarasca, ni aldea sin Ujo. Pues aquella tarde, después de saludar a Ándara en la iglesia, sostuvo con ella el siguiente diálogo:

—¿Y tu compañera?

—Allá quedó.

—¡Qué guapa es, caraifa!... Y *diz* que favorece... Oye, ¡caraifa!, que miréis lo que hacéis, vos los del castillo y lo mejor que haríais era *dirvos* de aquí, que en el pueblo hay unos matarifes, ¡caraifa!, que *vos* conocen, y *diz* que tú, la fea, como *diz,* fuiste allá *mesmamente* pública y *quillotra,* la guapa, tuvo lo que tuvo con Manolito, el sobrino de la Vinagre, que es de acá, y a él le apellidan el *Pinto.* Y *diz* que tú y ella, y *quillotro,* ese que *paice* un público moro, *vos ajuntáis* para la ratería... No, si ya sé que es mentira; pero lo *diz,* y el cuento es que de esta que traéis no saldrá cosa buena, ¡caraifa! Yo que tú, me quedaba; y que se *jueran* ellos, *quillotros*... Hazlo, Ándara; yo te estimo... Aquí que no nos oyen, te diré que te estimo, Ándara... El otro día, cuando te di el huevo, ¿te acuerdas?, iba a decirte: «Ándara, te estimo»; pero no me atreví, ¡caraifa! ¿*Quiés* otro huevo? ¿*Quiés* unos pocos de chicharrones?...

La moza no le dejó concluir y escapó a la calle. ¡Vaya que decirle aquellas cosas en la iglesia! ¡Maldito *nano!* Pero si las noticias de la malquerencia del Pinto y de la opinión de ladrones que en el pueblo tenían, la llenaba de inquietud y zozobra, la declaración que le espetó Ujo en lugar sagrado, delante del Señor Santísimo y de las imágenes benditas, la movió a risa. ¡Vaya con el rena-

cuajo indecente, hombre empezado y persona sin concluir! ¡Ni que fuera ella una *monstrua* como él! ¡Que la
estimaba!... ¡Ja, ja!... ¡Vaya con el feo *jediondo!*

Cuesta arriba, hacia el castillo, se olvidó de la grotesca
declaración para no pensar más que en el peligro; pero
en aquellas frescas y despejadas alturas la vista grata de
sus compañeros despejó su ánimo del miedo, y acordándose de la cara que ponía Ujo cuando se declaraba, no
podía tener la risa. Contó que le había salido un novio
en la santísima iglesia, y al decir que era el *nano,* don
Nazario y Beatriz rieron también, y con estas cosas pasaron agradablemente el tiempo hasta la hora del rezo y la
cena, que fue divertida, porque nadie se quería comer el
huevo, y en vista de la tres negativas acordaron rifarlo.
Así se hizo, y le tocó a Beatriz, que tampoco por designación de la suerte admitía la preferencia, y al final el
maestro resolvió el problema, partiéndolo en tres pedazos o porciones iguales.

Avanzaba la noche, y la luna iluminaba espléndida-
mente los altos cielos. Subió el moro a su atalaya, desde
donde miraba más que al firmamento a la tierra, y lo
mismo hacían las dos mozas, asomadas a un resto de saetera, temerosas y vigilantes. Desde lo alto del descarnado
paredón, que semejaba una mandíbula, Nazarín trataba
de quitarles el miedo con palabras alegres y hasta joco-
sas. Ave mística, recorría los espacios de lo ideal, sin
olvidar la realidad ni el cuidado de sus polluelos. En
los flancos del monte, silencio profundísimo reinaba, turbado a ratos por gemidos del viento acariciando los carcomidos muros, o por el revuelo de alimañas nocturnas que
en la maleza o entre las rocas del cimiento vivían.

Aunque el jefe de la comunidad penitente conservaba
su ánimo sereno, resolvió que velaran los tres toda la
noche, para que no tuvieran que despertarles los carni-
ceros. Nada ocurrió hasta las doce, hora en que creyeron
sentir ruido de gente en la base del monte, ladrar de
perros... Sí, alguien subía. Pero los que fuesen estaban
aún muy lejos. Después cesó el ruido como si se retira-
ran, y a la media hora sonaba más fuerte, bien determi-

nado ya, como conversación de tres o cuatro personas que empezaban a franquear la cuesta.

Don Nazario bajó de su torreón para observar de más cerca, y a poco de estar los tres en acecho notaron que no se veía bien el valle. Se levantaba una nieblecilla que poco a poco se iba espesando, y nada de lo de abajo pudo distinguirse, porque la claridad de la luna formaba, al difundirse en la niebla, una opacidad lechosa. Las voces se oían más de cerca.

En menos de un cuarto de hora la neblina creció en intensidad y extensión, subiendo hasta envolver en su vago cendal como un tercio del cerro. Las voces se alejaban. Media hora más, y la evaporación cubría la mitad de la eminencia. La cúspide quedaba libre, y los que estaban en ella creíanse en un inmenso bajel flotando en un mar de algodón. Las voces se perdieron.

5

Ordenándoles que se acostaran, Nazarín se quedó en vela, y estuvo en oración hasta el amanecer, de cuya belleza no pudo disfrutar por causa de la neblina. A las ocho aún parecía el valle cubierto del manto vaporoso, y cuando Ándara y Beatriz salieron de sus gazaperas, alabaron a Dios por aquel bendito socorro enviado tan a tiempo para salvarles, porque indudablemente los infames asesinos quisieron subir, y la oscuridad blanca les cerró el camino. Recomendóles Nazarín que no empleasen contra nadie, ni aun contra sus mayores enemigos, calificativos de odio; lo primero que les enseñaba era el perdón de las ofensas, el amor de los que nos hacen mal y la extinción de todo sentimiento rencoroso en los corazones. El Pinto y compinches serían malos o no. Esto ¿quién lo sabía? Allá se entendieran con el Juez Supremo. Ellas no debían juzgarles, no debían pronunciar contra ellos palabra injuriosa ni aun en el caso de verles blandiendo el cuchillo para matarlas.

—... Y, por último, hijas mías, paréceme que prolongamos demasiado esta holganza que la fatiga nos impuso. Mañana hemos de seguir nuestra peregrinación, y hoy, último día que pasaremos en esta feudal vivienda, saldremos a recorrer toda la orilla izquierda del río hasta aquellas aldeas que desde aquí se divisan.

A poco de decir esto oyeron una voz que subía, entonando un alegre cantar. Miraron y no veían a nadie; pero las dos mozas conocieron aquella voz, aunque no recordaban a quién pertenecía. Por fin, entre unos matojos, distinguieron una cabeza carnavalesca, que ascendía por la montaña.

—¡Si es Ujo, mi novio! —exclamó Ándara, riendo—. Aquí viene el chiquitín del mundo... Ujo, prenda, *nano* mío, ¡caraifa! ¿Dónde te has dejado el cuerpecico? No vemos más que tu cabeza.

Cuando llegó arriba no podía respirar el pobre monstruo. Doblando las piernas, asentó sobre ellas su casi invisible cuerpo, y sobre éste irguió la cabezota. Como no tenía cuello, su barba casi tocaba las tetillas. Traía gorra de soldado y la funda verde de jaula de perdiz. Sentado abultaba poco menos que un pie.

—¿Quieres comer algo, Ujito gracioso? —le dijo la moza—. ¿Qué traes por acá?

—*Na más* que el aquel de decirte que te estimo, ¡caraifa!

—Y yo a ti más, coquico, caracol de la casa. ¿Te has cansado? ¿Quieres pan?

—No, traigo. Y *pa* ti éste, que es de flor y huevo... Toma. Hola, *señá* Beatriz; tío Zarín, Dios les guarde... Pues vengo a *decirvos* que *vos vaigáis*... Anoche salieron *pa* subir *acá* el Pinto y *quillotros;* pero por mor de la *neblija* se *golvieron*. No *vedían*, ¡caraifa! Al toque de la primera misa, se *jueron*... Pero no penséis que estéis seguros, ¡caraifa! Anda el run de que hay latrocinio... ¡mentira! Yo te estimo, Ándara... Pero *desapartaos* de la Guardia *civila,* pues *diz* que *diz* que si *vos* coge, *vos* lleva como *relincuentes públicos y criminales,* ¡caraifa!

Nazarín le respondió que ellos no eran delincuentes, y que si la Guardia por tales los tomaba, pronto se desengañaría, por lo cual ni escapaban, ni dejarían de permanecer donde no estorbasen a nadie. El *nano,* sin prestar gran atención a esta negativa, tiró a Ándara de la falda para llevarla aparte, y le dijo:

—Se *vaiga* el moro con la mora, y quédate tú, fea, que a ti por fea no te cogen, y yo te estimo... ¿No sabes que te estimo, Ándara? ¿Qué *diz?* ¿Que más feo yo? ¡Caraifa!, por eso. Tú fea, tú pública, yo te estimo... Es la primera vez que estimo... y eso *dende* que te vi, ¡caraifa!

Las risotadas de la moza atrajeron a los otros, y el pobre Ujo, corrido, no hacía más que decir:

—*Dirvos, dirvos* de aquí, y si no, *veráislo...* Latrocinio, Guardia *civila...*

—El *nanito* me estima. Dejarlo que lo diga... Es mi novio, ¿verdad? Pues claro que me quedaré contigo, con mi galápago de mi alma, con mi coquito. Di otra vez que me estimas. A una le gusta...

—Sí, te estimo —repitió Ujo rechinando los dientes al notar que Beatriz le miraba burlona—. *Manque* rabien te estimo, ¡caraifa!

Y echó a correr. Ándara le despedía con fuertes voces, y él, enfurruñado y dándose golpes en el cráneo, bajó, más bien parecía que rodaba, sin mirar a los tres habitantes del castillo. Los cuales, una hora después, descendían por la parte opuesta al pueblo y se encaminaban por la margen izquierda del Perales, aguas abajo. Pasaron por donde éste se junta con el Alberche, y a poca distancia de la confluencia vieron a unos labradores que estaban cavando viñas. Nazarín les propuso ayudarles por una limosnica, y si nada les daban trabajarían lo mismo, siempre que lo consintiesen. Los labradores, que parecían gente acomodada y buena, entregaron a Nazarín una azada, a Beatriz otra, y a la de Polvoranca un mazo para desterronar. Uno de ellos cogió del suelo su escopeta, y a los pocos tiros que disparó en un matorro cercano cobró tres conejos, de los cuales ofreció uno a los penitentes.

—Señor —le dijo Nazarín—, esta viña le dará a usted un buen agosto.

Una de las mujeres trabó conversación con Beatriz en un rato de descanso, y le preguntó si Nazarín era su marido, y como respondiese que no, y que ninguna de las dos era casada, se hizo muchas cruces en la cara y pechos. Luego quiso averiguar si eran gitanos o de esos que andan por los pueblos componiendo sartenes... ¿Eran ellos los que el año anterior estuvieron allí con un oso encadenado por la ternilla y un mico que disparaba la pistola? Tampoco. Pues entonces, ¿qué demonches eran? ¿Pertenecían a la cristiandad o a alguna *seta* idólatra? Respondió Beatriz que por cristianos a machamartillo se tenían, y que no podía decir más. Otra de las mujeres, muy adusta, receló que los desconocidos vagabundos hicieran mal de ojo a una niña, encanijada y dormilona que en brazos llevaba. Hubo entre todos ellos secreteo, y, al fin, el de la escopeta llamó a Nazarín para decirle:

—Buen hombre, tenga esta perra y el gazapo, y lárguense de aquí, que la *Ufrasia* se malicia que le embrujan la niña.

Sin oponer observación alguna a esta cruel despedida, se retiraron callados y humildes.

—Soportemos la humillación en silencio, hijas mías, y consolémonos mirando a nuestras conciencias.

Más allá encontraron a otros hombres limpiando una charca o poceta, que servía de abrevadero, y que el último temporal había llenado de fango, raíces y materias arrastradas de próximos albañales. Brindóse Nazarín a trabajar, y su oferta fue aceptada. Mandáronle meterse hasta la rodilla en la charca negra, y Ándara hizo lo mismo, recogiéndose las enaguas hasta media pierna. Con cubos que el uno daba al otro fueron vaciando aquél fétido betún mezclado de sustancias en putrefacción, y los otros ayudaban con palas. Beatriz saltó, dando chillidos, al sentir que una culebra de a vara se le liaba en un pie. Felizmente, no era venenosa. Hubo risas, jarana, cazaron al ofidio, y, por fin, el abrevadero quedó agotado en hora y media, y los penitentes recibieron perra grande y chica por su penoso trabajo.

Fueron al río a lavarse las piernas de aquella inmundicia, y cuando regresaban ya limpios a coger el camino, viéronse sorprendidos por dos hombres de muy mala traza, caras famélicas y amarillas, las ropas hechas jirones, que salieron de un espeso matorral, y con voces descompuestas les dieron el alto. Sin más explicaciones, uno de ellos, mostrando descomunal navaja, les intimó a que dejasen allí cuanto llevaban, ya fuese moneda, alhaja o cosa de comer. El otro, que debía ser un terrible humorista, les dijo que ellos eran una pareja de la Guardia Civil disfrazada, y que tenían encargo del Gobierno de detener a cuantos ladrones encontrasen, quitándoles los objetos robados. La valerosa Ándara quiso protestar, pero Nazarín dispuso entregar todo: pan, perras, gazapo, y los malditos les hicieron, además, un registro minucioso, por virtud del cual Beatriz se quedó sin tijeras y la otra sin peine. Y no paró aquí la broma. Después de retirarse a una orden imperiosa de los bandidos, éstos se permitieron la estúpida diversión de apedrearles, infiriéndole a Nazarín una ligera herida en el cráneo, de la cual echó no poca sangre. Hubieron de volver al río, donde las dos mozas le lavaron la cabeza, vendándosela después con dos pañuelos, uno blanco, y encima el grande de cuadros que Beatriz solía llevar a la cabeza. Con aquel turbante nada le faltaba al fervoroso asceta para completar su arábiga figura. Beatriz se puso la gorra de él, y ¡hala para el castillo!

—Me parece —dijo Ándara— que ha entrado la mala. Hasta ahora todo iba por la buena. Nos daban de comer, nos querían, nos obsequiaban, hacíamos nuestras miajas de milagros en Móstoles, y en Villamanta nos portábamos como los santos de Dios. La gente contenta y bailándonos el agua. Pero ya empiezan a salir los malos números; que esto de lo que a una le pasa un día y otro viene a ser como la lotería pública.

—Cállate, habladora, casquivana —le dijo Nazarín, que, fatigado del largo camino y del picor del sol, se sentó a la sombra de unas encinas—. No confundas las divinas disposiciones con la lotería, que es el acaso ciego. Si el Señor nos manda calamidades, El sabrá por qué. No salga de nuestros labios la más leve queja ni dudemos un solo instante de la misericordia de Nuestro Padre, que está en los Cielos.

Sentóse Beatriz junto a él, y la de Polvoranca se puso a buscar por el suelo bellotas. Callaban los tres, sombríos y tristes. No se oía más que el zumbido de las moscas del campo entre las encinas. Ándara se alejaba y volvía. La de Móstoles rompió el silencio, diciendo a su maestro:

—Señor, me asalta una idea, una idea...

—¿Presentimiento?

—Eso... Pienso que lo vamos a pasar muy mal, que padeceremos.

—También lo pienso yo.

—Si Dios lo quiere, sea.

—Padeceremos, sí; yo más que vosotras.

—¿Nosotras no? Pues no estaría bien. No, nosotras lo mismo, y si a mano viene, más.

—No, dejadme a mí que padezca lo más.

—¿Y es de veras que lo piensa? ¿Lo adivina?

—Adivinar no. El Señor me lo dice en mi interior. Conozco su voz. Tan cierto es, Beatriz, que padeceremos mucho, como que ahora es de día.

Nuevo silencio. Ándara se alejaba inclinándose y recogía bellotas en su falda.

6

Observando al buen Nazarín, taciturno y caviloso, él, que siempre las animaba con el ejemplo de su serena actitud y aun con joviales palabras, Beatriz sintió que en su alma se encendía súbitamente como una hoguera de cariño hacia el santo que las dirigía y las guiaba. Otras veces sintiera el mismo fuego, mas nunca tan intenso como en aquella ocasión. Después, observándose hasta lo más profundo, creyó que no debía comparar aquel estado del alma al voraz incendio que abrasa y destruye, sino a un raudal de agua que milagrosamente brota de una peña y todo lo inunda. Era un río lo que por su alma corría, y saliéndosele a la boca, se derramaba fuera en estas palabras:

—Señor, cuando venga ese padecer tan grande, sepa usted que quiero quererle con todo el amor que cabe en el alma, y con toda la pureza con que se quiere a los ángeles. Y si tomando yo para mí el padecer, a usted se lo quitara, lo tomaría, aunque fuera lo más horrible que se pudiera imaginar.

—Hija mía, me quieres como a un maestro que sabe un poquito más que tú y que te enseña lo que no sabes. Yo te quiero a ti, os quiero a las dos, como el pastor a las ovejas, y si os perdéis os buscaré.

—Prométame, señor —añadió Beatriz en el colmo de su exaltación—, querernos siempre lo mismo, y júreme que, pase lo que pase, no habremos de separarnos nunca.

—Yo no juro, y aunque jurara, ¿cómo había de hacerlo asegurándote lo que pretendes? Por mi voluntad juntos estaremos; pero ¿y si los hombres nos separan?

—¿Y qué tienen que ver los hombres con nosotros?

—¡Ah! Ellos mandan, ellos gobiernan en todo este reino que está por bajo de las almas. Hace poco vinieron dos pecadores y nos robaron. Otros pueden venir que por la violencia nos separen.

—Eso no será. Ándara y yo no lo consentiríamos.

—No contáis con vuestra debilidad, con vuestro miedo.

—¡Miedo nosotras! Señor, no diga tal.

—Además, vuestro deber es la obediencia, el respeto a todo el mundo y la conformidad con los designios de Dios.

Acercóse Ándara para enseñar las bellotas, y volvió a retirarse. Pasado un breve rato, determinóse bruscamente en Beatriz una laxitud intensa. Era como la sedación de aquel espasmo de piadoso amor. Se le cerraban los párpados.

—Señor —dijo a Nazarín—, como anoche no dormimos, tengo sueño.

—Pues duérmete ahora, que es muy fácil que esta noche tampoco duermas.

Con una sencillez y una inocencia propiamente idílicas, Beatriz dejó gravitar su cabeza sobre el hombro de Nazarín, y se quedó dormidita, como un niño en el seno de su madre. El ermitaño andante seguía cabizbajo. Pensando, al fin, que era hora de regresar al castillo, buscó con los ojos a la otra moza, y la vio sentada, como a treinta pasos, de espaldas a él, caída la cabeza sobre el pecho.

—Ándara, ¿qué te pasa?

La moza no contestó.

—Pero ¿qué te pasa, hija? Ven acá. ¿Qué haces? ¿Llorar?

Levantóse Ándara y despacio acudió a él, llevándose a los ojos el borde de la falda en que guardaba las bellotas recogidas del suelo.

—Ven acá... ¿Qué tienes?

—Nada, señor.

—No; algo tienes tú. ¿Se te ha ocurrido algún mal pensamiento? ¿O es que tu corazón te anuncia desventuras? Dímelo a mí.

—No es eso... —respondió, al fin, la moza, que no hallaba las palabras propias para expresar su pensamiento—. Es que... Una tiene su amor propio..., vamos..., su aquel de *vanidá*..., y no le gusta a una... Vamos, lo diré redondo y claro: Que usted quiere a Beatriz más que a mí.

—¡Jesús!... ¿Y es eso lo que...?

—Pues no es justo, porque las dos le queremos lo mismo.

—Y yo también a vosotras por igual. ¿Pero de dónde sacas tú que yo...?

—Que a Beatriz le dice usted siempre las cosas más bonitas, y a mí nada... Es que soy muy burra, y ella sabe..., tiene gramática... Por eso es para ella todito el mimo, y a mí: «Ándara, ¿tú qué sabes? No blasfemes...» Ya, ya sé que a mí no me estima nadie más que Ujo...

—Pues ahora no has dicho blasfemia, sino un gran
desatino. ¡Querer yo a la una más que a la otra! Si hay
diferencia en el modo de tratarlas, diferencia fundada en
el natural de cada una, no la hay en el cariño que les
tengo. Tanto, ven acá, y si tienes sueño, porque anoche
no dormiste, arrímate a mí por este otro lado y echa
también un sueñecico.

—No, que es tarde —dijo Ándara, disipada ya de su
displicencia—. Si nos descuidamos, no llegaremos de día.

—De día es ya imposible. Gracias que lleguemos a las
nueve… Y esta noche, buena cena: bellotas al natural.

—Aquellos sinvergüenzas nos limpiaron de veras. ¡Ah,
si yo les cojo!…

—No injuries, no amenaces… ¡Ea!, ya ésta se despierta. Vámonos. En marcha.

Antes de las nueve subían fatigados hacia el castillo, y
arriba se tendieron a la fresca. Ninguna molestia les había de ocasionar aquella noche el hacer la cena, porque
no tenían más provisiones que las bellotas, las cuales fueron servidas inmediatamente y devoradas con la salsa de
la necesidad más que del apetito. Y cuando empezaban a
dar gracias a Dios por la frugal colación que les había
deparado, oyeron ruido de voces hacia la base del monte,
en la vecindad del pueblo. ¿Qué sería? Y no eran dos ni
tres los que hablaban, sino mucha, mucha gente. Asomóse
Ándara a la saetera, y, ¡Virgen Santísima!, no sólo oyó
el ruido más tumultuoso, sino que vio un resplandor
como de hoguera que subía, subía también con las voces.

—Viene gente —dijo a sus compañeros, poseída de
pánico—. Y traen hachos, o teas encendidas… Oigan el
murmullo…

—Vienen a prendernos —balbució Beatriz, a quien se
comunicaba el terror de su compañera.

—¿A prendernos? ¿Por qué? En fin, pronto lo sabremos —dijo don Nazario—. Sigamos rezando, que lo que
fuere sonará.

El rezaba, porque su enérgica voluntad a todo sentimiento se sobreponía; pero ellas, azoradas, inquietas,
temblorosas, no hacían más que correr de aquí para allá,

y tan pronto pensaban huir como gritar pidiendo socorro... ¿Pero a quién, a quién? El Cielo no tenía trazas aquella noche de querer defenderlos, ocultándolos con una gasa de niebla.

Y el tumulto subía con el siniestro resplandor de los hachos. Ya se oían las voces más claras, y risas y chacota; ya se entendían algunas palabras. Venían hombres, mujeres y chiquillos, y éstos eran los que alumbraban con manojos de escajo seco, dándose y quitándose la lumbre, con algazara de noche de San Juan.

—¿Pero qué? —murmuró Nazarín sin levantarse del suelo—. ¿Contra estas tres pobres criaturas manda la autoridad un ejército?

Al llegar arriba la alborotada muchedumbre, las dos mujeres vieron la pareja de Guardia Civil. Ya no quedaba duda.

—Vienen por nosotros.

—Pues aquí estamos.

—Señores guardias —dijo Ándara—, ¿vienen en busca nuestra?

—A ti, y al moro Muza —replicó uno que debía ser el alcalde, riendo, como si la libertad o prisión de gente tan humilde fuera cosa de broma.

—¿En dónde está ese morito, que quiero verlo? —vociferó un tío muy zafio y muy gordo, destacándose del primer grupo.

—Si el que buscan soy yo —dijo Nazarín todavía en el suelo—, aquí me tienen.

—¡Eh, buen amigo! —dijo otro muy flaco—. Mal aposentado está su reverencia morisca en este castillo. Véngase a la cárcel.

Y diciéndolo le dio un fuerte puntapié.

—¡So cobarde! —gritó Ándara, inflamada en súbita cólera y saltando hacia él como un tigre—. So canalla, ¿no ve que es humilde y se deja coger?

Y con el cuchillo de pelar patatas le asestó tan tremendo golpe que si el arma tuviera filo y punta lo pasara mal aquel gaznápiro. Así y todo, le rasgó la manga de la blusa, y del brazo le sacó una tira de pellejo. Abalanzóse la multitud rugiente sobre la brava moza, que fue defendida por la Guardia Civil. Pero con tan nerviosa furia forcejeaba, que tuvieron que atarla. En esto sintió que le tiraban de la falda, y vio la cabeza andante de Ujo, que se escabullía por entre las piernas de los civiles.

—Esto *vos* pasa por no hacer lo que *diz,* ¡caraifa! Pero te estimo, verás que te estimo.

—Quítate allá, *jediondo* —replicó Ándara y le escupió en la cara.

Nazarín se había levantado, y con la mayor serenidad les dijo:

—¿A qué tanto ruido por prender a tres personas indefensas? Llévenos adonde gusten. ¡Ay, mujer, qué mal has hecho! Para que Dios te perdone, pídele perdón a este señor a quien has herido.

—¡Perdón de caraifa!

Ciega de ira, ardiendo en sanguinario frenesí, no sabía lo que hacía.

En marcha todo el mundo. Delante iba Ándara atada, rugiendo y llevándose las manos a la boca para morder la cuerda; detrás, el maestro y Beatriz, sueltos, rodeados de gente curiosa, impertinente y cruel. Los civiles apartaban a la multitud. El hombre gordo, que iba junto a Nazarín, se permitió decirle:

—¿Conque príncipe moro..., príncipe moro desterrado?... ¡Y se trae todo su serrallo, concho!

El alcalde, que iba por el otro lado, junto a Beatriz, echóse a reír groseramente, corrigiendo la frase de su amigo:

—Tan moro es éste como mi abuelo. Y a esta sultana la conozco yo de Móstoles.

Beatriz y don Nazario no contestaban..., ni mirar siquiera. Por la cuesta abajo siguió la chacota y el escándalo. Más parecía aquello bullanga de Carnaval que prendimiento de malhechores. Como se apagaron los hachos, tropezaban mujeres y chiquillos, caían y se levantaban, y la cabeza de Ujo fue rodando en una de las vueltas. Risotadas, cantos, dicharachos, todo era señal de fiesta para un pueblo en que las ocasiones de divertimento eran muy raras. Conceptuaban algunos el caso como una broma, y habrían deseado que llegaran todos los días moros descarriados que prender o cazar. La entrada en el pueblo fue lo mejor de la función, porque todo el vecindario salió a las puertas de las casas a ver a los misteriosos delincuentes reclamados por el juez de Madrid. Volvieron los chicos a encender los escajos o aliagas secas, y el humazo asfixiaba. Ándara, extenuada de fatiga, cesó, al fin, en su vana protesta. Los otros dos presos aceptaban con silenciosa resignación su desgracia.

Llamaban cárcel a una cuadra con rejas, en la parte baja del Ayuntamiento. Se entraba por un patio. Despejó la Guardia Civil la puerta, y los presos fueron llevados a una sala, donde desataron a Ándara. El alcalde, a quien la desmedida importuna afición a las bromas no privaba de sentimientos humanitarios, les dijo que les prepararía de cenar, y llevando a Nazarín a una estancia próxima, no menos destartalada y mísera que el aposento destinado a la custodia de presos, sostuvo con él el diálogo que a continuación puntualmente se transcribe.

7

—Siéntese usted. Tengo que hacerle algunas preguntas.

—Me siento. Usted dirá.

—Pues delante de todo ese gentío no he querido avergonzarle. Le tienen a usted por moro. ¡Cosas del pueblo sin ilustración! Y ello es que lo parece, con esa cara propiamente africana, esa barba en pico y ese turbante. Pero yo sé que no es usted moro, sino cristiano, al menos de nombre. Y hay más: no lo pensara si no lo dijera el oficio mandándome detenerle: es usted sacerdote.

—Sí, señor, y me llamo Nazario Zaharín, para servir a Dios y a usted.

—Por consiguiente, declara usted ser el don Nazario Zaharín que reclama el juez de la Inclusa. ¿Y aquella feona es la que llaman Ándara?

—La que ha venido atada. La otra se llama Beatriz, y es natural de Móstoles.

—¡A quién se lo cuenta! Si la conozco. El Pinto es primo mío.

—¿Qué más?

—¿Le parece poco? Pero venga acá, y hablemos ahora como amigos —dijo el alcalde, quitándose el ancho pavero y poniéndolo sobre la mesa, en la cual un farol alumbraba por igual la cara regocijada y reluciente del uno, y la mustia y ascética del otro—. ¿Le parece a usted que está bien que un señor eclesiástico ande en estos trotes..., descalzo por los caminos, acompañado de dos mujeronas..., vamos, de Beatriz no digo..., ¿pero la otra?... ¡Por Dios, señor cura de mi alma! Allá, supongo que su abogado le defenderá por loco, porque cuerdo no hay cristiano que le defienda, ni ley que no le condene.

—Creo estar en mi sano juicio —contestó serenamente Nazarín.

—Eso se verá. Yo creo que no. ¡Claro, usted cómo ha de conocer que está loco! ¡Pero, por Dios, padre Zaharín, echarse a una vida de vagabundo, con ese par de pencos!... Y no lo digo por la religión mismamente, que todos, el que más y el que menos, si decimos que creemos, es por el buen parecer y por el respeto a lo establecido... Dígolo por su propia conveniencia, y por el miramiento de la sociedad en estos tiempos de ilustración. ¡Un sacerdote andar así!... ¡Pues no le acusan de nada en gracia de Dios! Que ocultó en su casa a esa zarandaina, cuando dio de puñaladas a otra pública como ella; que después entre los dos pegaron fuego a un edificio o finca urbana particular... Y por fin de fiesta se echan a los caminos, usted de apóstol y ella de apóstola, y se dedican a embaucar a la gente, curando enfermos con salutaciones de agua potable, resucitando difuntos fingidos y echando sermones contra los que tenemos algunos posibles... ¡Ay, ay, señor sacerdote, y sostiene que no está loco! Dígame, ¿cuántos milagros ha hecho por esta jurisdicción? Oí que usted amansó al león de los leones, el señor de la Coreja... Tenga confianza conmigo, que yo no he de hacerle ningún mal, ni he de vender sus secretos. Cuénteme, y no repare en que soy alcalde y usted un mero procesado. De esa puerta para adentro no hay más que dos sujetos de buena sombra: un alcalde muy campechano y muy francote, y un curita corretón que va a contar ahora mismo sus aventuras apostólicas y mahometanas..., pero con franqueza... Espérese: mandaré que nos traigan unas copas.

—No, no se moleste —dijo Nazarín, deteniendo el movimiento del alcalde—. Oiga mi respuesta, que será breve. Lo primero, señor mío, yo no bebo vino.

—¡Caramba! ¿Ni siquiera una gaseosa? Vea por qué le toman por moro.

—Lo segundo, soy inocente de los delitos que me imputan. Así lo diré al señor juez, y si no me cree, Dios sabe mi inocencia, y eso me basta. Tercero, yo no soy apóstol, ni predico a nadie; tan sólo enseño la doctrina cristiana, la más elemental y sencilla, a quien quiere aprenderla. La enseño con la palabra y con el ejemplo. Todo lo que digo, lo hago, y no veo en ello mérito alguno. Si por esto me han confundido con los criminales, no me importa. Mi conciencia no me acusa de ningún delito. Yo no he resucitado muertos, ni curado enfermos, ni soy médico, ni hago milagros, porque el Señor, a quien adoro y sirvo, no me ha dado poder para ello. Con esto concluyo, señor mío, y no teniendo más que decir, haga usted de mí lo que quiera, y cuantas tribulaciones y vergüenzas caigan sobre mí, las acepto resignado y tranquilo, sin miedo y también sin jactancia, que nadie verá en mí ni la soberbia del pecador ni la vanagloria del que se cree perfecto.

Un si es no es confuso y cortado se quedó el buen alcalde con estas razones, sin duda porque esperaba ver salir al clérigo por el registro de una cínica franqueza, o, en otros términos, que bailase al son que él le tocaba. Pero no bailaba, no. Y una de dos: o era don

Nazario el pillo más ingenioso y solapado que había echado Dios al mundo, como prueba de su fecundidad creadora, o era... ¿pero quién demonios sabía lo que era, ni cómo se había de discernir la certeza o falsedad de aquellas graves palabras, dichas con tanta sencillez y dignidad?

—Bueno, señor, bueno —dijo el alcalde chancero, comprendiendo que con tal hombre de nada valían las chirigotas—. Pues con tanta conciencia y tanto rigorismo, lo va usted a pasar mal. Véngase a razones y haga caso de mí, que soy hombre muy práctico, y aunque me esté mal en decirlo, con sus miajas de ilustración; hombre algo corto de latines, pero muy largo de entendederas. Aquí donde usted me ve, yo empecé a estudiar para cura; pero no me petaba la Iglesia, por ser yo más inclinado a lo que se ve con los ojos y se toca con las manos, quiero decir que lo positivo, o sea la ilustración, es mi fuerte. ¿Y cómo he de creer yo que un hombre de sentido, en nuestros tiempos prácticos, esencialmente prácticos, o si se quiere de tanta ilustración, puede tomar en serio eso de enseñar con el ejemplo todo lo que dice la doctrina? ¡Si no puede ser, hombre; si no puede ser, y el que lo intente, o es loco, o acabará por ser víctima..., sí, señor; víctima de...!

No sabía concluir la frase. Nazarín no quería discusiones, y le contestó con seca urbanidad:

—Yo creo lo contrario. Tan puede ser, que es.

—Pero venga usted acá —prosiguió el alcalde, que comprendía o adivinaba el poder dialéctico de su contrario y quiso batirse en regla, apelando a los argumentos que recordaba de sus vanas y superficiales lecturas—. ¿Cómo me va usted a convencer de que eso es posible?... ¡A mí, que vivo en este siglo XIX, el siglo del vapor, del teléfono eléctrico y de la imprenta! ¡Esa palanca...! de las libertades públicas y particulares, en este siglo del progreso. ¡Esa corriente...! en este siglo en que la ilustración nos ha emancipado de todo el fanatismo de la antigüedad. Pues eso que usted dice y hace, ¿qué es más que fanatismo? Yo no critico la religión

en sí, ni me opongo a que admitamos la Santísima Tri-
nidad, aunque ni los primeros matemáticos la compren-
den; yo respeto las creencias de nuestros mayores, la
misa, las procesiones, los bautizos y entierros con hon-
ras, etcétera. Voy más allá: le concedo a usted que
haiga..., quiero decir, que haya almas del Purgatorio,
y que tengamos clero episcopal y cardenalicio, por de
contado parroquial también... Y si usted me apura, paso
por las bulas..., vaya..., paso también por que tiene que
haber un *más allá,* y por que todo lo que sea hablar de
eso se diga en latín... Pero no me saque usted de ahí,
de la consideración que debemos a lo que fue. Yo respeto a la religión, respeto mayormente a la Virgen, y
aun le rezo cuando se me ponen malos los niños... Pero
déjeme usted con mi tira y afloja, y no me pida que yo
crea cosas que están bien para mujeres, pero que no
debemos creerlas los hombres... No; eso, no. No me toque usted esa tecla. Yo no creo que se pueda llevar a
la práctica todo lo que dijo y predicó el gran reforma-
dor de la sociedad, ¡ese genio...!, yo no le rebajo, no,
¡ese extraordinario ser...! Y para sostener que no se
puede, razono así: El fin del hombre es vivir. No se
vive sin comer. No se come sin trabajar. Y en este siglo
ilustrado, ¿a qué tiene que mirar el hombre? A la industria, a la agricultura, a la administración, al comercio.
He aquí el problema. Dar salida a nuestros caldos, ni-
velar los presupuestos públicos y particulares..., que
haya la mar de fábricas..., vías de comunicación..., ca-
sinos para obreros..., barrios obreros..., ilustración, es-
cuelas, beneficencia pública y particular... ¿Y dónde me
deja usted la higiene, la urbanización y otras grandes
conquistas? Pues nada de eso tendrá usted con el misticismo, que es lo que usted practica; no tendrá más
que hambre, miseria pública y particular... ¡Lo mismo
que los conventos de frailes y monjas! El siglo XIX ha
dicho: «No quiero conventos ni seminarios, sino trata-
dos de comercio. No quiero ermitaños, sino grandes eco-
nomistas. No quiero sermones, sino ferrocarriles de vía
estrecha. No quiero santos padres, sino abonos quími-

cos.» ¡Ah, señor mío, el día que tengamos una Universidad en cada población ilustrada, un Banco agrícola en cada calle y una máquina eléctrica para hacer de comer en la cocina de cada casa, ¡ah!, ese día no podrá existir el misticismo! Y yo me permito creer..., es idea mía..., que si Nuestro Señor Jesucristo viviera, había de pensar lo mismo que pienso yo, y sería el primero en echar su bendición a los adelantos, y diría: «Este es mi siglo, no aquél...; mi siglo éste, aquél no.»

Dijo, y con su pañuelo de hierbas se limpió el sudor de la frente; que no le había costado poco trabajo echar de sí, con dolores partúricos, aquella larga y erudita oración, con la cual pensaba dejar tamañito al desdichado asceta. Este le miró con lástima; pero como la cortesía y sus hábitos de humildad le vedaban contestarle con el desprecio que a su juicio merecía, se limitó a decirle:

—Señor mío, usted habla un lenguaje que no entiendo. El que hablo yo, tampoco es para usted comprensible, al menos ahora. Callémonos.

No era de este discreto parecer el alcalde, a quien supo muy mal que sus bien pensados y medidos argumentos no hicieran ningún efecto en aquel testarudo, socarrón o lo que fuese, y creyó que atacándole con otras armas le sacaría de sus casillas. Era un galápago, a quien había que poner fuego en la concha para obligarle a sacar la cabeza. Pues fuego en él, es decir, la broma insolente, la befa y el escarnio.

—No se incomode, padre, que si lo lleva por lo serio no he dicho nada. Soy un ignorante, que no he leído más que las cosas de mi siglo, y no estoy fuerte en teologías. ¿Que es usted santo? Pues yo soy el primero que me quito el sombrero, y le llevo en procesión, si es preciso, arrimando un hombro a las andas. Verá cómo le adora el pueblo; y usted, a buena cuenta, háganos un par de milagros, de los gordos, ¿eh?; multiplíquenos las tinajas, y tráiganos el puente nuevo que está proyectado, y el ferrocarril del Oeste, que es nuestro *desiderátum*... Y a más de esto, aquí tiene sin fin de jorobados que enderezar, ciegos a quienes dar vista y cojos que están

deseando que usted les mande correr, amén de los difuntos del cementerio, que en cuantico que usted les
llame saldrán todos a dar un paseo por el pueblo y a
ver los adelantos que a mí se deben... ¡Vaya con el Jesucristo nuevo..., género arreglado! ¡Arderá el siglo
cuando se entere de que andamos predicando la segunda
salvación del mundo! «Redenciones públicas y particulares. Precios económicos». Verdad que ahora le metemos en la cárcel. Camarada, hay que padecer. Pero no
le crucificarán: de eso está libre. No se componga, padre, que ahora no se estila ese género de patíbulo, propio del oscurantismo; ni entrará en Madrid montado en
burra, sino con la parejita de la Guardia Civil; ni le
recibirán con palmos, como no sea de narices. ¿Y qué
religión de pateta es la que nos trae? Calculo que es la
mahometana...; por eso se ha traído un par de moras...,
claro, para predicar con el ejemplo...

Como Nazarín no le hacía ningún caso, ni se irritaba,
ni dio a entender que tales bromas le afectasen poco ni
mucho, volvió a desconcertarse el bueno del alcaldillo,
y, adoptando nueva actitud y tonos de familiaridad so-
carrona, le dio palmadas en el hombro, diciéndole:

—Vaya, hombre, no se amilane. Hay que llevar estas cosas con paciencia. Amiguito, esto de echarse a predicar, sobre todo cuando no se da trigo, tiene sus quie-
bras. Pero no apurarse, que con meterle en una casa
de locos cumple la Justicia, y ni azotes le darán, que
esto ya no se estila. «Sacrificios higiénicos, es decir, sin
azotes... Pasión y muerte, con chocolate de Astorga...»
¡Ja, jaá!... En fin, mientras esté en esta culta localidad,
le trataremos bien, porque una cosa es la ley y otra la
ilustración. Y si por lo que le dijese picó, échelo a broma, que a mí me gusta darlas... Soy, como ha visto, de
muy buena sombra... Lo que no quita que me compa-
dezca de su desgracia. Dejo a un lado la vara, y aquí no
somos el alcalde y el preso, sino dos amigos muy gua-
sones, un par de peines de muchas púas, ¿eh?... Y, entre paréntesis, podía el hombre haber escogido moritas
de mejor pelo. La Beatriz, pase. ¡Pero la otra...! ¿De

dónde sacó esa merluza?... En fin, usted querrá que le demos de cenar...

Sólo a esta última frase contestó Nazarín:

—Yo no tengo gana, señor alcalde. Pero esas pobres mujeres creo que tomarán algún alimento.

8

En tanto, en la cárcel propiamente dicha, las dos mujeres, los dos guardias civiles y algunas otras personas que se habían colado, entre ellas el gran Ujo, hablaban familiarmente. Beatriz, desde que entraron, llegóse a uno de los guardias, alto, buen mozo, de agradable fisonomía militar, y, tocándole el brazo, le dijo:

—Oye tú, ¿eres el preferente Mondéjar?

—Para servirte, Beatriz.

—¿Me has conocido?

—¡Pues no!

—Yo dudaba, y decía para entre mí: «Juraría que éste es el preferente Cirilo Mondéjar, que estuvo en Móstoles.»

—Yo te conocí; pero no quise decirte nada. Me dio pena verte entre esa gente. Y para que lo sepas: contigo no va nada, y tú estás en la cárcel porque quieres. La orden de prisión es para él y la otra. A ti te hemos traído por estar allá. En fin, el alcalde te dirá si te vas o te quedas.

—Diga el alcalde lo que quiera, yo sigo con mis compañeros.

—¿Por tránsitos?

—Por lo que sea, y si ellos entran en la cárcel, yo también. Y si van a la Audiencia, yo también. Y si hay patíbulo, que nos ahorquen a los tres.

—Beatriz, tú estás loca. Te dejaremos en Móstoles con tu hermana.

—He dicho que voy adonde don Nazario vaya, y que por nada del mundo le abandono en su desgracia. Si yo pudiera, ¿sabes tú lo que haría? Pues tomar para mí todas las penalidades que le esperan, las injurias que han de decirle y los malos tratos y castigos que ha de recibir... ¡Pero qué distraída estoy, Cirilo! No te había preguntado por Demetria, tu mujer.

—Está buena.

—¡Mucho quiero yo a Demetria! Y dime, ¿cuántos niños tienes ya?

—Uno..., y otro que pronto ha de venir...

—Dios te los conserve... ¿Serás feliz, verdad?

—No hay queja.

—Pues mira, no ofendas a Dios, que podría castigarte.

—¿A mí? ¿Por qué?

—Por perseguir a los buenos, y esto de los buenos no lo digo por mí.

—Lo dices por el preso. Nosotros, los guardias, nada tenemos que ver. Eso el juez.

—El juez, y el alcalde, y los guardias, todos sois unos. No tienen conciencia, ni saben lo que es virtud... Y no lo digo por ti, Cirilo, que eres buen cristiano. No perseguirás al escogido de Dios, ni consentirás que los infames le martiricen.

—Beatriz, ¿estás loca, o qué te pasa?

—Cirilo, el loco eres tú, si consientes que tu alma se pierda por ponerte del lado de los malos contra los buenos. Piensa en tu mujer, en tus hijitos, y hazte cuenta de que para que el Señor te los conserve, es preciso que tú defiendas la causa del Señor.

—¿Cómo?

Beatriz bajó la voz, pues aunque los demás presentes rodeaban a Ándara, charlando y riendo al otro extremo de la prisión, temía que la oyesen.

—Pues muy sencillo. Cuando nos lleves presos, te harás el tonto, y nos escaparemos.

—Sí, y a lo tonto os dejaré secos de un tiro. Beatriz, no digas disparates. ¿Sabes tú lo que es la Ordenanza? ¿Conoces el reglamento de la Benemérita? ¡Y a buena parte vienes con esas bromas! Yo no falto a mi deber por nada de este mundo, y antes de deshonrar mi uniforme, consentiría en perderlo todo, la mujer y los hijos.

Pone uno su honra en esto, y no es uno, Beatriz, es el
Cuerpo... ¡Qué más quisiera uno que tener lástima!
Pues no busques en toda la Fuerza un sólo número que
la tenga, digo lástima, para cosas del servicio, porque
no lo hallarás. El Cuerpo no sabe lo que es compasión, y
cuando el alma, que es la Ley, le manda prender, prende,
y si le manda fusilar, fusila.

Dijo esto con tan gallarda convicción y sinceridad el
buen preferente, y tan claro revelaban sus ojos, su ademán, su acento, el culto fervoroso de la orden de caba-
llería que profesaba, que la moza inclinó su cabeza sus-
pirando, y le dijo:

—Tienes razón, no sé lo que digo. Cirilo, no me hagas
caso. Cada uno a su religión.

Los curiosos abandonaron el rincón donde estaba Ándara y se corrieron al lado de Beatriz y el preferente.
Junto a la otra no quedó más que Ujo, que, en pie, alzaba poco más que la cintura de su amiga sentada.

—A lo que *diba* —le dijo cuando se vio solo con
ella—. Mal te *portéis* conmigo, ¡caraifa!... Yo pensé que
eras más fina, ¡caraifa!... Pero *manque* de fino no *ties*
pelo, y me has *escupitado* mismamente en la cara, yo *diz*
que te estimo... *Manque* me *escupites* otra vez, te lo *diz.*

—¿Que yo te escupí? —replicó Ándara, jovial, repues-
ta ya del espasmo de furia—. Sería sin pensar, chiquitín
del pueblo, mi coquito, mi *nanito* gracioso. Es que yo
soy así: cuando quiero decir que estimo, escupo.

—¿*Quiés* más? Pues cuando le *pegaites* la cuchillada a
Lucas, el del mesón..., te *volvites* guapa. Yo *miraite,*
y no te *conocei,* ¡caraifa! Porque tú *seis* fea, Ándara, y
por fea y horrorosa te estimo yo, ¡caraifa!, y me peleo
con la *Verba* divina por *defendeite,* ¡recaraifa!

—¡Viva mi renacuajo, mi caracol cabezudito! ¿Has dicho que el tío ese a quien le tiré con el cuchillo es el
mesonero?

—El tío Lucas.

—Me dijiste el otro día que vivías en el mesón.

—Pero *mudéime* ayer, porque una mula me arrimó
una coz. Ahora vivo en *cas* del tío Juan el herrero.

—¡Oh, y qué bien estará mi caracolito en casa del herrero! Pues mira, ¡caraifa!, ¿tú dices que me estimas?

—Con alma.

—Pues para que yo te lo crea vas a traerme de tu casa, de la casa del herrero..., lo que yo te diga.

—¿Qué?

—Mucho *jierro*. Yo quiero *jierro*... Tú arréglatelas como puedas. Allí habrá de todo. Me traerías clavos... No; clavos, no... Sí, sí, un par de clavos grandes, y también un cuchillo bueno, pero que corte, ¿sabes? Y una lima..., pero que coma... Te lo traes todo bien guardadito, aquí, debajo de tu sayal, y...

Callaron, porque entró Nazarín acompañado del alcalde, y éste, echándoselas de hombre benévolo y humanitario, cualidades que no excluían la dominante de la buena sombra, les dijo:

—Ahora, estas madamas van a cenar alguna cosita. Conste que la cena es de mi bolsillo, porque en el presupuesto no la hay. Y usted, reverendo señor Nazarín, ya que no come, dé un poco de descanso a sus huesos... Señores guardias, el preso nos da su palabra de no intentar escaparse. ¿Verdad, señor profeta? Y ustedes, señoras discípulas, mucho ojo. A bien que tenemos aquí una cárcel que no nos la merecemos, con unas rejas que ya las quisiera el Abanico de Madrid. Total, que como no haya una chispa de milagro, de aquí no salen. Conque..., los que han venido a curiosear están de más. Despéjenme la cárcel. Ujo, largo de aquí.

Despejaron, y sólo permanecieron allí, además de los desgraciados penitentes, el alcalde y el juez municipal, tratando de la conducta de presos, que era forzoso aplazar un día, para esperar a otros vagabundos y criminales recogidos en la Villa del Prado y en Cadalso. Trajo después el alguacil la cena, que Ándara y Beatriz apenas probaron; el alcalde les dio las buenas noches, los guardias y el alguacil cerraron con ruidoso voltear de llaves y corrimiento de cerrojos, y los tres infelices presos pasaron la primera mitad de la noche rezando y la otra mitad durmiendo sobre las baldosas. El día siguiente les

trajo el consuelo de que muchas personas del pueblo se
interesaron por su triste situación, ofreciéndoles comida
y ropas, que no fueron aceptadas. Ujo se ingeniaba para
trepar la reja del patio como una araña, y departía con
las dos mozas. Por la noche llegaron los otros presos que
debían ir también a Madrid; a saber: un mendigo viejo,
acompañado de una niña, cuya procedencia era objeto
de las investigaciones de la Justicia, y dos hombres de
muy mala facha, en quienes Nazarín reconoció al punto
a los vagabundos que les robaron la tarde aquella que
precedió a la noche de la captura. Ambos se habían escapado de la cárcel de Madrid, en cuya Audiencia les seguían causa: al uno por parricidio, al otro por robo
sacrílego. A los cuatro les enchiqueraron en el mismo
estrecho local, donde apenas podían revolverse, por lo
cual todos deseaban que les sacaran al aire y diera principio la conducta. Por penosa que ésta fuera, nunca lo
sería tanto como la aglomeración de cuerpos nada limpios
en un oscuro, reducido y malsano aposento.

A la siguiente mañana, tempranito, despachada la do-
cumentación, se dispuso la marcha. Presentóse el alcalde
a despedir a Nazarín, diciéndole con su habitual sorna:

—Lo cortés no quita lo valiente, señor profeta; no
vea en mí más que el amigo, un ciudadano de buen hu-
mor, a quien le hace mucha gracia usted y su cuadrilla, y
la *sombra* con que ha convertido la vagancia en una religión muy cómoda y desahogada... ¡Ja, ja! Esto no es
ofensa, porque hay que reconocerle el talento, la tras-
tienda... En fin, que el tío es muy largo, pero muy largo,
y yo siento que no haya querido clarearse conmigo...
Repito que no hay ofensa. ¡Si me ha sido usted muy
simpático!... No quiero que se vaya sin que quedemos
amigos. Aquí le traigo algunos víveres para que se los
lleve en su morral.

—Gracias mil, señor alcalde.

—Y dígame: ¿no quiere algo de ropa, unos calzones
míos, zapatos, alpargatas...?

—Infinitas gracias. No necesito ropa ni calzado.

—¡Vaya con el orgullo! Pues crea que es de corazón. Usted se lo pierde.

—Muy agradecido a sus bondades.

—Pues adiós. Sabe que aquí quedamos. Me alegraré que salga en bien, y que siga su campaña. No crea, ya sacará discípulos, sobre todo si el Gobierno sigue recargando las contribuciones... Adiós... Buen viaje... Niñas, divertirse.

Salieron, y como era tan de mañana, poca gente salió a despedirles. Al frente de los curiosos se veía la cabeza oscilante de Ujo, el cual fue dando convoy a la estimada de su corazón hasta donde la debilidad de sus cortas piernas se lo permitía. Cuando tuvo que quedarse atrás, se le vio arrimado a un árbol, con la mano en los ojos.

Los guardias echaron de delanteros a Nazarín y al anciano mendigo. Seguían la niña de éste, dando la mano a Beatriz; luego Ándara, y detrás los dos criminales, atados codo con codo; a retaguardia, los civiles, fusil al hombro. La triste caravana emprendió su camino por la polvorienta carretera. Iban silenciosos, pensando cada cual en sus cosas, que eran, ¡ay!, tan distintas... Cada cual llevaba su mundo entre ceja y ceja, y los caminantes o campesinos que al paso les veían formaban de todas aquellas existencias una sola opinión: «Vagancia, desvergüenza, pillería».

Quinta parte

1

A la media hora de camino, el anciano mendigo, cansado de su taciturnidad, pegó la hebra con don Nazario.

—Compañero, usted estará hecho a estos viajecitos, ¿eh?

—No, señor; es la primera vez.

—Pues yo..., me parece que con éste llevo catorce. ¡Si las leguas que tengo en el cuerpo fueran monedas de cinco duros!... Y le diré a usted, en confianza: ¿a que no sabe quién tiene la culpa de lo que a mí me pasa? Pues Cánovas... No exagero.

—¡Hombre!

—Lo que usted oye. Porque si don Antonio Cánovas no hubiera dejado el Poder el día que lo dejó, a estas horas me tenía usted a mí repuesto en la plaza que me quitaron el cuarenta y dos, por intrigas de los moderados; sí, señor, mi placita de escribiente con seis mil. *Mi ramo* era *Directas,* negociado de *Ocultaciones.* Pues me fastidió don Antonio con no quedarse un día más: ya estaba extendida la orden para que la firmase su Majestad... ¡Pero hay tanta intriga!... Como que derribaron al Gobierno para evitar mi reposición.

—¡Qué maldad!

—Aquí donde usted me ve, tengo dos hijas: la una casada en Sevilla con uno que está más rico que quiere; la otra casó con mi yerno, naturalmente mala persona, y el causante de que todo *lo mío* esté en pleito... Porque la herencia de mi hermano Juan, que murió en América, y que asciende a unos treinta y seis millones, no exagero, no puedo cobrarla hasta el año que viene, y gracias... Como que entre la curia, el Consulado de allá y mi yerno lo enredaron por fastidiarme... ¡Ay, qué punto! En el primer cafetín que le puse me gastó seis mil duros, más bien más que menos. Y él fue quien lo convirtió en casa de juego, de donde vino el que yo estuviera seis meses en la cárcel, hasta que se vio mi inocencia, y... Mire usted si es desgracia: el mismo día que iba a salir de la cárcel tuve una cuestión con un compañero que quiso estafarme treinta y dos mil reales y pico, y allí me tuvieron otros seis meses, no exagero.

Viendo que Nazarín no se interesaba en su historia, lo tomó por otro lado.

—Oí que es usted sacerdote... ¿Es verdad?

—Sí, señor.

—¡Hombre!... He visto en mis viajes personas muy diversas. Nunca he visto un señor eclesiástico en la conducta.

—Pues ahora lo ve usted. Ya tiene cosas nuevas y raras que añadir a su historia.

—¿Y por qué ha sido ello, padre? ¿Se puede saber? Algún descuidillo. Le veo en compañía de mujeres, y esto me da mala espina. Sepa que todo el que anda mucho entre faldas es hombre perdido. Dígamelo usted a mí, que tuve relaciones con una dama principal, de la más alta aristocracia. ¡Ay, qué líos me armó! Entre ella y una marquesa amiga suya me robaron sobre setenta mil duros, no exagero. Y lo peor fue que me procesaron. ¡Mujeres! No me las nombre si no quiere que pierda los estribos. Por una prima de mi yerno, que es horchatera y tiene amores con un teniente general, me veo yo ahora en este mal paso, porque me dieron esa niña para que la llevara a unos tíos que tiene en Navalcarnero, y los tíos no la quisieron tomar si no les aseguraba yo que se les condonarían seis años de contribución, no exagero... Todo proviene de las mujeres, *alias* el bello sexo, por lo cual, compañero, yo le aconsejo que se quite de ellas, y pida perdón al obispo, y no se meta más en sectas protestantes y heréticas... ¿Qué dice usted?

—No he dicho nada, buen hombre. Hable usted todo lo que quiera, y déjeme a mí, que nada puedo decirle, porque de fijo no me entendería.

En tanto, Beatriz preguntaba a la niña su nombre y el de sus padres. Pero la infeliz estaba como idiota y no sabía contestar a nada. Ándara se adelantó, con permiso de los guardias, para distraer un poco a Nazarín con su conversación, y el mendigo anciano se arrimó a Beatriz. En el primer descanso, los criminales que iban atados echaban requiebros a las dos mozas con frase descarada y obscena. Almorzaron todos en el suelo, y Nazarín repartió entre sus compañeros lo que el alcalde le había puesto en el morral. Los guardias, a quienes sorprendía la constante dulzura y sumisión del desdichado sacerdote, le convidaron a echar un trago; mas no quiso aceptar, rogándoles que no lo tomasen a desprecio. Debe decirse que si, al principio, la opinión de los dos militares era poco favorable al misterioso preso que conducían, y le tuvieron por un redomado hipócrita, en el curso del viaje esta creencia se trocaba en dudas acerca de la verdadera condición moral del personaje, pues la humildad de sus respuestas, la paciencia callada con que sufría toda molestia, su bondad, su dulzura, les encantaban, y acabaron por pensar que si don Nazario no era santo, lo parecía.

Dura fue la primera jornada, pues, por no hacer noche en Villamanta, que infestada seguía, lleváronles de un tirón a Navalcarnero. Los dos criminales iban dados a los demonios, y llegó el caso de que, tumbados en mitad del camino, se negaron a seguir, viéndose obligados los civiles a emplear el acicate de sus amenazas. El anciano se arrastraba difícilmente, echando pestes de su desdentada boca. Nazarín y sus dos compañeras disimulaban su cansancio, y no proferían queja alguna, a pesar de que las dos mujeres alternaban en llevar en brazos a la niña. Llegaron, por fin, medio muertos, ya muy entrada la noche. La excelente estructura de la cárcel de Navalcarnero permitió a los guardias descansar en la vigilancia, y los presos, después de recibir su rancho, fueron encerrados, los hombres en una parte, las mujeres en otra, pues allí había buen acomodo para esta separación tan conveniente en la generalidad de los casos. Era la primera vez que el peregrino y sus dos compañeras, que ya la partida llamaba burlonamente *las discípulas,* y también *las nazarinas,* se separaban, y si penoso fue para ellas el no verle junto a sí, y oírle y platicar de las mutuas adversidades, no fue menor el desconsuelo de él, viéndose obligado a rezar solo. ¡Pero qué remedio había más que conformarse!

Detestable fue la noche para Nazarín, en la oscuridad de aquel encierro, entre desalmados malhechores: pues, a más de sus dos compañeros de viaje, había tres que dieron en canturrear y decir desvergüenzas, como poseídos de un frenesí de grosería. Enteráronse los que allí estaban, por los otros dos (a quienes llamaremos, a falta de filiación, el *parricida* y el *ladrón sacrílego),* del carácter sacerdotal de don Nazario, y no tardaron entre unos y otros en construirle a su modo una historia de impostor o aventurero religioso. En alta voz hacían comentarios soeces acerca de las ideas diabólicas que, a juicio de ellos, constituían su doctrina, y en cuanto a las mujeres que llevaba consigo, el uno sostenía que eran monjas escapadas de los conventos, el otro que eran tomadoras de las que en las iglesias alivian los bolsillos de las beatas. Los horrores que en su cara dijeron al buen don Nazarín no son para repetidos. Este le llamaba el Papa de los gitanos, aquél le preguntó si era cierto que llevaba en una botellita polvos venenosos para echarlos en las fuentes de los pueblos y producir la viruela. Entre bromas y veras, acusábale otro de robar niños para crucificarlos en los ritos del culto idolátrico que profesaban, y todos, en fin, le colmaban de indecentes y bestiales injurias. Pero el delirio de aquella estúpida y repugnante bufonada fue que le pidieron que hiciese delante de ellos el simulacro de una misa a estilo infernal, amenazándole con pegarle si al momento no decía el satánico oficio, con arrumacos y latines contrarios y semejantes a los de la misa de Dios verdadero; y mientras el uno se ponía de rodillas con burlescos fingimientos de oración, otro se daba en semejante parte golpes como los que los buenos cristianos se dan en el pecho en señal de contrición, y todos gritaban: *mea culpa, mea culpa,* con feroces aullidos.

Ante tan bestiales irreverencias, que ya no afectaban a su persona, sino a la sagrada Fe, perdió su bendita serenidad el padre Nazarín, y ardiendo en santa cólera se puso en pie, y con arrogante dignidad increpó a la vil canalla en esta forma:

—¡Desdichados, perdidos, ciegos, insultadme a mí cuanto queráis; pero guardad acatamiento a la Majestad de Dios que os ha creado, que os da esa vida, no para que la empleéis en maldecirle y escarnecerle, sino para que realicéis con ella actos de piedad, actos de amor a vuestros semejantes! La putrefacción de vuestras almas, encenagadas en cuantos vicios y maldades desdoran al linaje humano, sale a vuestras bocas en toda esa inmundicia que habláis y corrompe hasta el ambiente que os rodea. Pero aún tenéis tiempo de enmendaros, que ni aun para los inicuos empedernidos como vosotros están cerrados los caminos del arrepentimiento, ni secas las fuentes del perdón. No os descuidéis, no, que el daño de vuestras almas es grande y profundo. Volved a la verdad, al bien, a la inocencia. Amad a Dios Vuestro Padre, y al hombre, que es vuestro hermano; no matéis, no blasfeméis, no levantéis falso testimonio, ni seáis impuros de obra ni de palabra. Las injurias que no os atreveríais a decir al prójimo fuerte no las digáis al prójimo desvalido. Sed humanos, compasivos; aborreced la iniquidad, y evitando la palabra mala evitaréis la acción vil, y como os libréis de la acción vil podréis libraros del crimen. Sabed que el que expiró en la cruz soportó afrentas y dolores, dio su sangre y su vida por redimiros del mal... ¡Y vosotros, ciegos, le arrastrasteis al Pretorio y al Calvario; vosotros coronasteis de espinas su divina frente; vosotros le azotasteis; vosotros le escupisteis; vosotros le clavasteis en el madero afrentoso! Pues ahora, si no reconocéis que le matasteis y que continuamente matándole estáis, y azotándole y escupiéndole; si no os declaráis culpables, y lloráis amargamente vuestras inmensas culpas; si no os acogéis pronto, pronto, a la misericordia infinita, sabed que no hay remisión para vosotros; sabed, malditos, que os aguardan por toda una eternidad las llamas del infierno.

Grandioso y terrible estuvo el bendito Nazarín en su corta oración, dicha con todo el fuego y la severa solemnidad de la elocuencia sagrada. En la cárcel no había más claridad que la de la luna que por altas rejas entraba, iluminándole la cabeza y el busto, los cuales, en medio de aquellos pálidos resplandores, adquirían mayor belleza. La primera impresión que el tremendo anatema y el tono y la figura mística del orador produjeron en los criminales fue de un estupor terrorífico. Quedáronse mudos, atónitos. Pero la intensidad de la impresión no evitó que fuera de las más fugaces, y como el mal tenía tan profunda raíz en su dañadas almas, pronto se rehicieron y recobraron su perversidad. Oyéronse otra vez los soeces insultos, y uno de los bribones, el que hemos convenido en llamar el *Parricida,* que era el más bravucón e insolente de todos, se levantó del suelo, y como si orgulloso quisiera sobrepujar con su barbarie la barbarie de los otros bandidos, se llegó a Nazarín, que continuaba en pie, y le dijo:

—Yo soy *mesmamente* el obispo de pateta, y te voy a confirmar. ¡Toma!

Diciendo «toma» le dio tan fuerte bofetón, que el débil cuerpo de Nazarín rodó por el suelo. Oyóse un

gemido, articulaciones guturales del infeliz caído y ultra-
jado, que quizás fueron roncos anhelos de venganza. Era
hombre, y el hombre, en alguna ocasión, había de resur-
gir en su ser, pues la caridad y la paciencia, profundamente arraigadas en él, no habían absorbido todo el jugo
vital de la pasión humana. Tan terrible como breve debió ser la lucha sostenida en su voluntad entre el hombre
y el ángel. Oyóse otra vez el gemido, un suspiro arrancado de lo más hondo de las entrañas. La canalla reía.
¿Qué esperaban de Nazarín? ¿Que, airado, se revolviera
contra ellos y les devolviese, si no golpes, porque no podía contra tantos, injurias y denuestos iguales a los suyos? Por un momento pudo creerse así al ver que el
penitente se incorporaba, alzándose, primero sobre las
rodillas, bajando la barba hasta el suelo, con el pecho
en tierra, como un gato que acecha. Por fin, levantó el
busto, y volvió a salir el suspiro arrancado, como de un
tirón, de las profundidades torácicas.

La respuesta al ultraje fue, y no podía menos de serlo,
entre divina y humana.

—Brutos, al oírme decir que os perdono me tendréis
por tan cobarde como vosotros..., ¡y tengo que decíroslo!, ¡amargo cáliz que debo apurar! Por primera vez en
mi vida me cuesta trabajo decir a mis enemigos que les
perdono; pero os lo digo, os lo digo sin efusión del
alma, porque es mi deber de cristiano decíroslo... Sabed
que os perdono, menguados; sabed también que os desprecio, y me creo culpable por no saber separar en mi
alma el desprecio del perdón.

2

—Pues por el perdón, ¡toma! —le dijo otra vez el
Parricida, pegándole, aunque menos fuerte.

—Y por el desprecio, ¡toma!

Y todos, menos uno, cayeron sobre él, y le golpearon,
entre risas burlescas, en la cara, en el cráneo, en el pecho y hombros. Más que crueldad y saña, revelaba aque-

lla acometida en conjunto una burla pesada y brutal, de
gente zafia, porque los golpes no eran fuertes, aunque sí
lo bastante para poblar de cardenales el cuerpo del infeliz sacerdote. Este, luchando en su interior con más bravura que la primera vez, invocando a Dios fervientemen-
te, llamando a sí todo el vigor de sus ideas, y atizando el
fuego de piedad que ardía en su alma, se dejó pegar, y
no articuló protesta ni lamento. Cansáronse los otros de
su infame juego, y le dejaron tendido, exánime, sobre las
losas. Nazarín no profería palabra alguna: oíase tan sólo
su fatigosa respiración. Los criminales callaban también,
como si en sus almas se determinara una reacción de se-
riedad contra las bárbaras y descomedidas burlas. Esa
mezcla siniestra de risa y cólera que caracteriza las chan-
zas brutales, a veces sangrientas, de los criminales empedernidos, suelen tener un rechazo de melancolía negra.
En la pausa que se produjo no se oía más que el ardiente
respirar de Nazarín y los formidables ronquidos del mendigo anciano, que dormía con angélico y profundísimo
sueño, ajeno a todas aquellas trifulcas. Soñaba quizás
que ponían en sus manos los treinta y seis millones de su
hermano de América.

El primero que rompió con palabras la pausa silenciosa
fue Nazarín, que se incorporó con todos los huesos dolo-
ridos, y les dijo:

—Ahora, sí; ahora..., con vuestros nuevos ultrajes, ha
querido el Señor que yo recobre mi ser, y aquí me tenéis
en toda la plenitud de mi mansedumbre cristiana, sin cólera, sin instintos de odio y venganza. Conmigo habéis
sido cobardes; pero en otras ocasiones habréis sido va-
lientes, y hasta héroes en el crimen. Ser león no es cosa
fácil; pero es más difícil ser cordero, y yo lo soy. Sabed
que os perdono de todo corazón, porque así me lo manda Nuestro Padre que está en los Cielos; sabed también
que ya no os desprecio, porque Nuestro Padre me manda
que no os desprecie, sino que os ame. Por hermanos
queridos os tengo, y el dolor que siento por vuestras
maldades, por el peligro en que os veo de perderos eternamente, es un dolor tan vivo, y de tal modo dolor y

amor me encienden el alma, que si yo pudiera, a costa de mi vida, conseguir ahora vuestro arrepentimiento, sufriría gozoso los más horribles martirios, el oprobio y la muerte.

Nuevo silencio, más lúgubre que el anterior, porque los ronquidos del anciano ya no se oían. Pasado un breve rato de aquella expectación solemne, que era como el fermentar de las conciencias removidas, agitándose y revolviéndose sobre sí mismas, salió una voz. Era la del criminal que llamamos el *Sacrílego,* el único que en los insultos y acometidas al pobre clérigo andante había permanecido mudo y quieto. Habló así, sin moverse del rincón en que yacía tumbado:

—Pues yo digo que esto de afrentar y dar de morradas a un hombre indefenso no es de caballeros, ¡vaya!, y digo más: digo que no es de personas decentes, y si me pinchan, os declaro que es propio de canallas y granujas. ¡Ea!, si a alguno le pica, que se rasque, pues a poner los ajos en su lugar nadie me gana. Lo justo, justo es, y lo que se ve con las razones naturales debe decirse. Conque, ya lo saben, y saben también que mantengo lo que digo, aquí o en donde quiera.

—Cállate, poca lacha —dijo uno del grupo levantisco—, que ya te conocemos. ¡Vaya con la defensa que le sale al Papamoscas!

—Sale porque le da la gana, y a mucha honra —manifestó el otro con sombría calma, levantándose—. Porque, aunque malo, siempre defendí al pobre, y nunca le pegué al caído, y cuando he visto a uno con hambre me he quitado el pan de la boca. La necesidad lleva a un hombre a ser lo que somos; pero el quitar algo de lo ajeno no estorba para la compasión.

—Cállate, fulastre, que no tienes alma más que para ofender a tus amigos —le dijo el *Parricida*—, y siempre tiras a lo santurrón. Por algo no haces tú más que raterías de iglesia, en lo que no se expone la pelleja, porque las imágenes no dicen nada cuando ven que les quitan la plata, y el Santísimo Copón y la Custodia se dejan coger sin decir «Jesús». Mala pata, desagradecido, ¿qué sería

de ti sin nosotros? ¡Y viene aquí a pintarla de guapo y
temerón!... ¡Cállate pronto, si no quieres que...!

—Echa, echa bravatas ahora que no tenemos armas.
Así eres tú siempre. Pero yo quiero verte fuera, en terreno libre y con manos y cuerpos libres, para decirte que
ofender y castigar a un pobre sin defensa, que es bueno y
pacífico de su natural y con nadie se mete, no lo hacen
más que los cobardes como tú, ¡mal hijo, mal hermano,
animal, que no naciste de hombre y mujer!

Fuéronse uno sobre otro con igual furia, y los demás
corrieron a separarles.

—Déjenmele —gritaba el *Parricida*—, y le arranco de
un bocado el corazón.

Y el otro:

—Chillas porque sabes que no te dejan... Siempre
que quieras, te saco a paseo todas las entrañas, que ni
los cuervos las quieren.

Y plantándose en medio del calabozo con aire arrogante y provocativo, prosiguió así:

—¡Ea!, caballeros, a callar, y oigan lo que les digo.
Sepan y entiendan todos que a este buen hombre que
está aquí yo le defiendo, lo mismo que si fuera mi padre; sepan que entre tantos pillos, desalmados y ladrones, hay un ladrón decente que, como tiene alma de
hombre cristiano, se pone de parte de este que calla
cuando le insultáis, que aguanta cuando le maltratáis,
y que en vez de ofenderos os perdona. Y para que se
enteren y rabien, les digo también que este hombre es
bueno, y yo por santo le declaro, y aquí estoy yo para
responder a todo el que lo ponga en duda. A ver, pillería, ¿hay alguien que me niegue lo que digo? Que salga
el que lo niegue, y si salen todos a la vez, aquí estoy.

Con tan enfática entereza hablaba el *Sacrílego,* que
los otros no chistaron, y, espantados, miraban su rostro,
que a la claridad de la luna confusamente se distinguía.
Algunos, los menos fieros, empezaron a evadir la cuestión con chirigotas. El *Parricida,* mordiéndose los labios,
masticaba palabras soeces y amenazadoras. Echándose
en el suelo como un perro indolente, tan sólo dijo:

—Alborota, niño, alborota, para que entren los guardias y me echen a mí la culpa, como siempre, y paguemos justos por pecadores.

—Tú eres el que alborota, mala sangre —dijo el *Sacrílego* paseándose a lo largo, dueño ya del terreno—. Escandalizas porque sabes que los guardias siempre me echan la culpa a mí de todas las camorras. Lo dicho, dicho: este buen hombre es un santo de Dios, y yo lo sostengo delante de toda la canalla del mundo; un santo de Dios, abran las orejas y oigan, un santo de Dios, y el que le toque el pelo de la ropa se verá conmigo aquí y en donde quiera.

Oyeron al fin los civiles el escándalo, y desde la estancia próxima abrieron para imponer silencio.

—Es una broma, guardias —dijo el *Parricida*—. De ello tiene la culpa el clérigo maldito, que se mete a predicarnos y no nos deja dormir.

—No es verdad —afirmó con resolución el *Sacrílego*—. El clérigo no es culpado ni ha hecho lo que éste dice. El que predicaba soy yo.

Con cuatro ternos y la amenaza de predicar con las culatas de los fusiles, calló toda la pillería, y un silencio disciplinario reinó en la prisión. Mucho después de esto, cuando ya el *Parricida* y consortes dormían con estúpido sueño, pesada sedación de su barbarie, Nazarín se echó donde antes había estado el *Sacrílego*. Este se le puso al lado, sin hablar con él, como si un respeto supersticioso le atara la lengua. Adivinó esta confusión el sacerdote, y le dijo:

—Dios sabe cuánto te agradezco tu defensa. Pero no quiero que te comprometas por mí.

—Señor, lo hice porque me salió de dentro —replicó el ladrón de iglesias—. No me lo agradezca, que esto no vale nada.

—Has sentido compasión de mí; te has indignado por la crueldad con que me trataban. Esto significa que tu alma no está toda viciada, y, si quieres, aún puedes salvarte.

—Señor —afirmó el otro con aflicción sincera—, yo soy muy malo y no merezco ni tan siquiera que usted hable conmigo.

—¿Tan malo, tan malo eres?

—Mucho, muchísimo.

—A ver, a ver: ¿cuántos robos has hecho? ¿habrán sido... cuatrocientos mil?

—No tantos... En sagrado nada más que tres, y uno de ellos de cosa poca, nada...: una vara de San José.

—¿Y muertes? ¿Habrán sido ochenta mil muertes?

—Dos nada más: una, por venganza, pues me ofendieron; otra, porque me acosaba el hambre. Eramos tres los que...

—Las malas compañías no han traído al mundo cosa buena. ¿Y qué, al mirar para atrás y representarte tus delitos, sientes satisfacción de haberlos cometido?

—No, señor.

—¿Los miras con indiferencia?

—Tampoco.

—¿Sientes pena?

—Sí, señor... A veces un poquito de pena nada más... Vienen los otros, y pensando todos en cosas malas, la penita se me borra... Pero otras veces la pena es grande..., y esta noche, grandísima.

—Bien. ¿Tienes madre?

—Como si no la tuviera. Mi madre es muy mala. Por robo y muerte de una criatura, hace diez años que está en el presidio de Alcalá.

—¡Anda con Dios! ¿Qué familia tienes?

—Ninguna.

—¿Y te gustaría variar de vida..., no ser criminal, no tener ningún peso sobre tu conciencia?

—Me gustaría...; pero uno no puede... Le arrastran... Luego la necesidad...

—No pienses en la necesidad ni hagas caso de ella. Si quieres ser bueno, basta con que digas: quiero serlo. Si abominas de tus pecados, por tremendos que éstos sean, Dios te los perdonará.

—¿Está seguro de eso, señor?...

—Segurísimo.

—¿Es de verdad? ¿Y qué tengo que hacer?

—Nada.

—¿Y con nada se salva uno?

—Nada más que con arrepentirse y no volver a pecar.

—No puede ser tan fácil, no puede ser. Y penitencia... tendré que hacer mucha.

—Nada más que soportar la desgracia, y si la justicia humana te condena, resignarte y sufrir tu castigo.

—Pero me mandarán a presidio, y en presidio aprende uno cosas peores que las que sabe. Que me dejen libre y seré bueno.

—En la libertad, lo mismo que en la condena, podrás ser lo que quieras. Ya ves: en la libertad has sido malísimo. ¿Por qué temes serlo en la prisión? Padeciendo se regenera el hombre. Aprende a padecer y todo te será fácil.

—¿Me enseñará usted?

—Yo no sé que harán de mí. Si estuvieras conmigo, te enseñaría.

—Yo quiero estar con usted, señor.

—Es muy fácil. Piensa en lo que te digo y estarás conmigo.

—¿Nada más que pensarlo?

—Nada más. Ya verás qué fácil.

—Pues pensaré.

Cuando esto decían, penetraba por las altas rejas la luz del alba.

3

Y mientras en el departamento de hombres se desarrollaba la tumultuosa escena descrita, en el de mujeres todo era paz y silencio. Estaban solas Ándara y Beatriz con la niña, y las primeras horas las pasaron hablando del mal sesgo que iban tomando las cosas en aquella campaña mendicante; pero ambas se conformaban con la adversidad, y por ningún caso se separarían del hombre bendito que las había tomado por compañeras de su vida meritoria. Hicieron mil conjeturas de lo que pasaría. Lo que a Beatriz mayormente apenaba era tener que pasar por Móstoles y el bochorno de que la vieran allí entre guardias civiles, como una criminal. Grande era su desprecio de toda vanidad; pero la prueba a que el Señor la sometía resultaba enormísima, y necesitaba de todo su cristiano valor y de toda su fe para salir airosa de ella. Dicho esto, rompió a llorar, derramando un río de lágrimas, y la otra procuraba consolarla sin poder conseguirlo.

—Tú estás libre. Y puedes decir a los guardias que no vas a Móstoles, y quedarte, para juntarnos luego.

—No, que esto es cobardía, y contravenir lo que él tantas veces nos ha dicho. ¡Huir de las tribulaciones, nunca! Grande amargura es entrar en mi pueblo; pero mayor sería para mí que don Nazario me dijera: «Beatriz, pronto te cansas de llevar la cruz»; y es seguro que me lo diría. Y más quiero todo lo malo que me pueda pasar en Móstoles que oírle que me diga eso. Yo acepto la vergüenza que me espera, y que Dios me la tome en cuenta y descargo de mis pecados.

—¡Tus pecados! —dijo Ándara—. Vamos, no *desageres*. Los míos son más, muchos más. Si yo me pusiera a llorarlos como tú, mis lágrimas serían tantas que podría echarme a nadar en ellas. Tiempo tiene una de llorar. ¡Yo he sido mala, pero qué mala! Mentiras y enredos, no se diga; levantar falsos testimonios, insultar, dar bofetadas y mordiscos...; luego, quitarle a otra el pañuelo, la peseta o algo de más valor..., y, por fin, los pecados de querer a tanto hombre, y del vicio maldito.

—No, Ándara —replicó Beatriz sin tratar de contener su llanto—; por más que tú quieras consolarme así, no puedes. Mis pecados son peores que los tuyos. Yo he sido mala.

—No tanto como yo. Vaya, que no consiento que te quieras hacer peor que yo, Beatriz. Mira que más malas y más perras que yo ha habido pocas, estoy por decir ninguna.

—No, no; he pecado yo más.

—¡Quiá! ¡Que te limpies...! Dime: ¿tú has pegado fuego a una casa?

—No; pero eso no es nada.

—¿Pues qué has hecho tú? ¡Bah! Querer al Pinto... ¡Valiente cosa!

—Y más, más... ¡Si una pudiera volver a nacer...!

—Haría lo mismo que ha hecho.

—¡Ah!, lo que es yo, no; yo no lo haría.

—Yo pondría más cuidado, ¡caraifa!, pero no respondo... La verdad, ahora me pesa de todas las maldades y truhanerías que hice; pero como hemos de padecer tanto, porque así nos lo dice él, como no tenemos más remedio que aguantar y sufrir las crujías que vengan, yo no lloro, que tiempo habrá de llorar.

—Pues yo sí; yo sí —dijo Beatriz inconsolable—, yo lloro por mis culpas, ¡ay!, la mar de ofensas a Dios y al prójimo. Y pienso que, por mucho que llore no es bastante, no es bastante para que tantísima culpa me sea perdonada.

—¿Pues qué ha de hacer Dios más que perdonarte, si de mala que eres te has vuelto buena como los ángeles?... Yo sí tengo que juntar a Roma con Santiago para que me perdone Dios. Mira, Beatriz, en mí la maldad está metida muy adentro: cuando estábamos en el castillo, yo tenía envidia de ti, porque, a mi parecer, él te quería más que a mí. Gran pecado es ser envidiosa, ¿verdad? Pero después que nos prendieron, y cuando vi que tú, libre, venías con nosotros y querías ser tan prisionera, y tan *criminal* como nosotros, se me quitó aquella mala idea; cree, Beatriz, que ya se me quitó, que te quiero de corazón y que tus penas las tomaría yo para mí.

—Como yo para mí las tuyas.

—Pero no quiero que llores tanto; que las culpas feas que cometimos, yo más que tú, con estos trabajos y estas afrentas las estamos purgando. Yo no lloro..., porque mi natural es otro que el tuyo. Tú eres blanda, yo soy dura; tú no haces más que querer y querer, y yo digo que bueno será el afligirse y el tragar hieles cuando él lo dice; pero yo pienso que también debe uno defenderse de tanto pillo.

—No digas tal... El defensor es Dios. Dejar a Dios que defienda.

—Sí, que defienda. Pero Dios le ha dado a una manos, le ha dado a una boca. ¿Y para qué sirve la boca sino para decirle cuatro frescas al que no confiese que nuestro Nazarín es un santo? ¿Para qué tenemos las manos, si con ellas no metemos en cintura a los que le maltratan? ¡Ah!, Beatriz, yo soy muy guerrera; es mi natural *de nacimiento*. Créelo, porque yo te lo digo: la verdad con sangre entra, y para que todos crean en la bondad de él y le confiesen por santo bendito, hay que dar algunos palos. Vengan trabajos y miserias; bueno. Pero la injusticia, y oír que dicen lo que es falso, a mí me pone como una leona. Y no es que una no sepa ser *mártira* como la más pintada cuando llegue el caso; pero ¿no es un dolor ver que llevan preso, entre asesinos, al que no ha hecho más *delincuencia* que consolar al pobre, curar al enfermo y ser en todo un ángel de Dios y un serafín de la Virgen? Pues yo te juro que si él me dejara había de hacer alguna muy gorda, y con poquita ayuda que yo tuviera, le pondría en libertad y metería debajo de un zapato a guardias, jueces y carceleros, y a él le sacaría en volandas, diciendo: «Aquí está el que sabe la verdad de esta vida y la otra, el que no pecó nunca y tiene cuerpo y alma limpios como la patena, el santo nuestro y de todo el mundo cristiano y por cristianar.»

—¡Oh!, adorarle, sí; pero eso que dices de meternos en guerra, Ándara, eso no puede ser. ¿Qué valemos nosotras? Y aunque valiéramos. Ya sabes lo que reza el mandamiento: «No matar.» Y no se debe matar ni a los enemigos, ni hacer daño a ninguna criatura de Dios, ni aun a los más criminales.

—Por mí, por mi defensa, yo no levanto el gallo. Ya me pueden matar a pedradas y degollarme viva: no chisto. ¡Pero por él, que es tan bueno...! Créelo, porque yo te lo digo. La gente no entiende la verdad si no hay alguien que sacuda de firme a los que tienen romas las entendederas.

—Matar, no.

—Pues que no maten ellos...

—Ándara, no seas loca.

—Beatriz, *ser* tú muy santa; déjame a mí, que maneras de salvarse muchas tiene que haber. Dime tú: ¿hay demonios, o no hay demonios?...; quiere decirse, ¿gente mala, que persigue a los buenos, y hace todas las cosas injustas y feas que se ven en este jorobado mundo? Pues cierra contra los demonios... Hay quien les ataca con bendiciones... No me opongo a que las echen los que pueden echarlas; pero para acabar con la maldad y limpiar el mundo de ella, si bendiciones por un lado, la espada y el fuego por otro. Créeme a mí; si no hubiese gente guerrera, muy guerrera, los demonios se cogerían todo el mundo. Dime: ¿San Miguel no es ángel? Pues allá le tienes con espada. ¿Y San Pablo no es santo? Pues con espada lo *pintan* en las esculturas. ¿Y San Fernando y otros que andan por los retablos? A lo militar van... Pues déjame a mí; yo me entiendo.

—Andara, me asustas.

—Beatriz, tú tienes culpas; yo también. Cada una las lava como sabe y como puede, según su natural... Tú, con lágrimas; yo..., ¡qué sé yo!

Cuando esto decían se asomó a las altas rejas la claridad del alba.

4

En cuanto se juntaron mujeres y hombres, ya de día claro, para proseguir el triste viaje, Beatriz y su compañera corrieron a ver a Nazarín y a informarse de cómo había pasado la noche. No hay que decir la amargura hondísima que les causó ver en su venerable faz señales de golpes, magulladuras horrorosas en brazos y piernas, y en todo él un triste decaimiento. La de Móstoles se puso lívida, y en su turbación no acertó a preguntarle quién había sido el autor de tan monstruosa barbarie. La de Polvoranca se retorcía los brazos cual si tuviera ligaduras y quisiese romperlas; apretaba los puños y rechinaba los dientes. La caravana se puso en marcha en el mismo orden que el día anterior, sólo que Nazarín llevaba de la mano a la niña y a Beatriz a su lado, y Ándara iba delante con el viejo. Este la informó de lo ocurrido la noche anterior en el departamento de hombres.

—Del principio de la cuestión no pude enterarme, porque estaba durmiendo. Cuando desperté a los gritos de aquellos brutos, vi que caían sobre el pobre sacerdote y le daban muchísimos golpes... No exagero. Todos le pegaron, menos uno, el cual salió después a la defensa de Nazarín y se impuso a la canalla. De los dos criminales que van a retaguardia atados codo con codo, el de la derecha, el procesado por parricidio, fue quien maltrató a tu maestro y quien le llenó de ultrajes; el de la izquierda, procesado por robar candeleros y vinajeras de las parroquias, tomó el partido del débil contra los fuertes. Se hizo después amigo del sacerdote, y éste le dijo muchas cosas de religión para que se arrepintiera.

Con estas noticias, Ándara les examinó y diferenció perfectamente, fijándose en uno y en otro: mala traza los dos; el malo, de cara lívida, barbas erizadas, recia musculatura, gordura enfermiza y paso perezoso; el bueno, enjuto de carnes, fisonomía melancólica, ceja corrida y barbas ralas, la mirada en el suelo, el paso decidido.

Andando, contó Nazarín el caso a Beatriz, sin darle importancia. No sentía más sino que, al recibir el primer golpe, en poco estuvo que se revolviera colérico y agresivo contra la canalla, mas tanto forcejeó sobre sí, que la bestia de la ira quedó pronto sofocada, y triunfante el espíritu cristiano. Pero entre las ocurrencias de aquella noche, ninguna tan lisonjera y grata como la bravura con que uno de los facinerosos había salido a su defensa.

—No fue el guapo que por fatuidad de su valentía provoca a sus compañeros; fue más bien el pecador a

quien Dios toca en el corazón. Y después hablamos, y
vi con gozo que se le clareaba el alma y que en ella lu-
cían los resplandores del arrepentimiento. ¡Benditos golpes que recibí, benditos ultrajes, si por ellos consigo que
ese hombre sea nuestro!

Hablaron luego de la vergüenza que ella sentía de
entrar en Móstoles y de la conformidad con que la acep-
taba como expiación de sus culpas. Nazarín la exhortó
al desprecio de la opinión, sin lo cual nada adelantarían
en aquella vida, y añadió que no había por qué ponerse
a imaginar los sucesos futuros, fingiéndolos en nuestra
mente favorables o adversos, porque nunca sabemos, ni
aun aplicando las reglas de la lógica, lo que pasará en las
horas venideras. Caminamos por la vida palpando en las
tinieblas, como ciegos, y sólo Dios sabe lo que nos su-
cederá mañana. De lo que resulta que, comúnmente,
cuando pensamos ir hacia lo malo, nos sorprende el encuentro de lo bueno, y al revés. Adelante, y cúmplase
mañana, como hoy, la voluntad del que todo lo gobierna.

Con estas palabras se sintió Beatriz muy fortalecida,
y ya no temió tanto la entrada de su pueblo natal. Ándara se les unió, para separarse de ellos después de char-
lar un poco de las fatigas del camino, y tan pronto se
aproximaba a los delanteros como a los de retaguardia.
Observó que los dos criminales atados uno con otro no
se hablaban como el día anterior, ni distraían el aburrimiento del viaje con chirigotas o cantares. Caminando
un ratito junto al de la izquierda, le habló, pues los
guardias toleraban la conversación entre sueltos y atados, acto de caridad que en muchos casos no perjudica
al buen servicio.

—Tú —le dijo—, ¿vas cansadito? Si los guardias me
amarran a mí en tu lugar, yo iría con gusto porque tú
fueras libre. Todo te lo mereces, valiente, por haberle
cortado el resuello a ese trasto que va contigo. Dios te
lo premiará. Arrepiéntete de corazón, y tu arrepentimiento lo mirará el Señor como si toda la plata que le
robaste se la restituyeras con oro encima.

Nada le contestó el ladrón, que agobiado iba cual si

llevara sobre sí un invisible peso. Después, la traviesa mujer se pasó al otro lado, junto al criminal parricida, y con mucho secreto le iba diciendo estas palabras:

—Quisiera ser culebra, una culebrona muy grande y con mucho veneno, para enroscarme en ti y ahogarte y mandarte a los infiernos, grandísimo traidor, cobarde.

—Guardias —gritó el bandido sin fiereza, más bien con plañidera entonación—, que esta señora me está *fartando*.

—Yo no soy señora.

—Pues esta pública... Yo no *farto* a nadie..., y ella me dice que es culebra y que *quié* abrazarse conmigo... No estamos para fiestas ni abrazos, compañera. *Desapártese,* y deje a un hombre que no *pue* ver mujeres a su lado ni escritas.

Los guardias la mandaron ir hacia adelante, y a poco descansó la partida en una venta. Puestos de nuevo en marcha, antes de anochecido vieron las torres y chapiteles del gran pueblo de Móstoles, y ya cerca de él salieron a recibirles algunos vecinos y gran enjambre de chicuelos, porque se había corrido la voz de que iba preso con la Beatriz el moro manchego de los milagros. Faltaban como unos doscientos metros para llegar a las primeras casas, cuando se aparecieron tres hombres que hablaron a los guardias, rogándoles que se detuvieran un instante para hablar dos palabritas. Desde que les vio venir les conoció Beatriz: uno de ellos era el Pinto; el otro, su hermano Blas, y el tercero, un tío de ella. Necesitó la pobre mujer de todas las energías de su espíritu para no caerse muerta de vergüenza. No traían los tales otro objeto que enterarse de si la llevaban presa, y al saber que iba en tal compañía *por su gusto,* se asombraron, y a todo trance querían apartarla de la conducta y llevársela con ellos para evitarle el bochorno de entrar en el pueblo en cuerda de asesinos, ladrones y *apóstoles.* Y su asombro subió de punto cuando oyeron decir a Beatriz con animoso acento que por nada del mundo se separaría de sus compañeros en la desgracia, y que con ellos iría hasta el fin de la jornada sin temor a los sufrimientos, ni a la cárcel, ni al patíbulo. La cólera de los tres mostolenses no puede describirse, y es de creer que la hubieran desahogado en golpes y bofetadas sobre la moza si la presencia de los guardias no les contuviera.

—¡Infame, ruin pécora! —le dijo el Pinto, lívido de coraje—. Ya me maliciaba yo que acabarías en pública, salteadora, por los caminos. Pero no pensé que llegarías a deshonrarte tanto... ¡Quítate allá, putrefacción del mundo! Ni sé cómo te miro. ¡Lo veo y no lo creo!... ¡Tú, hecha un pingo indecente, corriendo detrás de ese estafermo, de ese charlatán asqueroso, sacamantecas, que va engañando a la gente de pueblo en pueblo con embustes, brujerías y mil gatuperios *majometanos!*

—Pinto —contestó Beatriz gravemente, haciendo de tripas corazón, el pañuelo de la cabeza muy echado hacia adelante para dar sombra a la cara, la mano envuelta en una de las puntas y delante de la boca—. Pinto, apártate y déjame seguir, que yo no me meto contigo ni quiero nada contigo... Si paso vergüenza, que la pase: no es cuenta tuya. ¿A qué sales a encontrarme, si tú eres para mí como lo que ya no existe, como lo que es muerto y sepultado? Vete y no me hables.

—¡Tunanta!...

Los guardias cortaron la cuestión dando orden de seguir. Pero el Pinto, furioso, insistía en sus bárbaros insultos:

—¡Bribona, agradece que tu cuerpo villano va escoltado por estos caballeros; que si no, ahora mismo te dejaba en el sitio, y a ese pillo le cortaba las orejas!

Allí se quedaron los tres hombres furiosos, tocando el cielo con las manos, y la conducta de presos desfiló por la calle principal de Móstoles, hostigada de la curiosa muchedumbre que verlos quería, especialmente a Beatriz. Esta, con supremo tesón, sin arrogancia, sin flaqueza, como quien apura un cáliz muy amargo, pero en cuya amargura cree firmemente hallar la salud, arrostró el doloroso tránsito, y creyó entrar en la Gloria cuando entraba en la cárcel.

5

Malísimo alojamiento tenían los infelices presos en
Móstoles (o en donde fuese, que también esta localidad
no está bien determinada en las crónicas *nazaristas),*
pues la llamada cárcel no merecía tal nombre más que
por el horror inherente a todo local dedicado al encierro
de criminales. Era una vetusta casa a la malicia, agre-
gada al Ayuntamiento, y que por el frente daba a la
calle, por detrás a un corral lleno de escombros, maderas
viejas y ortigas viciosas. Si la higiene y el decoro de la
ley no existían allí, la seguridad de los presos *era un
mito,* como decía la exposición de la Junta penitenciaria
pidiendo al Gobierno fondos para construir cárcel de
nueva planta. La vieja, que no sabemos si existe aún,
había adquirido fama por la escandalosa frecuencia con
que de ella se evadían los criminales sin necesidad de
hacer escalos difíciles y peligrosos, ni de abrir subterrá-
neos conductos. Comúnmente se escapaban por el techo, que era de una fragilidad e inconsistencia maravillosas, pues cualquiera rompía las podridas vigas y quitaba
y ponía tejas donde le daba la gana.

Desde que le metieron en aquel infame tugurio sintió
Nazarín un frío intensísimo, como si el local fuese una
nevera o helado Purgatorio, y con el frío le acometió
un horroroso quebrantamiento de huesos, como si se
los partieran con un hacha para hacer astillas con que
encender la lumbre. Tumbóse en el suelo, arropándose
en su capote, y a poco ardía en calor insoportable. En
aquel Purgatorio, del hielo le brotaban llamas. «Esto
es calentura —se dijo—, una calentura tremenda. Pero
ya pasará.» Nadie se acercó a preguntarle si estaba enfermo; trajéronle un plato de latón con rancho, que no
quiso probar.

A Beatriz la hicieron salir por la sencilla razón de
que no era presa, y naturalmente, *no tenía derecho* a
ocupar un espacio en el local correspondiente a los perseguidos de la Justicia. Por más que rogó y gimió la
infeliz para que le permitieran estar allí, pintándose co-

mo criminal voluntaria y procesada por ministerio de sí
misma, nada pudo conseguir. A la pena de abandonar
a sus compañeros se agregaba el temor de salir por las
calles mostolenses, donde seguramente encontraría caras
conocidas. Sólo a una persona deseaba ver, su hermana,
y ésta, según le dijo una vecina con quien habló a la
entrada de la cárcel, se había ido a Madrid dos días
antes con la niña restablecida ya completamente. «¡Qué
cosas más raras me pasan a mí! —decía—. Los criminales odian la prisión y sólo desean la libertad. Yo detesto
la libertad, no quiero salir a la calle, y todo mi gusto
es estar presa.» Por fin, el secretario del Ayuntamiento,
que allí mismo vivía, se compadeció de ella, y en su
casa le dio hospitalidad, con lo que se cumplieron a medias los deseos de la exaltada penitente.

Mucha pena causó a don Nazario el no ver a su lado
a Beatriz; pero se consoló sabiendo que pernoctaba en
el edificio próximo y que continuarían juntos hasta el
término de su *viacrucis*. Entrada la noche, se sentía muy
mal el buen ermitaño andante, y de un modo tan pavo-
roso gravitaba sobre su alma la impresión de soledad y
desamparo, que poco le faltó para echarse a llorar como
un niño. Creyérase que súbitamente se le agotaba la
energía y que un desmayo femenil era el término des-
airado de sus cristianas aventuras. Pidió al Señor asis-
tencia para soportar las amarguras que aún le faltaban,
y las maravillosas energías resurgieron en su alma, pero
acompañadas de un terrible aumento de la fiebre. Ándara se acercó a él para darle agua, que por dos o tres
veces la había pedido, y hablaron breve rato con extraña confusión y desacuerdo en lo que uno y otro decían. O él no sabía explicarse, o ella no podía, en las
réplicas, ajustar su pensamiento al del infeliz asceta.

—Hija mía, échate a dormir y descansa.

—Señor, no me llame más. No duerma. Rece en voz
alta para que *haiga* ruido.

—Ándara, ¿qué hora será?

—Señor, si tiene frío, paséese por la cárcel. Yo quiero
que se acaben pronto nuestras penas. Me alegro que no

esté Beatriz, que no es guerrera y todo lo quiere arreglar con lágrimas y suspiros.

—Oye tú, ¿duermen todos? ¿En dónde estamos? ¿Hemos llegado a Madrid?

—Estamos aquí. Soy muy guerrera. No duerma, señor...

Y se alejó de súbito, como sombra que se desvanece o luz que se apaga. Desde que fueron pronunciadas las cláusulas incoherentes de este diálogo, sintióse molestado el clérigo por una tremenda duda: «¿Lo que veía y oía era la realidad, o una proyección externa de los delirios de su fiebre ardentísima? Lo verdadero, ¿dónde estaba? ¿Dentro o fuera de su pensamiento? ¿Los sentidos percibían las cosas, o las creaban?» Doloroso era su esfuerzo mental por resolver esta duda, y ya pedía medios de conocimiento a la lógica vulgar, ya los buscaba por la vía de la observación. ¡Pero si ni aun la observación era posible en aquella vaga penumbra, que desleía los contornos de cosas y personas y todo lo hacía fantástico! Vio la cárcel como una anchurosa cueva, tan baja de techo que no podía estar en pie dentro de ella sin encorvarse un hombre de regular estatura. En la bóveda, dos o tres claraboyas, que a veces eran veinte o treinta, daban paso a la débil luz, que no se sabía si era de velado sol o de luna. Enfilada con la primera cuadra, vio otra más pequeña, que a ratos se iluminaba con claridad rojiza de una linterna o candil. En el suelo yacían los presos envueltos en esteras o mantas, como fardos de tejidos o seras de carbón. Hacia el fondo de la segunda cuadra vio a Ándara, que por momentos despedía de su cabeza un resplandor extraño, cual si su cabellera suelta y erizada se compusiese de lívidos rayos de luz eléctrica. Departía con el *Sacrílego,* gesticulando con tal violencia y confusión, que con los brazos de él expresaba ella su voluntad, y con los de ella él. El ladrón de iglesias se alargaba hasta esconder en el techo la mitad de su cuerpo; reaparecía como un volatinero con la cabeza para abajo.

En la apreciación del tiempo, la mente y los sentidos de Nazarín llegaban a mayor confusión y desvarío; después de creer que pasaban largas horas sin ver nada, creyó que en breves momentos Ándara se acercaba a él y le levantaba y le volvía a dejar en el suelo, diciéndole infinidad de conceptos que, si se escribieran, ocuparían todas las páginas de un mediano libro. «¡Esto no puede ser real —se decía—; no puede ser! ¡Pero si lo estoy viendo, si lo toco y lo oigo, y lo percibo claramente!» Por fin, la peregrina le cogió por la muñeca y tirando de él fuertemente, le llevó a la segunda cuadra. De esto sí que no podía dudar, porque le dolía la mano de los tirones que con nerviosa fuerza le daba la valerosa hija de Polvoranca. Y el *Sacrílego* le cogía en brazos para meterle por un boquete abierto en la techumbre y arrojarle fuera como un fardo *introducido* por audaces matuteros.

No, no podía ser real la voz de Ándara, que le dijo: «Padre, nos escapamos por arriba, porque por abajo no se puede.» Ni tampoco la voz del *Sacrílego,* que decía: «El señor, por delante... Salte del tejado al corral.»

Pero si de todo tenía duda el buen jefe de los *nazaristas,* no la tuvo, no podía tenerla de esta resolución suya, claramente expresada: «Yo no huyo; un hombre como yo no huye. Huid vosotros, si os sentís cobardes, y dejadme solo.» Tampoco podía dudar de que luchó contra fuerzas superiores para defenderse de aquel loco empeño de echarle al tejado como una pelota. El ladrón de iglesias le puso en el suelo, y allí se quedó como cuerpo exánime, perdidas todas sus facultades, menos el sentido de la vista, en una nebulosa de espanto, enojo y horror de la libertad. No quería libertad, no la quería para sí ni para los suyos. De la primera cuadra vino, andando como los borrachos, una de las seras de carbón, que pronto tomó figura humana y todas las apariencias personales del *Parricida.* Con prontitud gatuna, trocándose fácilmente de pesado fardo en animal ligero, hubo de saltar de un brinco al boquete abierto en el tejado, y desapareció.

Pudo entonces Nazarín con gran esfuerzo articular algunas palabras, y apartando de su hombro a la mujerona, que pesaba sobre él como un sillar de berroqueña, murmuró:

—El que quiera salir, que salga... El que huya no será jamás en mi compañía.

Ándara, que tenía la cara contra el suelo, refregándose boca y nariz en las sucias baldosas, se incorporó para decir entre gemidos:

—Pues yo me quedo.

El *Sacrílego,* que había subido al tejado como en persecución de su compañero, volvió muy fosco, apretando los puños:

—Libertad, no... —le dijo Ándara con voz sofocada, como de quien se ahoga—. No quiere..., no, libertad.

Nazarín oyó claramente la voz del *Sacrílego,* que repetía:

—No libertad. Yo me quedo.

Debieron de cogerle en brazos entre los dos, porque el buen peregrino se sintió llevado por los aires como una pluma, y en la turbación que le agobiaba, quitándole sentido y palabra, la conciencia de su mal era lo único que subsistía, manifestándose en esta afirmación:

—Tengo un tifus horroroso.

6

Despertó con las ideas aún más embrolladas y oscuras, dudando si lo que veía era real o ficción de su mente. Le sacaban de la cárcel, llevábanle tirando de él por una soga que le ataron al cuello. El camino era áspero, todo malezas y guijarros cortantes. Los pies del peregrino sangraban, y a cada instante tropezaba y caía, levantándose con gran esfuerzo suyo y despiadados tirones de los que llevaban la cuerda. Delante vio a Beatriz transfigurada. Su vulgar belleza era ya celeste hermosura, que en ninguna hermosura de la tierra hallaría su semejante, y un cerco de luz purísima rodeaba su rostro.

Blancas como la leche eran sus manos, blancos sus pies, que andaban sobre las piedras como sobre nubes, y su vestidura resplandecía con suaves tintas de aurora.

A las demás personas que le acompañaban no las veía. Oía sus voces ya compasivas, ya rugientes de odio y crueldad; pero los cuerpos se perdían en una atmósfera caliginosa, espesa y sofocante, formada de suspiros, de angustia y de sudores de agonía... De súbito, un sol ardiente la disipó, y pudo ver Nazarín que hacia él venía un grupo de gente malvada, hombres a pie, hombres a caballo, blandiendo espadas y disparando armas de fuego. Tras el primer grupo, aparecieron otros, y otros, hasta formar un ejército grande y terrible. El polvo que levantaban las pisadas de hombres y brutos oscurecía el sol. Los que conducían al preso se pasaron al bando enemigo, pues enemiga era toda aquella tropa, y venía contra él, contra el santo, contra el penitente, contra el oscuro mendigo, con furor sanguinario, ávida de destruirle y aniquilarle. Le acometieron con salvaje furor, y lo más extraño fue que, habiendo descargado sobre su mísero cuerpo miles de golpes, tajos y cuchilladas, no lograban matarle. Y aunque él no se defendía ni con un arañazo infantil, la furia de tanta y tan aguerrida gente no podía prevalecer contra él. Pasaron por encima de su cuerpo miles de corceles, ruedas de carros bélicos, y aquel gran tumulto, que habría bastado a destruir y a hacer polvo a una población entera de penitentes y ermitaños andantes o sedentarios, no le partió un cabello al bendito Nazarín, ni le hizo perder una gota de sangre. Furiosos le acuchillaban, aumentando a cada instante, pues del horizonte tempestuoso venían hordas y más hordas de aquella bárbara y asoladora Humanidad.

Y no terminaba la feroz guerra, pues mientras mayor era la resistencia de él y su inmunidad milagrosa contra los fieros golpes, con mayor estrépito cerraba contra él la universal canalla. ¿Podría ésta al fin destruir al santo, al humilde, al inocente? No, mil veces no. Cuando Nazarín empezó a temer que la muchedumbre de sus contrarios lograría, si no matarle, reducirle a prisión, vio

que de la parte de Oriente venía Ándara, transfigurada
en la más hermosa y brava mujer guerrera que es posible
imaginar. Vestida de armadura resplandeciente, en la cabeza un casco como el de San Miguel, ornado de rayos
de sol por plumas, caballera en un corcel blanco, cuyas
patadas sonaban como el trueno, cuyas crines al viento
parecían un chubasco asolador, y que en su carrera se
llevaba medio mundo por delante como huracán desata-
do, la terrible amazona cayó en medio de la caterva y
con su espada de fuego hendía y destrozaba las masas
de los hombres. Hermosísima estaba la hembra varonil
en aquel combate, peleando sin más ayuda que la del
Sacrílego, el cual, también transfigurado en mancebo militar y divino, la seguía, machacando con su maza y des-
truyendo de cada golpe millares de enemigos. En corto
tiempo dieron cuenta de las huestes *antinazaristas,* y la
guerrera celestial, radiante de coraje, de inspiración bé-
lica, gritaba: «Atrás, muchedumbre vil, ejército del mal,
de la envidia y del egoísmo. Seréis deshechos y aniqui-
lados si en mi señor no reconocéis el santo, la única vía,
la única verdad, la única vida. Atrás, digo, que yo puedo
más y os convierto en polvo y sangre cenagosa y en
despojos que servirán para fecundar las nuevas tierras…
En ellas, el que debe reinar reinará, ¡caraifa!»

Diciéndolo, su espada y la maza del otro campeón
limpiaban la tierra de aquella plaga inmunda, y Nazarín
empezó a caminar por entre charcos de sangre y pica-
dillo de carne y huesos que en gran extensión cubrían
el suelo. La angélica Beatriz miraba desde una torre celestial el campo de muerte y castigo, y con divino acento
imploraba el perdón de los malos.

7

Acabóse la visión, y todo volvió a los términos de
nebulosa y triste realidad. El áspero camino fue nueva-
mente lo que antes era, y los que acompañaban al mártir Nazarín recobraron su forma y vestimenta, los guar-

dias eran guardias y Ándara y Beatriz mujeres vulgarísi-
mas: la una batalladora, la otra pacífica, con sus pañuelos a la cabeza. Llegó un momento en que el venerable
peregrino, ni aun acumulando toda su energía, pudo dar
un paso. De su frente brotaba sudor angustioso; le dolía
el cráneo como si en él le clavaran un hacha, y en su
hombro derecho sentía un peso irresistible. Las piernas
se le doblaban, y sus pies magullados iban dejando pedazos de piel sobre las piedras del camino. Ándara y
Beatriz le alzaron en sus brazos. ¡Qué descanso, qué
alivio sentirse en el aire, como pluma balanceada del
viento! Pero al poco trecho las dos mujeres se cansaron
de llevarle, y el ladrón sacrílego, que era forzudo y re-
sistente, le cogió en brazos como un niño, diciendo que
no sólo le llevaría hasta Madrid, sino hasta el fin del
mundo si necesario fuese. Los guardias se compadecían
de él, y creyendo consolarle, le decían:

—No tenga cuidado, padre, que allá le absolverán por
loco. Los dos tercios de los procesados que pasan por
nuestras manos, por locos escapan del castigo, si es que
castigo merecen. Y presuponiendo que sea usted un santo, no por santo le han de soltar, sino por loco; que
ahora priva mucho la razón de la sinrazón, o sea que
la locura es quien hace a los muy sabios y a los muy
ignorantes, a los que sobresalen por arriba y por abajo.

Vio después Nazarín que entraban por una empinada
calle y la gente curiosa se detenía para verle pasar en
brazos del *Sacrílego,* llevando al lado a sus dos compañeras de penitencia y detrás a los demás infelices recogidos en los caminos por la Guardia Civil. Dudaba entonces, como antes, si eran realidad o ficción de su des-
quiciada mente las cosas y personas que en el doloroso
trayecto veía. Al extremo de la calle vio que se alzaba
una cruz grandísima, y si por un momento el gozo de
ser clavado en ella inundó su alma, pronto volvió sobre
sí, diciéndose: «No merezco, Señor, no merezco la honra
excelsa de ser sacrificado en vuestra cruz. No quiero ese
género de suplicio en que el cadalso es un altar y la
agonía se confunde con la apoteosis. Soy el último de

los siervos de Dios, y quiero morir olvidado y oscuro, sin que me rodeen las muchedumbres ni la fama corone mi martirio. Quiero que nadie me vea perecer, que no se hable de mí, ni me miren, ni me compadezcan. Fuera de mí toda vanidad. Fuera de mí la vanagloria del mártir. Si he de ser sacrificado, hágase en la mayor oscuridad y silencio. Que mis verdugos no sean perseguidos ni execrados, que sólo me asista Dios y Él me reciba, sin que el mundo trompetee mi muerte, ni en papeles sea pregonada, ni la canten poetas, ni se haga de ello un ruidoso acontecimiento para escándalo de unos y regocijo de otros. Que me arrojen a un muladar y me dejen morir, o me maten sin bullicio, y me entierren como a una pobre bestia.»

Dicho esto, vio desaparecer la cruz, y la calle, y el gentío, y pasado un tiempo que no pudo apreciar, se sintió enteramente solo. ¿Dónde estaba? Fue como si recobrara el conocimiento después de un profundo sopor. Por más que miraba en torno suyo, no pudo hacerse cargo de cuál era la parte del Universo donde se encontraba. ¿Era una región de la vida transitoria, o de la perdurable? Pensó que había muerto; pensó también que aún vivía. Un ardiente anhelo de decir misa y de ponerse en comunicación con la Suprema Verdad le llenó todo el alma, y lo mismo fue sentirlo que verse revestido delante del altar, un altar purísimo, que no parecía tocado de manos de hombres. Celebró con inmensa piedad, y cuando tomaba en sus manos la Hostia, el divino Jesús le dijo:

«Hijo mío, aún vives. Estás en mi santo hospital padeciendo por mí. Tus compañeros, las dos perdidas y el ladrón que siguen tu enseñanza están en la cárcel. No puedes celebrar, no puedo estar contigo en cuerpo y sangre, y esta misa es figuración insana de tu mente. Descansa, que bien te lo mereces.

»Algo has hecho por mí. No estés descontento. Yo sé que has de hacer mucho más.»

Santander, San Quintín. Mayo de 1895.

Indice

El Libro de Bolsillo   Alianza Editorial   Madrid

Libros en venta

911 Leibniz:
Discurso de metafísica

912 San Juan de la Cruz:
Poesía y prosas

913 Manuel Azaña:
Antología
1. Ensayos

914 Antología de cuentos de terror
III. De Machen a Lovecraft
Selección de Rafael Llopis

915 Albert Camus:
Los posesos

916 Alexander Lowen:
La depresión y el cuerpo

917 Charles Baudelaire:
Las flores del mal

918 August Strindberg:
El viaje de Pedro el Afortunado

919 Isaac Asimov:
Historia Universal Asimov
La formación de Francia

920 Angel González:
Antología poética

921 Juan Marichal:
La vocación de Manuel Azaña

922 Jack London:
Siete cuentos de la patrulla
pesquera y otros relatos

923 J. M. Lévy-Leblond:
La física en preguntas

924 Patricia Highsmith:
La celda de cristal

925 Albert Camus:
El hombre rebelde

926 Eugène Ionesco:
La cantante calva

927 Luis de Góngora:
Soledades

928 Jean-Paul Sartre:
Los caminos de la libertad, 1

929 Max Horkheimer:
Historia, metafísica y escepticismo

930 M. Costa y C. Serrat:
Terapia de parejas

931, 932 Elías Canetti:
Masa y poder

933 Jorge Luis Borges (con la colabora-
ción de Margarita Guerrero):
El «Martín Fierro»

934 Edward Conze:
Breve historia del budismo

935 Jean Genet:
Las criadas

936 Juan Ramón Jiménez:
Antología poética, 1
(1900-1917)

937 Martin Gardner:
Circo matemático

938 Washington Irving:
Cuentos de La Alhambra

939 Jean-Paul Sartre:
Muertos sin sepultura

940 Rabindranaz Tagore:
El cartero del rey. El asceta.
El rey y la reina.

941 Stillman Drake:
Galileo

942 Norman Cohn:
El mito de la conspiración judía
mundial

943 Albert Camus:
El exilio y el reino

944, 945 José Ferrater Mora:
Diccionario de Filosofía de Bolsillo
Compilado por Priscilla Cohn

946 Isaac Asimov:
Historia Universal Asimov
La formación de América del Norte

947 Antonio Ferres:
Cuentos

948, 949 Robert Graves:
La Diosa Blanca

950 Los mejores cuentos policiales, 2
Selección, traducción y prólogo
de Adolfo Bioy Casares y
Jorge Luis Borges

951, 952 Benito Pérez Galdós:
Fortunata y Jacinta

953 Nicolás Copérnico, Thomas Digges,
Galileo Galilei:
Opúsculos sobre el movimiento
de la tierra

954 Manuel Azaña:
Antología
2. Discursos

955 Carlos García Gual:
Historia del rey Arturo y de los
nobles y errantes caballeros
de la Tabla Redonda

956 Isaac Asimov:
Grandes ideas de la ciencia

957 José María Arguedas:
Relatos completos

958 Fernando Sánchez Dragó:
La España mágica
Epítome de Gárgoris y Habidis

959 Jean-Paul Sartre:
Los caminos de la libertad, 2

960 Elías Canetti:
El otro proceso de Kafka

961 Francisco de Quevedo:
Los sueños

962 Jesús Mosterín:
Historia de la filosofía, 1

963 H. P. Lovecraft:
El clérigo malvado y otros relatos

964 Carlos Delgado:
365+1 cócteles

965 D. H. Lawrence:
Hijos y amantes